KB203381

에일라
Eila

"사랑은 위대해.
뭐든 극복할 수 있는걸!"

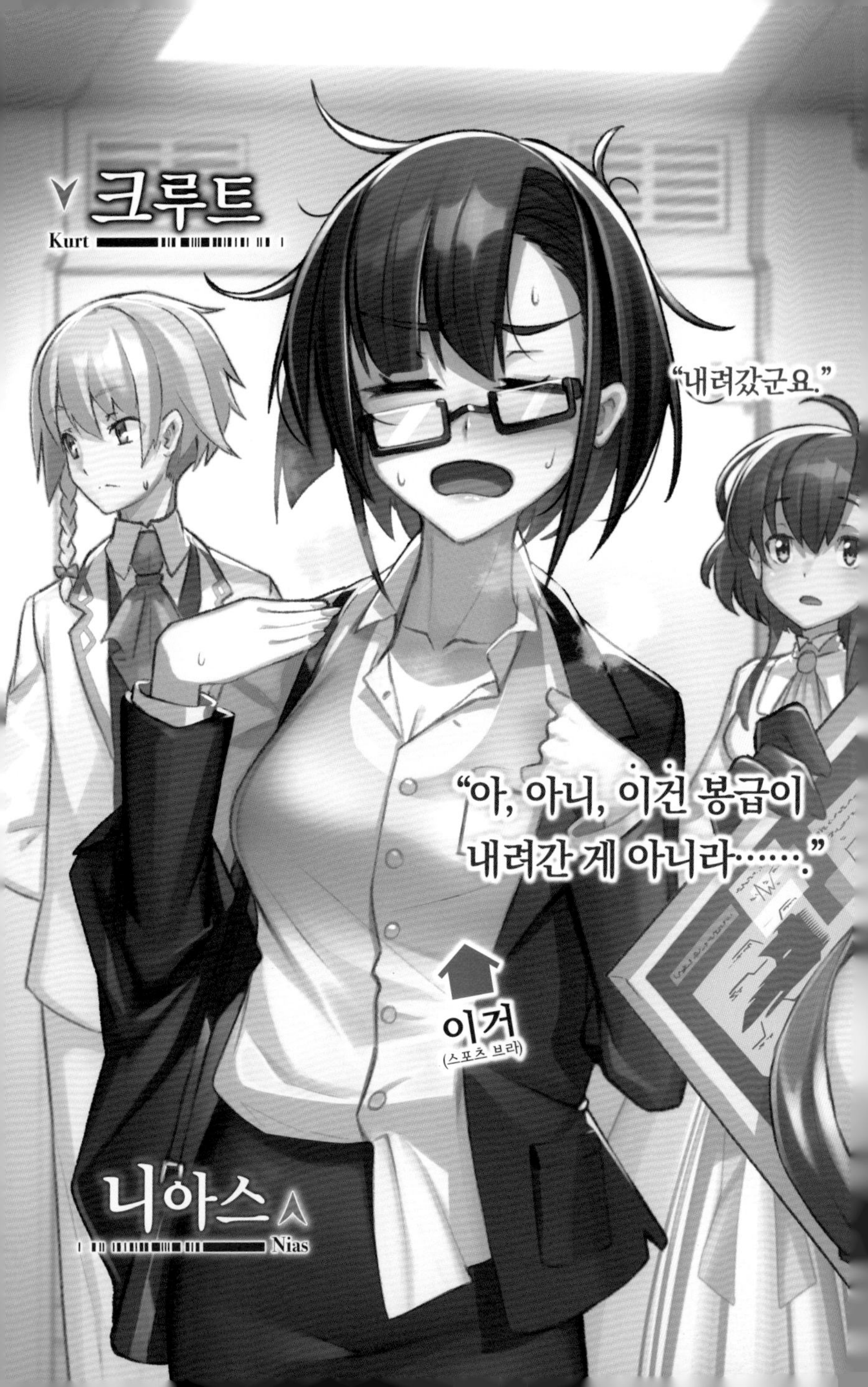
크루트
Kurt
"내려갔군요."
"아, 아니, 이건 봉급이
내려간 게 아니라……."
이거
(스포츠 브라)
니아스
Nias

"동승하게 해주신다면,
제가 직접 상품 설명을♡"

유리시아
Eureshya

"너희의 목숨 구걸이
우리의 마음을 달래주는구나!"

AG003-M114S

티아 전용 네반

Nemain ▐▐▐▐▐▐▐▐▐▐▐▐▐▐

그 하얗고 아름다운 기체가

티아의 거친 조종으로 인해

적에게는 악마처럼

보일 것이다.

크리스티아나
Christiana

CONTENTS

나는 성간 국가의

I am the Villainous Lord of the Interstellar Nation

악덕 영주!

2

➤ 미시마 요무 ◄

illustration
➤ 타카미네 나다레 ◄

커버 그림, 본문 일러스트 | **타카미네 나다레**

우주공간에 만 척을 넘는 전함이 이동하고 있었다.

거대한 우주 전함에는 번필드가의 가문(家紋)이 그려져 있었다. 번필드 백작가가 보유한 군함이라는 의미였다.

약 12,000척을 넘는 우주 전함이 우주공간에서 진형을 갖추고 적을 향해 이동하고 있었다. 숫자도 대단하지만, 무엇보다 박력이 대단했다.

그야말로 대함대── 남자아이의 로망이다.

이것이 나의 군대. 이것이 이세계에서 손에 넣은 내 힘이다!

내 함대가 노리는 적은 등을 돌리고 도망치는 우주 해적들이다.

쓸데없이 호화롭게 장식된 우주 전함의 함교에서, 한층 더 호화로운 영주 전용 의자에 앉은 나는 등받이에 몸을 기대고 다리를 꼬았다.

내 이름은 '리암 세라 번필드'.

나는 13세 전후의 소년 같은 외모를 지녔지만, 속에 든 알맹이는 전생자라서 어른……이라고 생각한다. 사람의 수명이 수백 년에 달하는 세계에서 알맹이가 30년 정도 늘어나는 건 오차나 다름없다.

이전의 인생은 불행했다.

떠올리기만 해도 지긋지긋한 기억들.

한 보잘것없는 남자가 여자에게 속아 모든 것을 잃어버린, 그저

11

단순한 이야기였다.

무엇이 나빴는가? 여자가? 아니, 아무것도 이해하지 못했던 남자가 나쁘다.

선량한 것이 훌륭한 것이라 착각한 남자── 나는 그 착각으로 사람을 의심하지 않은 탓에 속고 말았다.

그 대가는 죽음이었는데, 정말 얼빠진 죽음이었다.

나는 전생의 경험으로 한 가지를 배웠다.

성실하게, 그리고 선량하게 사는 것은 자기만족에 불과하다는 것을.

어떤 세계든 강자가 약자를 지배한다.

그렇기에── 제2의 인생을 부여받은 나는, 이번 생에서 강자로서 약자를 괴롭히기로 했다. 전생에서 받은 부당한 취급과 폭력을, 이번에는 내가 다른 자에게 할 차례다.

그리고 내 소원은 이루어졌다. 아니, 이루는 도중일까?

아직 내가 바라는 이상에 크게 못 미치지만, 그래도 차차 강해지고 있다.

이렇게 해적들을 쫓아다니는 것이 그 증거다.

지금의 난 알그란드 제국이라는 성간 국가에서 백작위를 가진 귀족이다. 정확하게 말하자면 변경 행성을 영지로 가지는 영주 귀족이다.

행성 하나를 통째로 지배하고, 영지를 더 늘리기 위해 다른 행성에도 손길을 뻗치고 있다.

이곳은 원래 살던 세계보다 과학기술이 크게 발전되어 있고 마법까지 존재하는 터무니없는 세계다.

하지만 한편으로는 아직도 봉건제도가 존재하며, 제국의 귀족들은 영지 안에서 마음대로 행동할 수 있다.

정말 뒤죽박죽인 세계다.

과학과 마법이 굉장히 발전했는데 아직도 신분제도가 남아있는 게 도무지 이상하다. 하지만 난 이 신분제도를 최대한으로 이용할 생각이다.

귀족의 지위를 이용해서 나는 악당이 될 것이다.

아니, 이미 악당── 악덕 영주라 할 수 있을 것이다.

전생(前生)이었다면 용서받지 못할 온갖 악행들을 저질러왔다.

다섯 살 때 이전 인생을 떠올린 나는, 내게 주어진 영지를 마음대로 개혁했다. 말이 개혁이지, 하는 짓은 파괴 활동이었다.

내 이상을 실현하기 위해 영지의 백성들에게 새로운 생활을 강요했을 뿐이다.

이상── 그것은 악당은 강해야만 한다는 것이다.

강하기에 약자를 괴롭힐 수 있다.

이를 위해서는 악덕 영주로서 영지를 완벽하게 개혁할 필요가 있었다.

다섯 살 때 아버지에게서 물려받은 내 영지는 이미 앞선 영주들이 악인답게 백성들을 괴롭힌 '뒤'였다. 내가 행동하기 전부터 내 바람은 이루어져 있었다.

——그런 건 용납할 수 없다! 난 내가 저지른 죄는 인정해도 다른 사람의 잘못으로 불이익을 당하는 것은 참을 수 없는 남자다.

그래서 나는 개혁을 단행하여 영지를 풍족하게 만들었다.

얼핏 보면 '악당을 목표로 하는데 뭘 하는 거지?' 싶은 일이지만, 내 이상을 실현하기 위해서는 필요한 과정이었다. 나는 결과만을 추구하지 않는다. 중요한 것은 과정—— 영지 백성들을 내손으로 괴롭히는 것이다. 그러니 우선은 영지의 백성들을 풍족하게 만든 뒤부터가 시작이다.

그리고 내 소원대로 영지는 풍족해졌다.

아무것도 모르는 영지의 백성들은 한창 풍족해진 생활을 만끽하는 중이다. 이제부터 지옥으로 떨어뜨릴 생각이다.

그런 내가 바로 지금 내가 지옥으로 떨어뜨리는 놈들이 있다.

우주 해적이라 불리는 도둑들이다.

영지를 풍족하게 만들고 재편한 나의 훌륭한 군대로 해적들을 쫓고 있었다.

이놈들은 방치하면 영지를 어지럽히고 다니는 쓰레기들이다.

전생의 무서운 빚쟁이들을 떠올리게 하는 해적들을 내 손으로때려 부수는 게 정말 즐겁다.

전생의 앙갚음이라 해야 할까, 화풀이였다.

하지만 이제 이 놀이도 질리기 시작했다.

해적을 상대로 시시한 전투가 계속되는 가운데, 하품을 참고오른손을 앞으로 뻗었다. 손을 펼친 나는 아군에게 쫓기는 해적들의 우주선을 보고 있었다.

우주 해적. 말 그대로 우주에서 해적질하는 놈들이다.

놈들은 국가에 소속되지 않고 우주를 이동하는 선박이나 행성을 습격하여 약탈한다.

개중에는 귀족의 사병을 물리치는 강자도 있다. 우주 해적이라 얕보다가 도리어 당하는 귀족이나 군인이 있을 정도다.

그러나 그 강한 우주 해적들도 지금의 나에겐 이길 수 없을 것이다.

내가 모은 군대—— 폭력은 제국의 정규군에도 뒤지지 않는 실력과 수를 갖추었다.

그렇기에 '어떤 해적이든 상대해주마!' 하고 생각했지만, 이번에는 꽝이었다.

수천 척 규모로 내 영지에 들어온 녀석들을 내가 자랑하는 군대를 이끌고 맞이했는데, 그야말로 잔챙이였다. 상대가 안 된다는 말도 부족하다.

해적들은 번필드가의 함대로부터 도망치기 바빴다.

"시시해. 어비드를 꺼낼 일조차 없겠어."

이 세계에서는 인간형 병기를 기동기사라 부른다. 전장이 10~20m에 달하는 인간형 병기로, 조종사가 타고 직접 우주에서 싸움을 벌일 수 있다.

그리고 나는 전용기인 어비드를 갖고 있다.

큰돈을 들여 괴물 같은 성능을 얻은 기동기사다.

하지만 이번에는 상대가 너무 약해서 굳이 어비드를 꺼낼 마음이 안 들었다.

싸우는 맛이 없어 사무 작업을 하는 기분이라 조금도 즐길 수 없었다.

"이런 수준이면 내가 나설 일도 아니었군."

나는 그렇게 말하고 눈앞에 보이는 해적선을 오른손으로 으스러뜨리는 듯한 행동을 했다. 실제로 으스러뜨리는 건 아니지만 이젠 질려버렸다.

"——섬멸해."

어린애 외모인 내가 그렇게 선언하자 주위의 지위 높은 어른들이 일제히 경례하고 명령을 실행에 옮겼다.

내 주위에는 아군의 장군들이 있다.

훌륭한 제복을 입은 이 군인들은 모두 내 부하다.

내 명령에 따라 장군들이 부하들에게 해적을 철저하게 쳐부수라고 명령했다.

"해적을 섬멸하라."

"항복? 해적에게 용서는 없다. 리암 님은 적의 전멸을 원하신다."

"한 척도 놓치지 마라. 전부 파괴해라."

군인들이 내 명령에 따라 눈앞의 해적들을 무자비하게 진압해 나갔다. 항복한 해적도 용서하지 않는다. 그것이 내 명령이기 때문이다.

실로 유능한 부하들이다. 그런 부하들이 어린애처럼 생긴 내 명령으로 움직이고 있었다.

12,000척 규모 함대의 두뇌라고도 할 수 있는 엘리트들도 귀족인 나에게 거스르지 못하고 명령에 따른다.

이것이 신분제도다.

아무리 유능해도 평민은 귀족에게 거역할 수 없다.

이 제국에서 귀족은 절대적인 존재다.

군인들은 오로지 내 명령에 따라 싸운다.

눈앞에서 사라져가는 우주 해적을 바라보자 나는 전쟁 중에도 웃음이 나왔다. 구제할 방법이 없는 악독한 놈이 되었다는 자각이 샘솟았다.

이 세상에서 가장 비생산적이고 용서할 수 없는 행위―― 그런 행위를 즐기는 나는 틀림없는 악당이었다.

"해적이 죽는 모습이 참 보기 좋구나."

내 옆에는 한 군인이 서 있었다. 내 부하가 아니라 제국의 군부에서 파견 나온 군인이다. 타이트스커트 군복을 착용하고 있으며, 중위 계급장을 달고 있었다.

그녀의 이름은 '유리시아 모리시르'.

알그란드 제국군 제3병기공장 소속으로, 기술자가 아닌 일반 군인이다. 하지만 그녀의 외모는 군인이라기보다는 모델이나 여배우처럼 아름다웠다.

등까지 내려오는 곱슬머리는 잘 손질되어 윤기가 났고, 화장은 화려하진 않았지만 완벽했다.

몸매를 신경을 쓰는지 몸이 탄탄했고, 밸런스가 좋아서 모델 일도 할 수 있을 것 같다.

군인이라기보다는 미인 비서 같은 느낌이었다.

그녀의 일은 제3병기공장의 상품의 판매. 즉, 세일즈 레이디다. 미인을 보낸 것만 보아도 제3병기공장은 제법 눈치가 있는 편이다.

나에게 아양을 떠는 자세가 싫지 않다.

──제7병기공장과는 태도부터가 제법 달랐다.

"백작님, 제3병기공장의 주력제품은 어떤가요?"

"마이너체인지라고 들었는데, 성능이 꽤 올랐군."

"네. 지금까지의 문제점을 개선하여 성능을 더욱 강화했습니다. 디자인도 신경을 썼으니 백작님의 군대에 어울리지 않을까요."

세세한 성능 비교는 데이터와 영상 등으로 확인했다. 전장에서 실제로 사용해본 느낌도 나쁘지 않다. 무엇보다도 사용하는 군인들의 평판이 좋았다.

"마음에 들었어. 계약하지."

"감사합니다. 제3병기공장의 관계자로서 굉장히 기쁩니다."

이번 해적 토벌에서 나는 제3병기공장에서 제공한 병기와 함정과 기동기사를 일부 시험 운전했다.

디자인까지 신경 써서 그런지 평소 이용하는 제7병기공장의 병기보다 최대 성능이 약간 떨어졌지만, 가성비가 좋았다.

제7병기공장의 함정 두 척을 살 돈으로 성능은 약간 밀리지만 디자인이 좋은 제3병기공장의 함정 세 척을 살 수 있다.

유리시아는 기품 있게 미소 지으며 머리를 숙였다. 귀족을 앞에 두고도 긴장한 기색이 보이지 않았다. 이런 판매나 교섭에 익숙한 거다.

나는 유리시아에게 초노급 전함 계약을 검토하고 있다고 이야기했다.

"넌 알고 있겠지만, 번필드가는 제국의 초노급 전함 건조와 소지 허가를 받았어. 어디서 건조할지 고민하고 있었는데, 너희 공장에서 주문해도 되겠지?"

"부디 꼭 검토해 주십시오. 바라는 점은 있으십니까?"

"흐음~."

제3병기공장은 제7병기공장보다 기술력이 뒤떨어지지만, 그다지 큰 차이는 없다.

번필드가에서는 첫 초노급 전함—— 엄청나게 큰 전함을 들인다면, 외양을 중시하고 싶다. 성능도 약간 떨어지는 정도라면 참을 수 있다.

중요한 것은 외관이다. 제7병기공장에서는 분명 볼품없고 성능만 좋은 거대전함을 넘길 것이다.

내가 기분 좋게 앞으로의 일을 생각하고 있으니 함교에 점프슈트 차림의 '니아스 칼린' 기술 대위가 소리치며 들어왔다.

"리암 님 어떻게 된 건가요! 초노급 전함 건조는 제7에 의뢰하겠다고 이야기하지 않았나요!"

그 말을 듣고 나는 기가 막혀 천장을 올려다봤고, 유리시아는 조금 당황했다.

니아스와 그런 약속을 한 기억이 없다. 애초에 안 했다.

"난 그런 약속한 적 없어. 멋대로 날조하지 마. 네가 아니었으면 거짓말을 했다는 이유로 감옥에 처넣었을 발언이라고."

주위의 병사들은 내가 니아스를 마음에 들어 한다고 생각하고 있어서 어떻게 대해야 할지 고심했다. 붙잡아도 되는지 난처해하고 있었다.

그렇게 난처해하는 병사들에게 둘러싸인 니아스는 눈물을 글썽였다.

"너무해! 우리 쪽에 건조를 맡겨줄 줄 알았는데!"

함교에 주저앉는 니아스에게 주위 사람의 뭐라 형언할 수 없는 미묘한 시선이 쏟아졌다.

니아스는 검은 단발머리로, 화장이나 머리카락 손질에 신경을 쓰는 기색은 없었지만 원래 소재는 좋아서 지적인 미인으로 보였다.

나도 니아스는 마음에 들고, 실제로 어비드 정비를 맡길 수 있는 제7병기공장의 믿을만한 과학자이자 기술자이기도 하다.

그러나 전문분야에서는 상당히 유능한 여성이지만, 성격이 정말 안쓰럽다.

유리시아가 작게 한숨을 쉬었다. 서로 아는 사이였는지 양자의 태도에는 거리낌이 없었다.

"또 당신인가요, 니아스 기술 중위."

"지금은 승진해서 대위예요! 기, 술, 대, 위! 상관을 공경하세요."

"제7은 무슨 생각으로 당신을 백작님께 파견한 거죠? 도무지 이해되지 않네요."

기술직인 니아스에게 판매를 맡기는 제7병기공장이 이상하다고 생각했었는데, 유리시아도 같은 의견인 모양이다.

역시 내 생각이 틀리지 않은 것 같군.

니아스는 판매원으로 보면 굉장히 안쓰러운 여자다. 기술적인 설명은 할 수 있어도 상품을 파는 것에는 익숙하지 않았다. 그리고 정말 서투른 미인계를 쓰는 불쌍한 녀석이기도 했다.

"너희, 아는 사이냐? 제법 친한 것 같은데."

유리시아에게 그렇게 물어보니 본의 아니라는 표정을 보이면서도 고개를 끄덕였다.

"아는 사이지만, 친하진 않습니다. 거래처에서 몇 번이고 만났거든요. 기술자로서는 훌륭할지 몰라도, 판매원으로서는 능력이 좀……."

니아스가 말꼬리를 흐린 것에 대해 화를 냈다.

"무슨 뜻이야! 나도 제7의 상품을 대량으로 팔고 있다고! 판매도 연간 실적 1위를 획득했거든?!"

"말도 안 돼! 네가 1등이라고?!"

나도 모르게 소리치고 말았다.

이 녀석, 제7의 병기를 그렇게 팔아치우고 있었던 건가? 진심으로 놀랐다.

의외로 이쪽 방면에서도 유능하냐며 감탄하고 있으니 유리시아가 사실을 폭로했다.

　"어차피 번필드가 한 곳에서만 올린 판매실적이잖아요? 다른 가문이 제7의 병기를 전혀 사지 않았으니 그야 1등이 될 수밖에요."

　니아스를 바라보니 내 시선을 피했다.

　내가 산 덕분에 연간 실적 1위라니―― 정말 안쓰러운 녀석이다. 내가 없었으면 하나도 못 팔았다는 거잖아.

　하지만 니아스가 나에게 필사적으로 아양을 떠는 이유가 이해됐다.

　내가 군비증강으로 함정을 사서 모으는 과정에서 제7병기공장이 돈을 벌어들인 모양이다.

　니아스가 더 이상 가만히 있을 수 없었는지 나에게 물었다.

　"저, 저기, 어비드 정비는 완료됐어요. 슬슬 출격할 때 아닌가요?"

　말을 돌리려는 니아스를 앞에 두고 나는 선수 쪽으로 몸을 돌렸다.

　모니터나 입체영상에 비치는 해적들은 이미 내 함대에 둘러싸여 두들겨 맞고 있었다. 싸움은 사실상 마무리 단계였다.

　"오늘은 출격 안 해. 상대가 너무 약해."

　"그, 그런가요. 하아, 모처럼 정비했는데 아쉬워요. 뭐, 어비드의 상대로는 부족하니 어쩔 수 없죠."

　유리시아는 제3병기공장의 상품을 팔기 위해 나와 동행하였고, 니아스는 어비드 정비를 시키기 위해 태웠다.

내 군대의 힘에 유리시아도 감탄했다.

"백작님의 군대는 정말 우수하군요. 저 정도 규모의 해적단을 상대로도 아군의 피해가 거의 없어요. 이런 수준이라면 제국의 정규군도 상대할 수 있을 거예요."

"내 이상에는 아직 못 미치지만 말이지."

수를 더 갖추지 않으면 안심할 수 없다. 숫자뿐 아니라 병기의 질, 그리고 병사들의 실력도 중요하다. 내가 목표하는 군대의 수준에 도달하기에는 아직 갈 길이 멀다.

"슬슬 물량을 늘리고 싶었어. 군의 불하(拂下)도 재미없어. 유리시아, 너희 공장에서 맞출 테니까 신형을 갖춰봐."

대량 구매 의사를 시사하니 유리시아는 만면에 웃음을 지었다.

"바로 전해두겠습니다."

나와 유리시아의 대화를 듣고 니아스는 절망한 표정을 지었다.

"리암 님! 그, 그러니까 말이죠. 저도 상사에게 새 계약을 따오겠다고 말했는데, 가능하면 계약해주시면 좋겠는데요~. 초노급 전함이 아니라도 좋으니 될 수 있으면 전함을── 아, 아니, 순양함이라도 좋아요!"

아양을 떠는 니아스를 보고 있으니 유리시아와 대비되어 더더욱 비참하게 보였다.

니아스의 말을 들은 유리시아가 얼굴을 돌리고 한숨을 쉬고 있었다. 동료라고 해야 할까, 라이벌이 봐도 판매 태도가 끔찍한 것이리라.

하지만 이 녀석은 내 전용기를 정비할 수 있는 사람이다. 너무 박대하면 나중이 무서우니 적당히 살갑게 대해주자.

그리고―― 이 안쓰러운 면도 그리 싫지는 않다.

"――딱 100척만이다."

그렇게 말하니 니아스가 고개를 들고 활짝 웃었다. 반대로 유리시아는 "예?!" 하고 놀랐다. 그 얼굴은, 그렇게 한다고 함정을 사주는 거야?! 라는 얼굴이었다.

"리암 님은 역시 멋져요!"

니아스가 칭찬했지만 조금도 기쁘지 않았다. 나는 아양을 떠는 녀석은 좋아하지만, 너무 과하면 바보 취급당하는 기분이 든다.

"넌 진짜 안쓰럽구나."

"칭찬했는데?!"

보통은 고작 이런 아양으로 함정을 사지는 않지만, 나에게는 대수롭지 않은 수준이다.

나에게는 그게 있으니까. 이 정도는 과자를 사는 것과 다를 게 없다. ――아니, 아무리 그래도 과자는 너무 심했나?

우리의 이야기가 일단락되었다고 판단했는지, 함대의 사령관이 나에게 보고했다.

"리암 님, 적 해적 집단 섬멸이 종료되었습니다."

"――그런가. 파편을 전부 회수해. 먼지 하나 남기지 마."

"예."

나는 전후처리를 맡긴 함대만 남겨두고 귀환했다.

◇ ◆ ◇ ◆ ◇

번필드가의 함대는 우주에 준비된 요새에 귀환했다.

요새 건설에는 채굴이 끝난 자원위성을 재활용했는데, 겉만 보면 그냥 위성과 다를 게 없지만, 실은 속을 파내어 안쪽에 요새 설비를 갖추었다.

군인들이 이용하는 설비에 더해 병기 보급, 정비, 간단한 제조마저 가능하다. 그야말로 우주 요새다. 이런 우주 요새는 함대의 규모가 커질 때마다 똑같이 늘어갔다.

지금은 몇 개였더라?

우주 요새에 들어가자 내가 가장 신뢰하는 '아마기'가 날 기다리고 있었다.

길고 윤기 있는 흑발은 우주공간에서도 세팅한 머리 모양을 유지하고 있었다. 하얀 레이스 장식과 포니테일을 묶은 빨간 리본이 정말 좋다.

빨간 눈동자가 오늘도 아름답게 반짝였다. 그야말로 내가 이상적으로 생각하는 여성이다.

아마기는 메이드복을 입은 여성들의 선두에 서서 나를 맞이했다.

무중력 공간 속에서 트랩을 차서 아마기에게 향했다. 마치 나는 듯한, 헤엄치는 듯한 기분이다. 몸을 움직여 바닥을 향해 발을 뻗으니 빨려 들어가듯 내려가 아마기 앞에 착지했다. 자석이라도 쓰는지 바닥에 발바닥이 끌렸다.

"어서 오십시오, 주인님."

아마기가 인사하자 뒤에 대기하고 있던 똑같은 얼굴의 메이드들도 머리를 숙였다.

"일부러 마중 나오지 않아도 괜찮아. 내가 데리러 갈게."

그렇게 말하니 아마기가 거부했다.

"처지를 생각해 주십시오."

"알았으니까 화내지 마."

"화내지 않았습니다."

아마기 외에는 모두 얼굴이 똑같았지만, 아무도 그걸 이상하게 여기지 않았다.

아마기는 클래식한 메이드복을 착용하는데, 그 양어깨에는 인간이 아니라는 걸 나타내기 위해 태그가 찍혀있다.

클래식한 메이드복인데 양어깨를 노출하는 바람에, 피부를 숨기고 싶은 건지 아니면 드러내고 싶은 건지, 알 수 없는 모습이되었다.

뒤에서 대기하는 메이드들도 마찬가지다.

모두가 메이드 로봇—— 즉, 안드로이드다.

총괄역으로 아마기를 탑에 배치하고 그 아래에 양산형을 배치했다.

양산형이라 모습은 다 비슷비슷하다. 애초에 베이스가 똑같으니어쩔 수 없다.

하지만 서로 머리 모양이 서로 달랐다. 장식을 단 아이도 있었다.

아무래도 내 명령 없이 개성에 따라 자연스럽게 변하고 있는 모양이었다. 이게 안드로이드라서 그런 건지, 아니면 이 세계가 그런 건지는 알 수 없었다.

듣자 하니 가끔 서로 헤어스타일이나 장식을 바꾸며 논다는 모양이다. 메이드 로봇이 치장에 신경을 쓴다면, 다음에 뭔가 선물하는 것도 좋을지도 모르겠다. 뭐가 좋을까?

아마기 옆을 지나가니 메이드들이 나를 따라왔다.

나는 대각선 뒤쪽에서 따라오는 아마기에게 오늘 있었던 일을 불평했다.

"이번에도 내가 나설 상황이 없었어. 수가 많다고 해서 기대했는데, 결국은 잔챙이더군."

그러자 아마기가 허공에 작은 창을 불러냈다. 공중에 투영하는 홀로그램 화면 같은 거다. 거기에 해적들의 데이터가 표시되었다.

"잔챙이라고 하셨습니다만, 현상금이 걸린 위험한 해적단입니다."

"그게?"

"제국에 보고하면 이번에도 보상과 훈장을 받을 수 있을 겁니다."

해적들을 쓰러뜨리면 제국의 칭찬을 받는다. '열심히 했구나~'라는 의미로 약간의 보상과 훈장 등이 나오는 거다.

나도 처음에는 고맙게 여겼지만, 그때뿐이었다. 횟수를 거듭할 수록 대수롭지 않게 느껴졌다. 처음에는 자랑했던 훈장도, 대량으로 받으니 고맙다는 생각이 들지 않았다.

이제는 보상을 받으러 일부러 수도성까지 가는 것이 귀찮아서 배송받고 있을 정도다.

"잔챙이 따위를 상대해도 자랑거리조차 못 돼. 다음 상대는 싸울 맛이 났으면 좋겠어."

"그건 어려울 것 같습니다."

멈춰 서서 아마기의 얼굴을 보니 무표정이었다. 메이드 로봇은 감정 표현을 그다지 하지 않는다. 하지만 어딘지 나를 걱정하는 느낌은 들었다.

"왜? 가만히 있어도 오는 게 해적들인데."

"주인님은 이미 수많은 해적을 물리치셨습니다. 최근에 이르러서는 해적들이 번필드가의 영지를 피하는 경향이 보일 정도입니다."

그 말을 듣고 나는 아연실색했다.

"해적들이 안 와? 왜지?"

"주인님이 다가오는 해적을 조금도 용서하지 않으시기 때문입니다."

내 지갑인 해적들이 모이지 않는 건 큰 문제다.

나는 귀족이고 내 영지에서는 그야말로 왕처럼 행동할 수 있다.

하지만 다른 귀족의 영지라면 얘기가 달라진다.

다른 가문의 영지에서는 아무리 나라도 마음대로 행동할 수 없다.

다시 말해서 내가 해적을 토벌할 수 있는 것도 내 영지 안에 들어왔을 때뿐이다.

"번필드가의 영지 주변에서는 '해적 사냥꾼 리암'이라 불리며 두려움을 사고 있다고 합니다."

희희낙락하며 해적들을 마구 사냥했더니 내 영지에 다가오지 않게 되어버렸다.

"큰 문제네."

"보통은 기뻐할 일입니다만."

"해적은 내 지갑이야. 날 피하는 건 곤란해."

"영지의 경영은 이미 궤도에 올랐습니다. 해적을 물리치지 않아도 재정에 아무런 지장이 없습니다."

얼마 전까지 번필드가의 가계는 빈곤에 시달리고 있었다. 전대, 전전대의 쓰레기 놈들이 영지 경영을 거지같이 했기 때문이다.

귀족으로 전생하여 좋다고 악덕 영주가 되려고 했더니, 이미 악덕 영주였다.

나는 결과적으로 악덕 영주가 되고 싶었던 게 아니다. 그 과정을 맛보고 싶었다.

그래서 영지를 발전시키기 위해 백성이 풍족하게 살 수 있도록 만들었다.

본말이 전도된 이야기 같지만, 중요한 것은 '내가 백성들을 착취하는 것'이다.

다 빨아먹은 찌꺼기 같은 영지를 받아도 기쁘지 않다.

나는 아마기 일행을 데리고 우주 요새 안을 이동하여 특별 구획으로 향했다. 그곳은 나와 내가 인정한 존재만이 들어올 수 있다.

수많은 보초를 지나 도달한 곳에는 우주 쓰레기——파편이 모여 있었다. 겉보기에는 쓰레기 산이라고나 할까, 넓은 공간에 쓰레기를 처박아 넣기만 한 곳처럼 보였다.

나는 우주 쓰레기를 앞에 두고 웃었다.

"오늘도 풍작이군."

방에 가득한 쓰레기를 앞에 두고 나는 연금 상자를 꺼내 왼손으로 들었다. 뚜껑을 열면 내 주위에 작은 창이 몇 개나 나타난다.

"자 그럼, 이번에는 어떻게 할까?"

"여기 리스트를 준비했습니다."

아마기가 나를 위해 미리 리스트를 준비해줬다. 공중에 비친 리스트를 보고 나는 연금 상자를 조작했다.

이 리스트는 현재 영지에 부족한 자원을 표시한다.

나는 리스트를 보고 그때그때 쓰레기를 부족한 자원으로 변환하면 된다.

철이 부족하면 이 연금 상자를 사용해서 쓰레기를 철로 만들면 되는 것이다.

이것만으로도 영지에 부족한 자원을 보충할 수 있다.

리스트에 있는 필요한 자원을 준비해 나가니, 넓은—— 너무나도 넓은 방에 처박힌 쓰레기들이 입자로 변했다가 새로운 형태로 재구축 되었다.

"좋아, 이 방은 이걸로 됐겠지."

작업을 무사히 마친 나는 다음 방으로 이동했다. 우주 쓰레기는 늘 넘쳐나기에 긁어모으면 양이 터무니없이 많아진다.

나는 그 쓰레기들을 유용하게 활용하여 필요한 자원을 확보했다.

남으면 팔면 되고, 실제로 팔고 있다. 덕분에 번필드가는 이득을 보고 있다.

아마기가 다음 방으로 가는 나에게 말을 걸었다.

"다음 방에는 위험물질이 있으니 방호복 착용을 잊지 마십시오."

"아무도 가져가려 하지 않는 쓰레기를 모으기만 해도 큰돈이 굴러 들어와. 연금 상자 만만세네."

위험한 쓰레기를 처리해주는 대가로 요금을 받고, 그 쓰레기를 연금 상자로 자원으로 변환하여 판다. 쓰레기를 모아서 받는데 돈까지 받고, 그걸 팔아치워 더 많은 돈을 벌었다.

웃음이 멈추지 않는다는 건 바로 이런 걸 말하는 것이다. 하지만 그런 나에게도 몇 가지 고민이 있었다.

"그런데 아마기, 질문이 하나 있다만."

"무엇인가요?"

"지금이면 번필드가의 막대한 빚도 전부 갚을 수 있지 않아? 난 빨리 변제를 끝내고 자유로워지고 싶은데."

연금 상자를 얻은 뒤로 번필드가의 수입은 이전의 수십 배로 불어났다. 부모와 조부모가 만든 빚 따위는 언제든지 갚을 수 있을 터다. 그러나 아마기는 이를 갚으려 하지 않았다.

오히려 안 된다며 말렸다.

"지금에 와서 한 번에 그 막대한 빚을 갚는다면 분명 다른 사람들이 주인님이 어떠한 방법으로 재물을 얻었다고 생각할 것입니다. 연금 상자의 존재가 다른 이들에게 알려질 수도 있습니다."

"아직 안 되는 건가. 난 빚이 남아있으면 기분이 나쁘단 말이지."

"포기해주십시오."

연금 상자는 제국보다도 훨씬 전에 있던 성간 국가가 만들어낸 도구다.

즉, 이전 문명이 만들어낸 물건이며 제조법이 실전된, 굉장한 가치가 있는 도구이다.

아마 연금 상자의 존재가 세상에 알려지면 나를 죽여서라도 빼앗으려는 녀석들이 나타나겠지.

나는 확실히 전생보다 강해졌다. 일섬류라는 훌륭한 검술도 배웠다.

이제는 해적들도 잔챙이 취급할 정도지만, 그래도 최강과는 거리가 멀었다.

"지금은 참아야 할 때인가."

연금 상자로 얻은 이익을 감추려고 일부러 유령회사까지 설립했다. 자원 채굴 등에도 힘을 써서 연금 상자로 얻은 자원은 거기서 얻은 것으로 위장했다.

과하다 싶을 정도로 여러 가지를 하고 있다.

"연금 상자의 존재는 누구에게도 알려져서는 안 됩니다. 그리고 주인님께서는 달리 우선해야 할 일이 있습니다. 잊으셨습니까?"

"아~, 그건가."

지금 내가 우선해야 하는 일은—— 수행이다.

제국 귀족의 아이가 사회인으로서 인정받기 위해서는 반드시 거쳐야만 하는 길이다. 그러기 위해 오랜 수행 기간이 마련되어 있다. 전생의 수명이었다면 인생의 반 이상을 바치는 기간이다.

"귀찮네."

"주인님이 제국에서 사회인으로서 인정받기 위해서는 피해갈 수 없는 길입니다."

"그건 이해하고 있어. 하지만 그 첫 단계가 남의 집에서 지내는 것이라니 어떻게 된 거야? 의미가 있는 것 같지는 않은데."

수행의 첫 단계는 남의 집에서 생활하는 것이었다.

수행이 될지 미묘한데, 이미 정해져 있는 것을 소란을 피우며 거부해도 어쩔 도리가 없다. 나에겐 거부가 용납될만한 귀족사회에서의 지위가 없고, 거부하는 게 더 성가시다.

다만, 여기서 큰 문제가 한 가지 있다.

"그런데 내가 수행할 가문은 정해졌나? 전에 물었을 때는 아직 못 찾았다고 하지 않았나?"

보통 내 질문에 바로 대답하는 아마기가 잠깐 시간을 두고 입을 열었다. 분명 그 두뇌로 거듭해서 고도의 계산을 했을 것이다.

"현재, 조정 중입니다."

즉, 나를 받아들일 집을 못 찾았다는 것이다.

부모의 부정적인 유산이라 해야 하나? 나는 어쨌든 간에, 전대와 전전대가 쌓은 악평 탓에 번필드가를 받아주는 집이 없었다.

어디든 상관없다면 그나마 선택지가 있었을 테지만, 그건 안 된다. 번필드가는 귀족사회에서 고립되어 있다. 다른 집안에서 행하는 수행은 나에게 있어서는 귀족사회에서 새로운 관계를 만들 기회이기도 했다.

그리고 아마기와 브라이언은 멋대로 그 목표를 위해 열을 올리고 있었다.

"적당히 찾으면 돼. 너무 구애돼도 어쩔 방도가 없어."

"현재 브라이언 님이 조정하고 있으니 조금만 더 기다려주십시오."

이런 식인데 내 수행은 잘 될까?

뭐, 최악에는 아무 가문이나 가면 되니까 편하게 생각하자.

하지만 가능하다면 악덕 영주 아래에서 이것저것 배우고 싶다.

나는 악덕 영주를 목표로 하니 악인으로부터 여러 가지를 배우는 편이 좋을 것이다. 선량한 사람은 본보기가 못 된다.

"그렇지. 그 녀석한테 기도할까? 아니, 이건 부탁인가?"

혼자 중얼거리니 아마기가 나를 보고 고개를 갸웃거렸다.

"왜 그러시나요, 주인님?"

"아무것도 아냐."

"그런가요── 그런데."

아마기가 화제를 바꿨는데, 나한테는 좋지 않은 내용이었다.

"주인님, 또 병기공장에서 병기를 사겠다고 하셨죠? 제3, 제7 병기공장에서 연락이 왔어요."

"괘, 괜찮잖아, 딱히."

아마기에게서 시선을 돌리는 이유는 멋대로 전함과 기동기사 구매를 결정했다는 죄책감이 있기 때문이다. 어머니에게 '또 장난감 같은 걸 사고 말이야!'라며 혼나는 기분이 들었다.

"안 되지는 않지만, 이미 군비증강 계획이 있습니다. 멋대로 최신예 병기를 사시면 계획에 지장이 생깁니다."

"중고랑 교환하면 되잖아."

"그것도 수고가 듭니다. 앞으로는 자제해주십시오."

"아, 알았어. 그래도 사겠다고 정한 건 사도 되지? 응? 지금 와서 안 산다고 하면 꼴사납다고."

아마기에게 간곡히 부탁하니 무표정하지만 '어쩔 수 없네~'라는 분위기를 냈다.

아무래도 부탁을 들어준 것 같다.

"너무 무계획적인 구매는 삼가세요."

"앞으로는 조심할게."

아자! 산다고 말해놓고 역시 안 산다고 하는 한심한 짓을 안 해도 된다. 나의 악덕 영주로서의 위엄은 지켜졌어.

──지켜진 걸까?

아마기에게 병기 계약을 관리당하는 것부터 좀 한심하다는 느낌도 드네.

◇ ◆ ◇ ◆ ◇

번필드가의 본성.

그곳에는 마치 도시 전체를 집어삼킨 것처럼 큰── 너무나도 큰 저택이 있다. 저택이 도시를 형성하고 있다고 해야 할까, 저택이 하나의 도시?

그곳이 백작인 나의 저택이다.

우주 해적들을 물리치고 저택으로 돌아온 나는 심하게 넓은 집무실에서 아마기를 옆에 세워두고 일을 하고 있었다. 책상을 보고, 몇 개나 표시된 전자서류를 처리해 나갔다.

겉모습은 10대라도 영주인 나에겐 업무가 있다.

필요한 일을 끝내고 기지개를 켜자 아마기가 말을 걸어왔다.

"고생하셨습니다. 오전 업무는 이것으로 종료입니다."

"생각보다 빨리 끝났네."

"예정보다 24분이나 일찍 끝났습니다. 주인님의 처리능력이 향상된 것으로 판단됩니다."

"이런 일만 능숙해지네."

내가 영지의 업무를 처리하는 건 전생을 경험했기 때문이 아니다. 전생의 지식 따위는 이 세계에선 그다지 도움이 안 된다.

이쪽 세계에는 교육 캡슐이라는 편리한 장치가 있으며, 그 속에서 수개월에서 수년 잠들어 있기만 해도 지식을 인스톨 할 수 있다.

육체도 강화할 수 있어서 굉장히 편리한 장치다.

하지만 캡슐에서 나온 뒤가 문제다. 재활도 필요하지만, 무엇보다도 습득한 지식을 활용하지 않으면 의미가 없다. 사전을 가지고 있어도 쓰지 않으면 의미가 없듯이, 습득한 지식은 사용하여 익히는 것이 중요하다.

그래도 전생의 세계보다 더 효율적이라서 교육 기간을 크게 단축할 수 있다.

내가 영주로서 업무를 처리할 수 있는 이유가 바로 이것이다.

──내 재능이 아니다.

"주인님이 매일같이 성실하게 근무하신 성과입니다."

한심한 마음이 들기 시작한 나를 걱정했는지 아마기가 격려해 줬다.

"신경 쓰지 마. 그리고 교육 캡슐을 쓰면 이 정도는 누구든지 할 수 있어."

"제 데이터로는 현시점에도 우수하다고 판단됩니다."

"네 보증을 받을 수 있으면, 조금은 안심이 되네."

매일같이 일해도 우수하다는 평가에 그친다. 돈을 들여 교육 캡슐을 몇 번이나 사용하고 매일같이 일해도 이 정도.

천재였다면 더 좋은 결과를 만들어냈을 것이다.

일찍 휴식에 들어가려고 하니 내 집무실에 입실 허가를 요청하는 인물이 있었다.

허가를 내자 집사 '브라이언 보몬트'가 들어왔다.

회색 머리칼을 올백으로 넘긴 날씬한 남자는 안티에이징 기술이 상당히 진보된 세계에서 초로의 모습을 지니고 있었다. 그것만으로도 상당히 고령이라는 걸 알 수 있었다.

연미복을 빼입고 어딘가 부드러운 분위기를 지니는 남자다.

그런 브라이언이 웃는 얼굴로 내 앞에 다가왔다.

"기뻐해 주십시오! 리암 님의 수행지가 정해졌습니다!"

내 수행지는 계속 정해지지 않았는데, 브라이언이 찾아낸 모양이다. 기뻐하는 모습을 보아하니 상당히 좋은 곳을 찾았을 것이다.

"그런가. 그래서 어디지?"

나는 아직 완전히 어른이 되지 않은 몸으로 의자를 돌리고 놀면서 이야기를 들었다. 내 태도에 브라이언이 어깨를 늘어뜨리며 안타까워했다.

"그다지 흥미가 없는 것 같군요."

다른 집에서 수행하는 의미를 알면 흥미가 사라질 만도 하다.

"실정을 알면 흥미도 없어지지. 뭐가 수행이냐? 다른 집에 가서 사치스러운 생활을 하며 몇 년을 지내기만 할 뿐이잖아? 여행 같은 것 아닌가."

'다른 집에서 수행했다!'라는 사실만 있으면 되는 것이다.

집안끼리의 관계를 강화하기 위한 관습 같은 것이었다.

브라이언이 내 인식을 바로잡으려 했다.

"아닙니다. 리암 님이 가시는 곳은 수행지로서 인기 있는 집안입니다. 확실하게 교육해주는 집이라고 들었습니다."

"어디든 똑같아. 큰돈을 주면 좋다고 나를 맞이하고 접대해주겠지. 뭐, 남의 집이라서 있기는 불편하겠지만 3년쯤은 참아주지."

이름뿐인 수행은 최소한이라도 3년을 지낼 필요가 있다.

그러니 나도 3년 동안만 다른 가문―― 다른 행성에 신세를 진다.

문제는 '어떤 곳인가?'로군.

"그런데 내 수행지는 어떤 집안이지?"

브라이언은 내 눈앞에 자료를 투영하고 영상을 섞어가면서 설명했다.

"레젤 자작가입니다. 인기가 상당한 수행지로, 매년 다른 가문에서 몇십 명이나 되는 자제를 받아들이는 가문이죠. 자원이 아주 풍부한 위성과 행성을 소유하고 있어서 금속 가공 기술이 뛰어납니다."

브라이언의 설명으로는 아주 유복한 가문인 것 같지만, 주위가 다른 가문의 영지에 둘러싸여 있어서 발전성이 없었다. 영지 규모는 확대되지 않기 때문에 자작가에서 더 위를 노리는 건 어려운 영지인 모양이다.

"둘러싸여 있어서 발전성이 없는 건가. 우리는 최근에 입식을 시작했지?"

아마기에게 시선을 돌리니 고개를 끄덕이고 대답했다. 내가 무슨 말을 하고 싶은 건지 알아차린 것 같다.

"네. 본 가문의 영지는 광대합니다. 발전성도 충분히 있으며 이주 가능 행성을 몇 개나 보유하고 있습니다. 물론 지금까지 손을 대지 않았기 때문에 개발이 필요합니다만."

지금까지는 본성 개발에 힘을 쏟았지만, 최근에는 여력도 있어서 다른 행성을 개발하고 있다. 그곳에 주민들을 이주시켜 제2의 거주 행성을 손에 넣으려 했다.

발전할만한 여지가 있어서 정말 다행이다.

"앞으로도 영지 개발에는 힘을 들일 거야. 그럼, 문제는 레젤 자작가군. 어떤 접대를 해줄지 벌써 기대되네."

그러자 아마기가 나에게 교육 캡슐 이용을 권유했다.

"그 전에 교육 캡슐을 이용해둬야 하지 않을까요."

"또 한동안 잠드는 건가?"

"이번에는 짧은 기간입니다. 주무시는 동안에는 이 아마기에게 맡겨주십시오."

수행을 떠나기 전에 창피를 당하고 싶지 않으니 순순히 따르기로 했다.

"그럼 뒷일은 아마기에게 맡길까."

아마기가 있으면 괜찮다며 안심하는 나를 보고 브라이언이 섭섭해했다.

"뭐 하고 싶은 말이라도 있나, 브라이언?"

"리암 님, 조금만 더 이 브라이언에게도 의지해주실 수 없겠습니까?"

왜 할아버지가 섭섭해하는 거야?

"넌 입 다물고 일해."

그렇게 말하니 브라이언이 낙담했다.

"리암 님이 매정해."

리암 일행의 이야기를 옆방에서 귀 기울여 듣는 남자가 있었다.

눈가를 가리듯이 쓴 실크해트에 연미복. 무늬는 줄무늬로 통일하고 여행 가방을 든 수상한 남자는 자신을 '안내인'이라 칭했다.

이 안내인이 바로 리암을 이 세계에 전생시킨 초현실적인 존재다.

하지만 선량한 존재가 아니라, 오히려 악의의 덩어리였다.

사람의 부정적인 감정을 무엇보다 좋아하며, 웃으면서 사람의 인생을 나쁜 방향으로 굴린다.

리암이 전생에서 괴로워한 것도 이 안내인 때문이다. 리암이 전생에 배신당한 것도, 고통스러워하며 죽게 된 것도 전부 이 남자가 원흉이었다.

사실을 모르는 리암은 이 세계에 전생시켜 제2의 인생을 준 안내인을 은인처럼 생각하고 감사했다.

하지만 그런 안내인은 지금—— 속고 있다는 걸 깨닫지 못한 리암의 감사하는 마음에 고통받아 이전만큼의 힘을 발휘할 수 없을 정도로 약해져 있었다.

그뿐만 아니라 감사하는 리암이 무서워서 들키지 않도록 옆방에 숨어있었다.

안내인은 리암이 수행을 떠난다는 이야기를 듣고 뭔가를 떠올린 듯했다. 입가를 초승달처럼 일그러뜨리고 웃고 있었다.

"기회다."

안내인은 웃고 있었지만, 괴로운 듯이 오른손으로 가슴을 잡고 있었다.

리암의 감사하는 마음 때문에 속이 안 좋다. 두통, 메스꺼움, 현기증, 두근거림, 숨 가쁨—— 아무튼 안내인이 사람의 부정적인 감정과 불행을 맛나게 느낀다면, 그 정반대인 감사와 같은 마음은 독이나 마찬가지.

이전에는 세계를 건너다니며 마음대로 해왔다. 많은 사람을 불행하게 만들며 놀고 즐겼던 안내인이다.

하지만 지금은 힘도 상당히 약해져서 세계를 이동하는 것도 불가능했다.

힘을 되찾기 위해—— 리암에게 복수하기 위해 이렇게 기회를 엿보고 있었다.

리암을 불행하게 만들어 부정적인 감정을 먹을 때까지 안내인의 복수는 끝나지 않으며, 끝낼 수 없었다.

하지만 현재의 안내인에게는 큰 문제가 있었다.

"기회가 왔다는 건 알겠지만, 지금 난 무리를 할 수 없다. 젠장 리암, 너 때문에 왜 내가 이런 비참한 꼴을 당해야만 하는 거냐."

힘이 약해진 안내인은 리암을 불행하게 하기 위한 수작을 부릴 수 없는 몸이 되어 있었다.

지금 안내인은 장난 수준의 일밖에 할 수 없다.

그래도 안내인은 포기하지 않았다.

"뭔가 방법이 있을 거다. 반드시 복수해주마, 리암!"

복수에 불타는 안내인은 벽에 귀를 대고 리암 일행의 대화를 들었다.

리암 일행의 화제는 수행지인 레젤 가문이었다.

"흠, 리암은 영지를 떠나는가. 손을 쓴다면 리암이 본거지를 벗어났을 때가 좋을지도 모르겠군."

리암을 불행하게 만들고 싶은 안내인은 중얼거리면서 생각했다.

"──좋아! 수행지인 레젤 자작가로 앞질러 가자. 각오해라, 리암. 수행지에서 널 반드시 불행하게 해주지!"

일이 잘 풀리면 거기서 숨통을 끊을 수 있다고 생각한 안내인은 공중으로 떠올라 천장을 통과해서 어딘가로 가버렸다.

그런 안내인을 하얗고 작은 빛이 그늘에서 엿봤다.

그 빛은 둥실둥실 떠다니며 안내인을 지켜보고 있었다.

빛은 개의 형상을 하고 있었고, 개의 시선은 안내인이 사라진 천장을 노려보고 있었다.

　레젤 자작가의 본성.

　당주인 '랜돌프 세라 레젤' 자작은 회의실에 가신들을 모아두고 있었다. 넓은 회의실에 있는 긴 테이블에 둘러앉았고, 개중에는 원격으로 참가한 가신들도 있었다.

　한층 더 호화로운 의자에 앉아 데이터를 바라보는 레젤 자작은 갈색 머리카락을 올백으로 넘긴 여우상의 남자였다. 어딘가 방심할 수 없는 분위기를 지니고 있었다.

　키는 보통이지만 날씬한 몸에 고급스러운 정장을 입고 있었다.

　의제는 앞으로 맞이할 귀족 자제에 대한 것이며, 내년, 그리고 내후년에 찾아올 귀족의 자제를 확인하고 있었다.

　공중에 표시된 수많은 데이터에는 자제들의 집안이 자금과 자원을 얼마나 제공했는지에 대한 항목만이 줄지어 있었다.

　레젤 자작가 입장에서 자제의 수행지로서 자제들을 받아들이는 것은 귀족끼리 인연을 만든다는 의미도 있지만—— 사업으로도 생각했다.

　"내년은 흉작이네. 교제를 이어나가기에 걸맞은 가문이 적어."

　레젤 자작이 보는 것은 받아들이는 아이들의 재능이 아니었다. 그들 집안의 힘이 어느 정도인지를 중시했다.

　그건 가신들도 마찬가지였다.

　"남작 가문은 말이 안 되죠."

"이 가문은 한물갔습니다. 자제의 수용을 거부하는 게 어떻습니까?"

"랜돌프 님, 이 자작가는 매력적이지 않습니까? 교역으로 상당히 벌어들이고 있습니다."

찾아오는 자제보다 집안을 봤다.

한 기사가 발언했다.

"랜돌프 님, 내후년에는 에크스나가의 적자가 본 가문에 수행하러 온다고 합니다. 상당한 선물을 쌓아놓고 있습니다. 본인의 재능도 있는 것 같군요."

하지만 레젤 자작은 그런 에크스나 남작가의 데이터를 보더니 흥미를 잃었다. 남작가지만 전형적인 벼락출세한 집안이었다.

레젤 자작은 그것이 마음에 안 들었던 모양이다.

"벼락출세한 자는 인연을 맺을만한 가치가 없어."

기사는 물고 늘어졌다. 그건 에크스나 남작가보다 후계자인 소년에게 강한 관심이 있기 때문이다. 후계자인 소년은 상당히 유망했다.

"하지만 에크스나 남작가의 후계자는 유능합니다. 언젠가 두각을 보일 가능성도 있습니다."

"그렇게 된 뒤에 생각하면 돼. 받아들일 아이의 재능 따위는 나중이야. 중요한 건 집안끼리의 관계. 가문의 힘이야. 개인 따위는 평가할 가치가 없어."

개인의 재능 따위는 평가할 가치가 없지만, 가난한 귀족이 쌓아 올린 대가는 고맙게 받는다.

회의실에서 앞으로의 예정을 의논하고 있으니 한 남자가 벽을 통과해서 나타났다.

안내인이었다.

회의에 참여한 레젤 자작과 다른 사람 중 누구도 안내인을 알아차리지 못했다. 그런 회의실을 걷는 안내인의 눈에 레젤 자작과 다른 사람들이 보는 자료가 들어왔다.

타이밍 좋게 리암의 데이터를 확인하는 참이었다.

"흐히, 흐히히히!"

안내인이 리암의 데이터를 봤다. 거기에는 막대한 자금과 자원을 쌓은 힘 있는 번필드가의 데이터가 표시되어 있었다.

이걸 보면 레젤 자작 일행은 기꺼이 리암을 맞이할 것이다.

"드디어 복수의 때가 왔다! 리암, 이걸로 너도 내 악의를 깨닫게 되겠지!"

안내인은 공중에 표시된 데이터를 만져 조작하려고 시도했다. 그러나 막상 손이 닿자 빠직빠직 방전하며 조작을 차단당하고 말았다. 아무래도 안내인의 힘이 리암의 힘에 미치지 못해서 직접 건드리는 건 불가능한 듯했다.

안내인은 데이터를 조작하는 것조차 애를 먹었다.

"큭! 화가 치밀어 오르는군! 그렇다면, 여기를 이렇게 해서——이렇게 한다!"

지금 안내인에게는 리암의 데이터를 조작할만한 힘이 없었다.

레젤 자작 일행이 회의를 계속하는 가운데 홀로 분투하던 안내인은 탄식했다.

"이것도 전부 리암 때문이야. 이 몸이 장난 수준의 복수밖에 할수 없다니. 비참하군."

분해 죽을 것 같은 안내인은 데이터 속에서 '페터 세라 피타크'라는 이름을 발견했다.

"흐음? 이거, 흥미로운 인물이군요."

조사해보니 페터의 집안은 리암과 마찬가지로 백작가.

하지만 그 평가는 정반대였다.

영지 경영은 적자가 이어져서 막대한 빚이 있으며 변제도 정체되어 있다. 안내인은 리암이 태어나기 전의 번필드가와 같은 영지를 가진 피타크 가문에 흥미가 생겼다.

"이 녀석의 데이터와 맞바꿀까?"

안내인은 데이터를 조작하여 번필드가와 피타크가의 데이터를 서로 바꾸었다. 그 결과, 피타크가는 힘 있는 가문으로, 번필드가는 심하게 영락한 가문이 되었다.

레젤 자작 일행은 번필드가의 데이터를 보고는 너무 참혹한 상태에 다들 기가 막혀버렸다.

"심하군."

레젤 자작이 손가락으로 눈시울을 비비는 걸 보고 가신 중 한명이 번필드가를 헐뜯었다.

"매년 꼭 있죠. 본 가문과 연을 맺으려고 하는 주제를 모르는 가문 말이에요. 랜돌프 님, 수행을 거절할까요?"

"이미 받아주겠다고 대답했고, 대가도 받았어. 지금 와서 거부하면 우리 가문의 명예에 먹칠하는 꼴이야. 어쩔 수 없지. 받아들이되, 대우는 수준에 맞게 해줘라."

"알겠습니다."

레젤가에서는 교제할 가치가 없다고 판단한 귀족의 자제는 우대하지 않는다. 대우가 형편없어도 수행을 받아준 것만으로도 고맙게 여기라는 것이 레젤가의 속내였다.

"이런 바보들이 있으니 우리 가문이 이득을 보는 거다. 너무 매몰차게 대해도 안 되지."

레젤 자작이 의미심장하게 미소를 지으니 가신들도 심술궂은 웃음을 지었다. 그 모습을 보고 일부의 착실한 가신들은 씁쓸한 표정을 지었다.

수도성에서 훈장을 받은 리암이지만, 제국은 규모가 너무 커서 정보가 널리 알려지지 않는 경우도 드물지 않았다.

수도성에서 훈장을 받는 사람은 한둘이 아니다. 일일이 모두 알 수는 없었다.

레젤 자작이 리암의 이름과 별명을 모르는 것도 당연한 일이었다. 하물며 멀리 떨어진 곳에 사는 사람이다. 흥미도 크지 않다. 리암이 레젤가를 모르듯이, 레젤가도 번필드가에 흥미가 없었다.

안내인이 배를 잡고 웃기 시작했다.

"모처럼의 수행이니까요. 즐겁게 해줘야죠! 어이쿠, 추가로 준비를 해야겠군요. 당분간 힘을 모아둬야 해요."

안내인이 회의실의 벽을 통과해 사라지자 랜돌프 일행도 리암에 대한 흥미를 잃고 다른 아이들의 데이터로 시선을 옮겼다.

"이, 이건 굉장하군!"

"피타크가는 상당한 힘이 있군요."

"매력적인 가문입니다. 랜돌프 님, 어떻습니까?"

화제는 리암의 데이터와 바뀌치기 당한 피타크가로 옮겨갔다.

레젤 자작은 감동한 목소리를 냈다.

"훌륭해! 피타크 가문이야말로 이 레젤가와 교류하기에 걸맞은 가문이다. 딸과의 약혼도 생각해야겠군."

번필드가와 비교하면 이 얼마나 훌륭한 집안인가? ──레젤 자작의 인식은 안내인에 의해 뒤틀려 피타크 가문이야말로 인연을 맺기에 적합한 것처럼 보였다.

"내후년이 기다려지는군."

여우상의 레젤 자작은 굉장히 기뻐했다.

수행할 곳이 정식으로 결정되자 내 생활은 분주해졌다.

3년이나 영지를 비우다 보니, 그 전에 나를 만나고자 오는 손님이 많았다.

그중에는 내 어용상인인 토마스 햄프리도 있었다. 햄프리 상회는 별들을 왕래하는 무역상 같은 것이다.

토마스는 풍채가 좋아 얼핏 보면 온화해 보이는 외모를 지니고 있다. 마치 동네에서 만나는 이웃 아저씨 같지만, 그 속은 악덕 상인이다.

"토마스, 항상 가져오는 건 어디에 있지?"

내가 재촉하자 토마스가 익숙한 손놀림으로 어떤 물건을 꺼냈다.

"여기 준비했습니다."

"역시 토마스야!"

토마스에게서 받은 것은 황금 과자── 뇌물이다. 이번에도 토마스는 내 마음을 끌려고 황금을 헌상했다.

전생에서 황금은 부의 상징이었다. 이렇게 황금을 선호하는 게 졸부의 취미 같지만, 나한테는 성공의 증표이다.

물론 이 판타지 세계에는 황금보다 귀한 미스릴이나 아다만타이트와 같은 판타지 금속이 존재한다.

하지만 나는 황금이 더 좋다. 미스릴이나 아다만타이트는 무기의 재료가 아닌가. 그런 금속은 장식이 아니라 무기에 써야 의미가 있다.

토마스는 황금에 정신이 팔린 나에게 거래 이야기를 하기 전에 잡담을 시작했다.

"리암 님의 수행지가 정해졌다고 들었습니다. 대단히 경사스러운 일입니다."

"실정을 알면 전혀 흥미롭지 않지만 말이지. 집안끼리의 관계를 만들기 위해서 귀족의 아이를 맡아서 교육할 뿐이잖아? 노는 거나 마찬가지야."

황금을 내려놓은 나는 소파의 등받이에 몸을 맡겼다. 흥미가 없는 듯한 태도를 보이는 나를 보고 토마스는 당황했다.

"리암 님은 다른 가문에서 하는 수행이 관심이 없으십니까?"

말이 수행이지, 다른 가문에 맡겨진 아이는 소중하게 다루어진다. 전혀 빡빡하지 않다. 남의 집에서 노는 것일 뿐이다.

수행의 진짜 목적은 집안끼리의 관계를 강화하는 것이다. 당연히 수행보다 교제가 중시된다.

"다른 집안에서 접대를 받는 것일 뿐이야. 3년 동안이나 놀기만 한다면 여기에 있어도 마찬가지지. 뭐, 불평해도 결국은 해야하니까, 제대로 할 생각이지만."

솔직히 수행 자체는 내게 아무래도 상관없다. 다만 이후의 교제를 생각하면 너무 터무니없는 짓은 할 수 없다. 적어도 수행 중에는 꾸어다 놓은 보릿자루처럼 얌전히 있을 생각이다.

"상당히 인기 있는 수행지라고 하니, 제대로 교육을 하지 않겠습니까?"

"그건 그것대로 상관없지만."

빨리 수행을 끝내고 자유로워지는 것이 나의 현재 목표다.

수행은 다른 가문에 가고 끝나는 것이 아니다. 그 뒤에도 여러 가지가 준비되어 있으니 갈 길이 멀다. 다른 집안에 가는 건 시작에

불과하다.

"그렇습니까. 그보다 레젤가는 어떤 가문입니까?"

토마스가 레젤가에 대해서 모르는 건 그다지 이상한 일이 아니다.

레젤 자작가는 내 영지에서 상당히 떨어져 있다. 성간 국가의 세계에서조차 상당히 떨어져 있다고 표현한다면, 그건 정말 멀리 있는 것이다.

전생의 감각으로 말하자면, 멀리 떨어진 다른 현이라고 할 수 있으려나. 같은 나라 안이니까 외국은 아니지만, 다른 현에 대해서는 모르는 것이 더 많지 않을까? 그런 느낌이다.

다른 지방이라는 느낌?

"나도 아는 건 별로 없어. 거주 가능 행성은 하나지만, 자원 행성을 몇 개나 가지고 있다고 해. 수행지로서 인기가 있고, 자원 채굴로 돈을 벌고 있다고 하더군. 군사력은 그렇게 강하지 않은 모양이지만."

자원 채굴로 영지 경영은 흑자. 그리고 군비는 얼마 안 되지만 귀족끼리의 관계 강화에 힘쓰고 있어서 귀족사회에서는 번필드가보다 권력이 세다.

귀족 동료가 많다는 것은 큰 힘이 되는 것이다.

그래서 고립된 번필드가의 현재 상황을 어떻게든 개선해야 하는 거다. 그런 의미에서는 수행보다 사이좋게 지내는 것이 중요하다.

토마스는 몇 번이나 작게 고개를 끄덕였다.

"군사력에 힘을 쏟는 번필드가라면, 레젤 자작도 손을 잡고 싶겠죠. 어쩌면 혼인도 가능하지 않을까요?"

"나이가 찬 딸이 있다고는 들었는데, 난 별로 관심 없어."

레젤 자작가에는 후계자와는 별도로 많은 딸이 있다고 한다. 인연을 맺고 싶어 하는 가문의 후계자와 결혼시킨다는 모양인데…… 진짜 사람을 도구 취급하네.

토마스가 난처해했다.

"번필드가 입장에서는 새로운 관계를 만들 기회라고 생각합니다만?"

"그렇지. 뭐, 적당히 할 거야. 적당히."

"아, 네."

그 뒤로는 내 태도를 불안한 듯이 보는 토마스와 평범하게 이야기를 하고 끝났다.

평판이 좋은 레젤 자작가라—— 어떤 가문인지 기대해보자.

사례금을 대량으로 보내줬으니 분명 나를 소중히 대해줄 것이다.

토마스가 나에게 상세한 예정을 물었다.

"그래서 수행 시작은 언제부터입니까?"

"2년 후야."

"그렇다면—— 리암 님이 55세일 때 레젤가에서 수행이 시작되는군요."

55살에 남의 집에서 교육을 받기 위해 신세를 진다니, 전생이었으면 상상할 수 없는 이야기다. 수명이 긴 세계의 감각이 도무지 어색하다.

토마스는 뭔가를 떠올렸다는 듯이 나에게 어느 여기사에 대한 화제를 꺼냈다.

"리암 님의 수행도 시작됩니다만, 크리스티아나 님은 이미 기사 자격을 얻기 위해 수행 중이었죠."

현재 내 기사 후보가 된 '크리스티아나 레타 로즈블레이어'는 제국의 기사 자격을 얻기 위해 영지를 떠난 상태이다.

알그란드 제국 본성에 있는 대학에 다니고 있다.

제국에서 기사 자격을 얻기 위해서는 국가가 지정한 대학과 사관학교를 졸업해야 한다. 귀족도 예외는 없으며, 나도 장래에는 대학과 사관학교를 졸업해야만 한다.

졸업 후에도 연수나 실무가 기다리고 있으니, 사실상 수십 년은 거기에 발이 묶이는 꼴이다.

그리고 크리스티아나—— 애칭 티아는 현재 제국 본성에 있는 대학에 진학했다. 다른 기사 후보들도 마찬가지다.

티아 일행은 이전에 해적에게 붙잡혀 있던 외국의 기사이며 유능하다고 들었다. 하지만 그런 전적이 있어도 제국에서 기사가 되기 위해서는 자격을 얻어야만 한다.

그래서 그녀는 현재 내 곁을 비운 상태였다.

"다른 녀석들과 같이 대학에 보냈어. 내가 레젤 자작가에서 돌아올 무렵에는 연수까지 끝나지 않을까?"

대학에서 6년, 관리 연수가 2년, 마지막으로 실무가 최소 4년. 자격 하나로 12년간 발이 묶인다.

수명이 긴 세계는 이런 일에도 시간 감각이 느긋한 측면이 있다. 게다가 이 12년도 최단기간일 경우이다. 돈이나 뒷배가 없으면 더 길어진다는 모양이다.

하지만 기사를 목표로 하는 티아 일행과 나 같은 귀족은 다르다. 귀족인 나에게는 추가 수행이 기다리고 있다.

다른 가문으로 가는 수행도 그중 하나다. 티아 일행과 같은 기사 후보에게는 필요 없는 일이다.

"최단 24년으로 해방되는 녀석들이 부럽구만."

내가 그렇게 중얼거리니 토마스가 곤란한 듯이 웃으며 거래 이야기를 시작했다.

◇ ◆ ◇ ◆ ◇

리암과 토마스의 화제가 된 티아 본인은 제국 수도성의 가장 입학하기 어려운 국립대학에 다니고 있었다.

티아는 매우 우수하며 리암의 기사가 되기 위해 지원한 자 중에서도 두드러지는 실력을 지니고 있었다.

이미 리암의 기사단을 이끄는 필두 기사 후보로 이름이 올라가 있으며, 본인도 그럴 생각이었다.

티아는 이렇듯 우수한 사람이지만, 이전에는 고아즈라는 우주 해적에게 붙잡혀 무도한 취급을 받았다. 말로 표현하는 것조차 망설여지는 모습으로 바뀌어 절망의 나날을 보내고 있었다.

그런 티아와 모두를 구한 것이 리암이었다.

고아즈를 쓰러뜨리고 자기들을 구해준 리암에게 은혜를 느끼고 있었다. 그 은혜를 갚기 위해 티아 일행은 리암의 기사에 지원했다.

티아는 과거에는 공주 기사라 불리며 활약한 전설적인 여기사였는데, 만약 고아즈의 비열한 함정이나 동료의 배신으로 잡히지 않았다면 리암의 기사가 될 일은 없었을 거다.

그런 티아는 대학 근처에 있는 카페에서 같은 번필드가의 기사 후보인 두 여성과 모여 대화를 하고 있었다.

주제는 리암의 수행지에 대해서다.

수행지가 지금까지 정해지지 않았지만, 드디어 정해졌다며 셋이서 기뻐했다. 그 모습은 다른 사람이 보면 즐겁게 지내는 여대생들의 모임으로밖에 보이지 않았다.

"리암 님의 수행지를 찾은 건 좋은 일이야. ——그건 그렇고, 리암 님의 훌륭함을 이해하지 못하고 받아들이길 거절한 가문은 어떻게 할까?"

찰랑거리며 반짝이는 듯한 긴 금발에 보석 같은 녹색 눈동자.

주위 남자들의 시선을 빼앗아갈 듯이 아름다운 티아는 꽃이 핀 것처럼 활짝 웃으며 이런 말을 입에 담았다.

아름다운 외모는 싸움과 거리가 멀어 보이지만, 이래 봬도 평범한 남자를 한 손으로 순식간에 제압할 수 있는 실력자였다.

머리도 좋고 실력도 뛰어나며 리암에 대한 충성심은 굉장히 높았다.

그야말로 이상적인 기사였다.

주위에 있는 여성 기사 후보들도 똑같이 격하게 고개를 끄덕이며 동의하고 있었다. 그녀들도 굉장히 우수하고 충성심이 높은 기사들이다.

"그렇지. 평범하게 생각하면 거부하는 건 있을 수 없지!"

"보통은 와주세요, 라면서 엎드려 절해야 할 상황이잖아!"

──농담이 아니라 그녀들은 진심으로 리암에 대한 취급이 납득이 안 됐다.

리암에 의해 절망에서 구출되어 과도한 충성심을 품은 기사 후보들.

그녀들이 보기에 다른 가문은 리암의 수행을 엎드려 절하며 맞이하는 것이 올발랐다. 그들은 그런 생각을 할 정도로 리암에게 심취해 있었다.

티아가 빨개진 볼에 양손을 대고 눈을 감았다. 마치 소녀와 같은 행동이지만, 그녀의 본질은 굉장히 위험한 기사이기도 했다.

"연수가 끝나면 리암 님 곁으로 한 번 돌아가는 것도 좋을지도 모르겠어. 그때는 수행이 끝난 리암 님을 맞이하러 가는 거야."

티아는 그때를 상상하니 벌써 기다려졌다.

◇ ◆ ◇ ◆ ◇

눈 깜짝할 사이에 레젤가에 가는 날이 찾아왔다.

나는 번필드가에서 300척의 함대를 이끌고 레젤 자작가의 본성에 접근했다.

딱 300척만 끌고 온 이유는 대함대를 이끌고 다른 가문의 본성에 접근하는 건 비상식적이라는 취급을 받기 때문이다.

마음 같아서는 만 척을 넘는 함정을 끌고 가서 내 군사력을 보여주고 싶었는데, 아쉬워서 참을 수가 없다. 그리고── 초노급 전함이 제때 만들어지지 않았다.

그 초노급 전함의 발주는 최종적으로는 제3병기공장에 의뢰했는데, 내 요망이 너무 많아서 건조에 시간이 걸리고 있다.

"초노급 전함을 타고 오고 싶었는데, 아쉽군. 초노급의 전장이 몇 km였지?"

기함에 준비한 방은 전함이라는 걸 잊게 할 만큼 호화로웠다. 원래부터 있던 사령관의 방을 개장해서 만든 내 전용 방이다.

전함이라는 한정된 공간을 쓸데없이 낭비한 호화로운 방이다.

내 옆에 있던 아마기에게 물어보니 무표정인 채로 대답했다.

"주인님이 제3병기공장에 의뢰하신 함선은 3,000m급입니다. 다시 말해서 주인님의 질문에 대한 답은 3km입니다. 일반적인 초노급 전함이 1,000m 이상부터인데, 그 세 배의 크기입니다."

겉보기에는 무표정하지만 나는 아마기가 화내고는 느낌이 들었다. 그야 평범하게 만들면 1,000m 남짓인 걸 3배 가까이 크게 만들었으니……

덩치가 커진 만큼 가격도 3배——가 아니라 예정의 9배 정도로 불어났다.

나를 배웅하러 온 브라이언이 마찬가지로 나를 나무라는 시선으로 바라봤다.

"욕심이 과합니다. 1,000m급이면 충분했는데, 멋대로 3,000m 급을 의뢰하시다니."

뭐, 단순한 허세였다. 덕분에 전장이 무려 3km에 달하는 전함을 의뢰해버렸다.

반성은 하지만, 거대전함은 남자의 로망이라 양보할 수가 없었다.

"큰 게 갖고 싶었다고. 어쩔 수 없잖아."

"그 바보같이 큰 전함을 유지할 설비와 인원을 준비하는 건 저희 몫입니다만? 리암 님이 부재중인 동안 저희가 고생합니다만?"

나는 수행 중이라 자리를 비우는데, 귀찮은 일을 떠맡겨서 브라이언도 아마기도 화가 난 모양이다.

——아니, 너희가 아니었으면 나한테 거역한 순간부터 중죄라고!

하지만 아마기와 브라이언을 처벌할 수는 없는 노릇이기에, 나는 불만스럽게 시선을 돌렸다.

내 태도를 보고 아마기가 담담하게 타일렀다.

"애초에 주인님은 앞으로 영지를 비우는 일이 많을 것입니다.

기함을 마련하는 것은 찬성하지만, 굳이 고집해서 건조할 의미가 없습니다. 수행 기간이 끝나면 또 새로운 초노급 전함을 건조할 생각이 아니신가요?"

빚 문제가 해결된 것도 있어서, 배포가 커진 나는 비싼 물건을 사버렸다. 물론 그만큼 비싼 물건을 사도 재정적으로는 아무런 문제도 없다.

내 용돈은 줄지도 않을뿐더러 이 순간에도 계속 늘어나고 있다.

설비와 인원을 준비하는 것이 성가시다.

이것만큼은 돈으로 금방 해결되는 문제가 아니다.

"앞으로는 주의할 테니까 용서해줘. 그리고 수행이 끝나면 초노급 전함으로 데리러 와. 주위에 자랑하고 싶으니까."

새 장난감을 자랑하는 아이 같은 말을 하니 브라이언이 고개를 절레절레 저었다. 다만, 기막혀하는 것 같지는 않고―― 어딘가 안심하고 있었다.

"자랑하는 게 하필 초노급 전함이라는 건 문제이지만, 허세를 부리는 방식이 나이에 맞아 안심했습니다."

"이봐, 내가 꼭 아이 같다는 식으로 말하지 마."

그렇게 대화를 즐기고 있으니 아마기가 레젤가의 본성에 가까워졌다는 걸 알렸다.

"도착한 것 같군요."

아마기가 내 눈앞에 바깥의 경치를 보여줬다.

레젤가의 본성에는 수행하러 찾아온 젊은이들을 태운 함정이 차례차례 나타나고 있었다. 우주항에는 많은 전함이 몰려들고 있었다.

나와 마찬가지로 레젤가에서 수행을 하는 귀족의 자제들이 타고 있을 것이다.

"3년 동안은 여기서 지내는 건가."

레젤가의 본성이 입체영상으로 내 눈앞에 나타났다.

브라이언이 등을 꼿꼿이 폈다.

"리암 님, 아무쪼록 부상과 병은 조심해주십시오. 무슨 일이 있으면 꼭 연락해주십시오. 알겠죠?"

몇 번이고 똑같은 말을 들은 나는 '아~ 예이예이'라며 대충 대답했다. 그러니 그런 취급이 납득이 안 되는지 브라이언은 불만스러워 보였다.

그리고 아마기도 나를 걱정했다.

"주인님, 부디 무사히 다녀오십시오."

"기껏해야 놀이인데 무사고 뭐고 없잖아? 최대한 잘 놀고 올게. 뒷일은 맡긴다."

"알겠습니다."

어차피 날 기다리는 것은 레젤가의 접대다.

접대받기 위해 사례금을 10배나 줬다.

레젤가가 나를 어떻게 대접할지 벌써 기대된다.

그러자 브라이언이 눈물을 흘렸다.

"리암 님이 훌륭하게 크셔서 이 브라이언은 기쁩니다."

이 녀석은 항상 운다. 그리고 할아버지의 눈물 같은 건 아무런 가치도 없으니 그쳤으면 한다.

"좀 그만 울어."

"울지 않고 배기겠습니까! 리암 님이 수행을 거쳐 훌륭한 백작이 될 날이 다가오고 있습니다. 이 브라이언은 그게 기뻐서 눈물이 멈추지 않습니다!"

"어, 어어."

기껏해야 놀러 가는 건데 이렇게까지 울 게 있을까? 내가 기겁하고 있으니 아마기가 나에게 이런저런 이야기를 해줬다.

"브라이언 님은 주인님 이상으로 불안해합니다. 이번에 주인님을 레젤가로 수행을 보내기로 정해진 뒤부터 많은 선물을 준비해 왔습니다. 아무래도 콩쿠르에서 입상한 자랑거리인 분재까지 보냈다고 합니다."

"자랑거리인 분재까지 줬어?!"

내가 브라이언을 보니 손수건으로 눈물을 닦고 있었다.

"이 브라이언이 줄 수 있는 최고의 일품이니, 달리 선택지가 없었습니다."

브라이언의 취미 중 하나로 분재가 있다. 몇백 년이나 계속해 와서 콩쿠르에서 입상한 적도 있다고 한다. 상당한 가치가 있다고 들었는데, 그 이상으로 브라이언이 보물처럼 소중히 여겼다.

잘 아는 사람이 보면 이해할 수 있는 분재라고 한다.

날 위해 그런 보물을 주는 건 안 했으면 좋겠다.

"그건 좀 심하잖아. 좀 더 편하게 생각해. 겨우 수행이라고."

나를 소홀히 다루기를 바라지 않기에 브라이언 나름대로 마음을 표현했을 것이다.

"리암 님이야말로 너무 가볍게 생각하는 건 아닙니까? 이 브라이언, 걱정되기 시작했습니다."

"문제없어. 어쨌든 이런저런 이유를 들어서 큰돈과 선물을 대량으로 준비했으니까. 선량한 사람이라 해도 이 정도로 물건을 받으면 간단히 넘어올 거야."

내가 개인적으로도 상당한 돈을 보냈다.

──즉, 레젤가는 나에게 대량의 선물을 받았다.

"그건 그거대로 문제입니다. 리암 님께서는 영주 귀족이란 무엇인지 확실하게 배우셨으면 합니다만?"

"필요 없어."

선량한 사람이라 해도 돈으로 간단히 넘어오는 것이 세상의 이치다. 내가 어떻게 행동해도 분명 용서해줄 것이다. 하지만──

기꺼이 돈을 받는 영주라면 나도 흥미가 있다.

똑같은 나쁜 사람끼리 사이좋게 지내고 싶으니까.

어쨌든 돈에도 넘어오지 않는 지독하게 선량한 사람이 아니라면 나를 상당히 조심스럽게 대할 수밖에 없는 것이다.

"뭐, 상관없나. 그럼, 레젤가는 나에게 어떤 접대를 해주려나?"

앞으로의 수행 생활을 상상하니 자연스럽게 웃음이 새어 나왔다.

◇ ◆ ◇ ◆ ◇

레젤 자작가의 우주항.

그곳에는 수행 목적으로 방문한 다른 가문의 전함이 몰려와 있었다.

항구에는 다른 가문의 관계자가 차례차례 와서는 레젤 자작에게 선물을 줬다. 사례금과는 별도지만, 이는 아이를 받아들여 준 답례 같은 것이다.

그런 가운데, 번필드가에서 보낸 짐이 도착해 있었다.

그것은 아마기와 브라이언이 리암을 위해 햄프리 상회를 이용해 준비한 선물이었다.

그 외에도 레젤 자작가가 원하는 자원 등도 준비되어 우주항의 창고는 보물산이 도착한 듯한 분위기였다.

작업원들이 놀랐다.

"이만한 물건을 가져온 가문은 처음 아닌가?"

"이끌고 있던 함대 봤냐? 최신예 함정인 것 같은데."

"하아~ '피타크가'는 굉장하네~."

어느 컨테이너에도 번필드가의 가문이 그려져 있는데, 작업원과 그 상사들 모두 번필드가로 인식하지 않았다.

작업원 중에는 안내인의 모습이 있었고, 필사적으로 인식을 바꾸고 있었다.

"좋아, 이쪽도 완료다. 크크큭, 리암── 네가 준비한 이 물건들은 전부 다른 사람이 가져온 것이 됐다! 네가 하는 짓은 전부 소용없단 말이다!"

안내인은 리암을 불행하게 만들기 위해 레젤가에서 꾸준히 암약하고 있었다.

결과, 사람들의 인식이 뒤틀려 번필드가와 피타크가의 평판이 뒤바뀌었다.

작업원들이 불평했다.

"그것보다, 들었나? '번필드가'라는 촌놈이 함정을 몇천 척이나 끌고 왔다던데."

"세상 물정 모르는 놈은 이래서 싫어. 선물도 없다고 하지 않았나. 예의를 모르는 건가?"

"보급과 정비를 레젤가에 부담시켜라, 란다. 왜 바보 같은 귀족을 받아들였을까?"

대함대를 끌고 본성까지 접근하는 행위는 결례가 되기에 하지 않는다.

그래서 피타크가── 번필드가는 레젤가에서 평판이 바닥을 치고 있었다.

리암은 아무 일도 하지 않았건만, 안내인의 암약에 계속 하락하고 있었다.

작업원들이 불평하고 있으니 다음 컨테이너가 왔다.

"다음은 베르만 남작가인가? 여기도 들어본 적 없는 가문이군."

인근 영지에 있는 가문의 이름이 아니라 작업원들은 들어본 적이 없었다.

　오랜 세월 여기서 일한 남자가 손뼉을 치며 작업원들을 재촉
했다.

　"됐으니까 얼른 끝내자고."

　작업원들이 업무로 돌아가자 그 뒤에도 차례차례 컨테이너가
들어왔다.

레젤 자작가의 우주항은 환영 분위기에 휩싸여 있었다.

당주인 레젤 자작이 직접 마중을 나왔으며 기사와 군인뿐만 아니라 관리와 중진들도 모여 있었다.

그런 가운데 피타크 백작가의 대를 이을 아들이 마중을 받고 있었다.

열린 문으로 나타난 '페터 세라 피타크'는 상당히 화려한 차림을 하고 있었다. 장식품이 주렁주렁 달린 복장은 레젤 자작을 상대하기에 걸맞다고는 할 수 없었다.

눈에 띄는 것은 삐죽삐죽하게 세팅된 핑크색 머리카락. 연갈색으로 탄 피부에 얼굴에는 화려한 화장까지 했다.

그리고 몸은 가늘어서 그다지 단련한 것처럼 보이지도 않았다.

이게 정말 대귀족의 후계자인지 의문이 드는 행색이었다.

그가 느슨한 말투로 인사했다.

"흠~, 네가 레젤 자작? 앞으로 신세 좀 질게~."

페터는 레젤 자작을 상대로 마치 친구를 상대하듯이 대했다.

하지만 레젤 자작은 이 정도로 화내지 않았다. 괘씸하긴 해도 그걸 얼굴에 드러내지는 않았다.

(다소 바보라도 앞으로의 교제를 생각하면 나쁘지 않아. 레젤가를 위해 이용할 수 있어.)

속마음을 숨기고 웃는 얼굴로 대답했다.

"어서 와, 페터 군. 널 만나 기쁘구나. 오늘은 여행의 피로도 있을 테니 느긋하게 쉬려무나. 내일은 널 위해 파티를 열 예정이니, 즐기거라."

수행 목적으로 받아들인 페터를 위해 파티를 열고 레젤 자작이 직접 접대했다. 페터는 좋은 대우를 받고 있지만 그걸 신경 쓰는 기색도 보이지 않았다. 오히려 당연하다는 듯이 생각했다.

"그래. 그럼 빨리 방으로 안내해줘~. 피곤하니까 빨리 쉬고 싶단 말이야."

너무 심한 언사와 태도에 마중을 나온 사람들과 페터를 배웅하러 온 피타크가의 가신들도 안색을 바꿨다.

하지만 레젤 자작은 페터의 태도를 비난하지 않았다.

그 이유는 그의 집안이 보냈다고 생각하는 선물의 산을 떠올리고 있었기 때문이다.

이 정도의 태도는 문제가 안 될 정도의 양을 받았다.

막대한 자금, 자원의 산이 레젤 자작을 관대하게 만들었다.

"이거 실례했군. 그건 그렇고, 내일부터는 내 딸에게 안내를 시키도록 하지."

딸에게 안내를 시킨다. 그것은 딸을 페터에게 시집을 보내고자 하는 의사표시다.

페터 본인의 재능이나 자질은 볼만한 점이 없어도 피타크 백작가와는 인연을 맺고 싶다.

그러기 위해 레젤 자작은 평상시부터 페터 곁에 딸을 두도록 조처했다.

수행지에서 이렇게 약혼이 진행되는 경우는 제국에서는 그리 드문 일도 아니었다.

하지만 페터는 이 이야기를 들어도 이해한 눈치를 보이지 않았다.

"좋아. 그보다 자작의 따님은 미인이야?"

주위—— 자작가의 가신들뿐만 아니라 피타크가의 가신들도 아연실색했다. 하지만 레젤 자작은 웃었다.

"부모 눈에 예쁘게 보이는 것도 있겠지만, 미인이고 자랑스러운 딸이야."

(이 정도의 남자라면 딸이라도 쉽게 조종할 수 있겠지.)

본인은 최악이지만 백작가와의 인연은 원한다. 페터가 글렀다는 걸 알아차리고 있으면서도 평소에 생각하는 바가 있어 딸의 약혼자로 삼기로 했다.

배신당한 기분이다.

레젤 자작가의 우주항에 온 나는 거기서 셔틀로 다른 귀족의 자제와 함께 행성에 내려왔다.

레젤 자작가의 행성은 완전환경도시—— 아콜로지(Arcology)를 채용했다. 간단하게 설명하자면 필요한 것을 전부 채워 넣은 도시다. 식량 생산을 비롯해 여러 가지를 도시 내부에서 자급자족하기에 다른 리소스가 필요하지 않다.

외곽은 높은 벽에 둘러싸여 있으며, 온 도시가 얇고 투명한 유리 같은 물체로 감싸여 있다. 내부는 지하에도 도시가 펼쳐져 있고, 겉보기 이상으로 사람들이 밀집하여 살고 있었다.

이들이 아콜로지를 채용한 이유는 이들이 자리한 행성이 황폐하기 때문이다. 도시 외곽은 자원 채굴을 반복한 끝에 구덩이투성이가 되어 있었다.

이만큼 환경이 파괴되면 아콜로지를 채용하는 수밖에 없다.

내 취향은 아니지만 아콜로지 안은 쾌적하니 아무래도 좋았다.

다른 가문의 일이니 나는 참견할 수 없고, 레젤가의 영지가 아무리 황폐하다 해도 내가 신경 쓸 일이 아니다.

내가 지금 마음에 안 드는 건 레젤가가 나를 대하는 태도였다.

"오늘부터 너희는 여기서 생활한다!"

레젤가의 기사── 제국에서는 배신* 기사라 불리는 레젤가 가신이 우리를 모아놓고 앞에서 그렇게 선언했다.

우리가 모인 장소는 레젤 자작가의 저택 안.

안내받은 복도에는 2인용 방이 죽 줄지어 있었다.

모여 있는 귀족의 자제들은 그 말을 듣고 정말 놀란 표정을 지었다.

모두가 '있을 수 없는 일'이라며 말했지만, 기사는 들으려 하지

────────
*陪臣. 제후의 신하.

않았다.

"너희는 손님 신분이 아니라, 여기에 수행하러 온 것이다. 본 가문의 방침을 따르도록."

문이 열린 2인용 방을 들여다보니 침대와 책상이 두 개씩.

귀족 자제들은 이런 환경을 받아들일 수 없는 모양이었다.

나? 어떤 녀석이 같은 방을 쓰게 될지 궁금하지만, 그것 말고는 불만은 없었다. 전생에 죽었을 때 살던 방은 이 이상으로 심각했으니 아무렇지도 않았다.

그보다 문제는 레젤 자작에게 배신당한 것이다.

기사가 목청을 높였다.

"짐을 두면 옷을 갈아입고 운동장으로 나와라. 뜀걸음!"

짐을 두기 위해 명판을 확인하고 방에 들어갔다.

나와 같은 방이 된 사람은 '크루트 세라 에크스나'라는 남작가 출신 남자였다.

──훗, 이겼군. 난 백작가 출신이니 이 녀석보다 지위가 높다.

그런 생각을 하고 있으니 움직임이 굼뜬 우리를 보고 기사가 소리쳤다.

"빨리빨리 못 하겠나! 뭘 꾸물거리나!"

한 자제가 말대꾸했다.

"배신 기사가 거들먹거리지 마라. 난 백작가의 차남이라고."

집안을 들어 항의하는 자제를 상대로 기사는 조금도 주눅 든 태도를 보이지 않았다.

"그게 어쨌나! 여긴 레젤 자작가다. 네 집안은 상관없다!"

저항한 자제가 맞아서 쓰러졌고, 그걸 본 다른 아이들이 황급히 빠릿빠릿하게 움직이기 시작했다. 다들 레젤가에 어떤 목적으로 왔는지를 떠올린 듯했다.

나도 옷을 갈아입으니 기사가 열혈교사처럼 의욕적으로 행동했다.

좋아 오늘부터 이 녀석을 열혈 기사라고 불러주지.

"집에서 얼빠진 생활을 하던 네놈들을 내가 다시 단련시켜주겠다!"

접대 운운은 레젤 자작가에 통하지 않는 모양이었다.

"제장, 예정이랑 다르잖아."

내가 불평하자 같은 방을 쓰는 에크스나가 새초롬한 표정을 지었다.

짧고 곱슬기가 있는 금발과 보라색 눈동자, 잘 단련된 몸매에 훤칠한 키.

이런 녀석을 한마디로 표현하는 단어가 있지.

이 녀석은 미남이다. 미남미녀가 많은 것이 당연한 귀족 중에서도 탁월하게 뛰어난 외모를 지니고 있다. ──나는 이런 녀석이 싫다.

다른 자제들이 당황해서 허둥거리는 와중에 에크스나만은 아무 문제도 없다는 얼굴을 하는 것도 마음에 안 들었다.

녀석을 보고 있으니 짜증 나기 시작했다.

에크스나의 '이 정도로 당황하는 건가?'라는 깔보는 태도도 마음에 안 들었다.

우리의 숙소가 된 건물의 마당은 운동장이었다. 주위에는 수행을 위해 필요한 환경이 갖추어져 있어서 분위기가 마치 학교 같았다.

분위기만으로도, 모든 것에 돈이 들었다는 것은 한눈에 보고 이해할 수 있었다.

밖에 나온 우리가 모이니, 체육복 차림인 기사는 정말로 체육교사처럼 보였다.

"우선은 달리기다! 이제부터는 매일 아침 일과가 될 테니까 기억해둬라!"

그 말을 들은 다른 녀석들이 절망한 듯한 표정을 지었지만──그게 절망할 정도인가? 기상 시간은 미리 확인했는데, 내가 평소에 일어나는 시간보다 여유가 있었다.

오히려 내가 마음이 꺾일만한 요소는 다른 곳에 있었다. 딱히 수행이 생각보다 힘들 것 같다는, 그런 이유가 아니다.

"망했네. 레젤 자작은 나랑은 정반대인 귀족이었나."

접대를 기대하고 있었는데 왜 이렇게 됐지?

내가 대체 얼마나 큰 돈을 준비했는지 아는가?

선량한 귀족이라도 그만한 돈이라면 날 접대해야 당연했다.

하지만 현실은 그렇지 않았다.

이유는 단순명쾌하다.

레젤 자작이 고액의 기부나 예물에 흔들리는 평범한 사람이나 악인이 아닌 거다.

오히려 이 정도라면 정의감이 몹시 대단할 거다.

아무래도 나는 내가 가장 싫어하는, 대단히 선량한 영주의 집에 수행하러 와버린 모양이다.

나는 열혈이 외치는 규칙적인 생활보다 그게 가장 납득이 안 됐다.

"진짜 어처구니없는 집에 와버렸군."

하필이면 뇌물이 전혀 통하지 않는 레젤가에 수행하러 오게 될 줄은 몰랐다. 제국도 생각만큼 부패하지는 않은 건가?

골똘히 생각하는 나에게 열혈 기사가 고함을 쳤다.

"뭐 하는 거냐, 뛰어라!"

귀족의 자제를 받아들이고 한 달이 지났을 무렵.

레젤 자작은 교육 담당을 모아서 올해에 받아들인 자제들의 평가를 확인했다.

유독 명확하게 평가가 낮은 사람이 있었는데, 바로 그가 마음에 들어 하는 페터였다.

교육 담당 한 명이 폐가 된다는 듯이 말했다.

"랜돌프 님도 주의해주십시오. 수업 중에 조는 건 그렇다 치고,

방에 여자를 불러들여서 아침까지 소란을 피우고 있습니다."

페터는 레젤 자작이 앞으로 교류하고 싶다고 생각하는 자제들을 모은 교실에서 교육을 받고 있었다.

그들은 리암이나 다른 아이들과는 다른 교육을 받았는데, 그야말로 접대였다.

준비되는 식사는 매일같이 호화로우며 수업에 관해서도 일류를 갖추었다.

그리고 문제를 일으켜도 야단치지 않는다.

부드럽게 타이르는 것이 기본방침이다.

"그렇군. 내가 전해두지."

레젤 자작은 처음부터 페터에게 아무런 기대를 하지 않았다. 중요한 건 가문이니까.

그래서 레젤은 주의하겠다고만 하고 화제를 바꿨다.

"다른 자제들의 상태는 어떤가?"

리암과 다른 아이들을 지도하는 기사가 일어서서 열의를 보이며 보고했다.

"첫날에 엄하게 했으니 얌전합니다. 지금은 이곳 생활에 꽤 익숙해졌습니다."

그러나 그의 보고가 무색하게도 주위의 관심은 적었다. 그가 맡는 아이들은 앞으로의 교류 따위는 생각하지 않는 자제의 모임이기 때문이다.

그래도 일단은 레젤 자작도 신경을 썼다.

"관심이 가는 아이는 있었나?"

"역시 에크스나가의 크루트는 무시할 수가 없더군요. 재능과 자질이 상당합니다. 그리고 번필드가의 리암도 제법입니다. 이 녀석은 정말 재밌습니다."

리암은 재미있다는 평가를 받았지만 레젤 자작의 반응은 차가웠다.

"번필드가인가……."

레젤 자작이 기억하는 번필드가는 첫날에 3,000척이라는 함대를 보낼 정도로 비상식적인 가문이다.

그 외에도 보급과 정비를 자작가에 부담시키라고 하고 뻔뻔했다.

함정의 질은 몹시 형편없었으며 기사나 군인들의 숙련도도 낮았다.

보잘것없는 가문이다.

(번필드가는 가치 없는 가문이군. 그에 비해 피타크 백작가는 어떤가. 최신예로 보이는 함정에 그 숙련도. 역시 교류를 한다면 피타크 가문이지.)

피타크 가문은 300척으로 상식적인 범위 안이었다.

그리고 페터를 데려다주고는 레젤 자작가에 부담이 되지 않도록 빠르게 귀환했다.

우주항에서의 응대도 훌륭했다는 보고를 받아서 감탄했다.

귀족들이 소유한 사설군 중에는 해적인가 싶을 정도로 지독한 놈들도 많다.

그런 와중에 정규군에 뒤지지 않는 질과 숙련도를 지닌 피타크가에 레젤 자작은 큰 관심을 보였다.

레젤가에 자제를 잘 맡겨줬다며 감사할 정도다.

열의 있는 기사가 레젤 자작에게 제안했다.

"둘의 실력을 생각하면 특별히 교육하는 편이 좋지 않을까요?"

하지만 개인보다 집안을 중시하는 레젤 자작은 그 제안을 일고도 하지 않고 거부해버렸다.

"필요 없어. 앞으로도 엄하게 교육하면 된다."

수행한다고 다른 가문에 와서 깨달은 것이 있다.

"너무 편해서 한가하네."

매일 아침 일찍부터 운동, 수업, 그 외에는 고용인의 일을 하며 섬기는 자의 마음을 배우는 생활을 하고 있었다.

하지만 깨닫고 말았다.

나에게 이 정도의 생활은—— 평소보다 더 편하다는 것을.

집무실에서 전자서류 처리를 안 해도 되고, 귀찮은 손님들은 전혀 없다.

운동도 일섬류 단련과 비교하면 준비운동도 안 됐다.

오히려 '어? 고작 이 정도로 괜찮은 거야?' 하고 의문이 드는 날들이 흘러갔다.

지금도 레젤가의 정원을 청소하고 있지만 편리한 도구가 갖춰져 있어서 편했다.

지금 내 옆에는 나와 페어로 행동하는 여자가 있었다.

이름은 '에일라 세라 베르만'.

적발에 가까운 갈색 머리를 묶는 에일라는 성격이 쾌활했다. 누구에게나 말을 걸고 성격이 밝아 친해지기 쉽다. 상상하던 귀족 아가씨와는 달랐다.

몸매는 가늘지도 두껍지도 않고 보통이지만, 밝은 성격과 웃는 얼굴이 귀엽기도 해서 같은 수행 동료 사이에서는 가장 귀엽다며 소문이 났다.

나는 그런 에일라와 함께 점프슈트 차림으로 강제로 정원을 청소하고 있었다.

"빨리 끝내자."

강제로 청소를 하는 데도 불만은커녕 웃음을 보이다니, 에일라는 순진한 아이구나.

지급된 점프슈트를 착용하고 일하는 모습을 누가 본다면 분명 저택의 고용이라고 생각할 거다.

청소 도중에 놀이── 스포츠가 끝나 돌아가는 녀석들과 엇갈렸다. 그들도 우리와 마찬가지로 수행하러 온 자제이지만, 취급은 천지차이였다.

일하는 우리와 거의 놀이와 같은 스포츠로 땀을 흘리는 녀석들.

같은 레젤가에 수행하러 왔는데 대우가 이렇게 차이가 난다.

그 속에서 발견한 것은 피타크가의 페터였다. 레젤 자작의 마음에 들었는지 그 옆에는 레젤 자작의 딸인 '카테리나 세라 레젤'의 모습이 있었다.

금발벽안의 미녀로, 머리를 한데 묶고 테니스복 같은 차림을 하고 있었다.

누가 봐도 알찬 시간을 보내고 있다는 분위기였다.

청소 중인 나는 이 대우 차이에 다소의 불만을 품고 있었다.

"왜 페터가 총애를 받는 거지?"

내가 선물을 얼마나 준비한 줄 아는가? 상식의 배는 준비했을 것이다. 그런데 난 고용인 같은 취급을 받고 있다.

선물에 굴복하지 않는 레젤 자작이 페터를 마음에 들어 하는 이유는 무엇인가?

"리암 군도 페터 군이랑 같이 있는 애들이 신경 쓰여?"

에일라가 나에게 말을 걸었는데 작업을 계속하면서 이야기했다.

"그래, 신경 쓰여. 레젤 자작은 페터를 상당히 마음에 들어 하는 것 같아."

"그건 어쩔 수 없지 않을까."

"어쩔 수 없다고? 이유를 알아?"

에일라는 내 의문에 대답해줬다. 회상하듯이 시선을 위로 향하고 있었다.

"내가 들은 이야기로는 페터 군의 집안은 엄청나대. 잘은 모르겠지만 급성장하고 있대."

"급성장?"

성장 속도를 따지자면 내 영지도 지지 않을 터다.

내가 고개를 갸웃하자 에일라가 자세한 이야기를 시작했다.

"끔찍한 영지였다고 하는데, 개혁해서 몰라보게 발전시켰어. 그 외에도 검술의 면허개전도 받았대. 지금은 명군이라고 백성들이 고마워한다고 들었어. 페터 군, 아직 후계자라서 백작은 아니지만, 장래성을 기대받는 모양이야."

에일라의 이야기를 듣고 전부 이해했다.

레젤 자작이 나를 멀리할만하다.

확실히 나도 영지를 발전시키고 일섬류의 면허개전을 받았다. 페터에게 질 생각은 없지만 나와는 결정적으로 다른 점이 있었다.

그건 내가 악당이고 페터가 장래 유망한 명군이라는 점이다. 여봐란듯이 뇌물을 보낸 나를 싫어하는 레젤 자작이라면 페터를 좋아할 것이다.

페터의 소문이 알려져 있다면 분명 나에 대해서도 조사했을 것이다.

"──아무래도 미움을 산 모양이군."

이상한 말을 중얼거리는 나를 걱정한 에일라가 황급히 달래줬다.

"나, 낙담할 것 없어. 대부분은 우리랑 똑같은 대우를 받고 있으니까."

"신경 안 써. 그보다 네가 이쪽에 있는 게 부자연스러운데."

대부분은 우리랑 같은 대우를 받는다. 요컨대 여기 있는 에일라도 레젤 자작에게 미움을 샀다는 의미다.

하지만 내가 보기에 에일라는 선한 사람이었다.

나는 그녀가 우리와 같은 취급을 받는 것이 마음에 걸렸다.

"어? 그런가? 나 같은 경우에는 어쩔 수 없다고 생각하지만."

에일라는 자신의 경우를 이야기하기 시작했다.

"나는 삼녀고 집에는 후계자인 오빠가 있거든. 오빠는 수행까지 끝난 상태라, 난 집의 관심을 별로 못 받았어. 날 여기에 보낸 것도, 운이 좋으면 레젤 자작가랑 인연이 생길지도 모른다는 막연한 기대 같은 게 아니었을까?"

애처로운 이야기로 들리지만 에일라는 밝게 이야기했다.

사실 제국 귀족 사이에서는 에일라와 같은 일이 차고 넘친다. 그래서 나도 특별히 에일라가 불쌍하다는 생각은 안 들었다.

에일라 같은 처지의 아이는 어디에든 있다.

"너도 힘들겠네."

내가 말로만 동정했는데도, 에일라는 미소 지어주었다.

"리암 군은 착하네. 이런 이야기로 동정하고 말이야."

확실히 동정할만한 일은 아니지. 하지만 레젤 자작에게 미움받았다는 점이 다소 흥미로웠다.

내가 어느 정도 부를 축적했는데도 레젤 자작은 그걸 인정하지 않았다. 분명 나와 똑같은 취급을 받는 자제들도 본인 또는 집안에 뭔가 문제가 있을 것이다.

즉, 에일라는 내 동료다.

처음에는 레젤가를 고른 게 실수라고 생각했는데, 생각하기에 따라서는 나쁘지 않았다. 주위에 있는 자는 모두 악당이거나 관계자라는 의미니까.

에일라가 짝이 도망갔는지 혼자 청소하는 남자를 떨어진 장소에서 발견했다. 우리와 똑같이 점프슈트를 입는 에크스나였다.

"아, 크루트 군이다. 리암 군이랑 같은 방이지?"

같은 방이지만 에크스나는 다른 사람이 다가오지 못하게 했다. 주위 사람을 깔보는 남자였다. 같은 방을 쓰는 나에게도 마음을 열지 않아 한 달이 지나도록 대화조차 거의 없었다.

"그렇지. 하지만 남작가의 후계자님은 내가 싫은 모양이야."

"그래? 사이좋게 지내는 편이 좋을 것 같은데?"

에일라는 무슨 생각으로 그런 말을 하는 걸까?

에크스나를 바라보니 나와 에일라의 존재를 알아차렸는지 얼굴을 돌리고 멀어져갔다. 다른 사람의 접근을 거부하는 게 뭔가 지긋지긋한 놈이다.

"나는 싫어."

나는 뭐든 할 수 있다고 주장하는 듯한 저 얼굴이 마음에 안 든다. 실제로도 유능하지만.

아마 저 녀석의 실력은 레젤가에 수행하러 온 자제 중에서도 위에서 세는 편이 빠를 것이다.

그러자 에일라가 나에게 얼굴을 가까이 댔다. 얼굴이 진지하기 그지없었다.

"안 돼, 리암 군."

"뭐가?"

"모처럼 이렇게 알게 됐으니까, 사이좋게 지내야지. 이렇게 같은 곳에서 수행하는 것도 인연이야."

뭐, 인연이라 하면 그럴 것이다. 이 넓은 제국에서 사정이 다른 귀족의 자제가 모여 같은 장소에서 수행할 일이 앞으로 또 있기야 하겠는가.

어떻게 보면 기적 같은 것이다. 난 기적이라 생각하진 않지만.

싫어하는 놈이랑 무리해서까지 친해질 필요는 없다. 그리고 난 백작이다. 고작 남작가의 후계자 녀석에게 바싹 다가갈 필요는 없다.

"저 녀석이 머리를 숙이고 다가오면 상대해주지."

"리암 군은 정말 거만하네. 하지만 그런 점이 좋을지도."

내 태도에 기막혀할 줄 알았는데, 에일라는 즐거워했다.

홀로 묵묵히 청소하는 크루트 세라 에크스나는 수행지인 레젤가에 온 지 한 달 만에 낙담했다.

"이쯤 하면 되나."

에크스나가는 소위 출세한 집안이다.

아버지가 기사로서 기동기사 파일럿을 하고 있으며, 전장에서 활약하여 작위를 얻었다. 그 덕에 진짜 귀족이 될 수 있었지만, 하사받은 영지는 굉장히 가난했다.

그러나 아무리 가난하다고 해도 에크스나가는 알그란드 제국의 남작가다.

가문의 격에 맞는 행동을 요구받아 아들인 크루트가 수행을 하는 것도 그 때문이다.

하지만 수행지에 와보니 빈둥거리는 것과 마찬가지인 나날이 이어졌다.

아침 일찍부터 몸을 움직이고, 배우고, 일한다—— 이 정도밖에 안 되냐며 부족함을 느끼고 있었다.

"이 정도면 집이 더 엄격했어."

에크스나가—— 아버지는 알렌 검술이라는 제국에서도 메이저한 검술을 익혔다. 아버지는 검호라 불리며 기사로서 대활약을 했다.

크루트도 아버지와 마찬가지로 알렌 검술을 배웠고, 면허개전을 받았다.

강하고 성실한 크루트가 보기에 레젤 자작가는 배울 것이 아무것도 없는 것처럼 느껴졌다. 사실은 이런 곳에서 도망치고 싶을 정도였다.

하지만 그건 허용되지 않는다.

"큰돈을 낸 의미가 없네."

에크스나가가 레젤가에 낸 요금과 선물이 수지타산이 맞지 않았다.

차라리 교육이 엄격하고 앞으로 도움이 된다면 얼마나 유익했을까. 하지만 실정은 장난이나 마찬가지였다.

귀족의 아이들이 레젤가에 놀러 온 것으로밖에 안 보였다. 교육은 받고 있지만, 전부 엄격하지 않아 크루트는 어딘가 불만스러웠다.

무엇보다도——.

"아하하하, 오늘은 아침까지 파티다!"

"페터도 참."

——근처를 지나간 똑같이 수행 중인 남녀는 화려한 차림을 하고 있었다. 레젤가에서 특별대우를 받는 남녀를 보고 크루트는 더더욱 한심해졌다.

집안과 재산으로 선택받은 그들과 자신과의 대우 차이가 비참하게 느껴졌다.

레젤가에게 있어서 에크스나가가 얼마나 가치 없는지를 보여준 것과 마찬가지다. 이런 취급도 참을 수 없다.

"이런 곳에서 무엇을 배우란 말이냐."

청소하면서 크루트는 이런 환경에 화를 냈다.

수행지에서의 생활도 익숙해졌을 무렵.

운동장에 모인 우리 앞에서 지도 담당인 열혈 기사가 평소보다 긴장한 모습으로 목청을 높였다.

"오늘부터는 무술 시합을 도입한다! 단, 훈련이라고 긴장 풀지 마라. 부상의 원인이 된다."

열혈 기사는 체육계 기질인지 열의가 끊이지를 않았다. 그 열의가 숨이 막힐 정도로 뜨거워서 싫을 지경이었다.

"마음에 드는 무기를 골라라! 그 뒤에는 2인 1조로 시합을 진행한다. 처음은 같은 방을 쓰는 사람끼리 하면 되겠지."

귀족은 취미로 무엇이 되었든 무예를 한 가지 배운다. 그렇기에 기초 자체 정도는 할 줄 아는 게 당연했다.

내가 일섬류를 배웠듯이, 다른 녀석들도 어떤 무술을 배웠다.

준비된 도구는 전부 다 미래적인 도구였다. 목검이 아니라 레이저 블레이드(?) 같은 자루만 있는 도구를 드니 빛의 칼날이 나타나 칼의 형태로 변했다.

쇼크 소드라 불리는 훈련용 장난감이다.

날에 닿으면 찌릿찌릿한 감각이 느낌이 드는 게 전부지만, 이것도 달인이 쓰면 사람을 죽일 수 있다나.

하지만 그건 목검도 마찬가지. 어차피 놀이 정도라면 약간 아프기만 할 뿐이다.

형태도 다양해서 창, 활, 도끼 등 종류가 풍부했다. 다른 녀석들도 자기 취향의 도구를 들었다.

"그럼, 내 상대는 너인가."

외날검을 고른 내 앞에는, 양날검 형태의 쇼크 소드를 든 에크스나가 싸늘한 눈초리를 하고 서 있었다. 제국에서는 양날검이 주류이니, 사람들이 보기에는 내가 별종일 것이다.

"난 힘 조절이 서투니까 미리 사과해둘게."

나를 깔보는 발언에, 나는 누가 위인지를 철저하게 알려주자고 생각하며 자세를 잡았다.

"상호의 실력 차이도 모르는 것 같네. 난 일섬류의 면허개전자야. 대충하지 말라고. 물론 지고 핑계를 대고 싶으면 대충해도 되지만 말이야."

내가 이길 것이라고 말해주니 에크스나가 고개를 갸웃거리며 깔보듯이 웃었다.

"일섬류? 들어본 적 없는데. 마이너 유파인가?"

"이 자식, 잘도 그렇게 말했겠다. 각오는 돼 있겠지?"

──흠씬 두들겨 패주마. 그렇게 결심한 나는 쇼크 소드의 칼자루를 왼손으로 움켜쥐었다. 칼집이 없어 검을 넣을 수가 없지만, 일섬류에 납도 자세가 필수인 건 아니다.

열혈 기사가 주위를 보고 준비가 된 것을 확인했다.

"준비된 것 같군. 그럼, 시작!"

기사가 신호를 보내자 운동장 여기저기서 귀족 자제들이 시합을 시작했다.

그 모습을 열혈 기사가 지켜보는 가운데, 난 에크스나를 때려 눕히려고 했지만── 여기서 큰 문제가 발생했다.

베려고 달려든 내 일격을 에크스나가 반응하여 막아버렸다.

"읏!"

단숨에 기절시키려 한 내 일격이 막힌 순간, 우리는 서로 뒤로 확 물러서서 거리를 뒀다.

이 녀석, 내 움직임을 따라온 건가?

에크스나도 방금 공격으로 진지해졌는지 쇼크 소드를 팔상세로 들고 가만히 나를 봤다.

그 자세에 빈틈은 없었다. 평범하게 달려들면 전부 막히는 이미지가 떠올랐다.

이 녀석, 강하잖아!

나는 에크스나와 싸우기 위해 쇼크 소드를 쥐었다.

여유롭게 쓰러뜨릴 수 있을 줄 알았는데── 난 여기서 일섬류의 큰 약점을 깨달아버렸다.

리암을 상대하는 크루트는 마음속으로 초조해했다.

식은땀이 멎지 않았고, 아까 전의 여유가 사라져버렸다.

(뭐 하는 놈이지? 이 녀석, 꽤 한다고 생각했지만 이렇게까지 강했나?)

크루트는 리암을 상대하며 확신했다.

원래 강한 줄은 알고 있었다. 하지만 그 힘을 헤아릴 수가 없다.

이렇게 무기를 들고 앞에 서서 리암의 힘을 피부로 직접 느꼈다.

이건 공포였다. 지금까지 느껴본 적 없는 미지의 공포가 느껴졌다.

(마이너 검술이라고 얕봤는데, 방금 일격은 뭐지? 다른 유파와 비슷하지만, 그는 자신의 검술을 일섬류라고 했다. 무언가의 분파인가?)

에크스나가는 전장에서 출세한 가문이다. 그의 아버지는 크루트가 전장에서 살아남을 수 있도록 엄격하게 단련시켜왔다.

크루트가 젊은 나이에 면허개전을 받은 것도, 주위와는 격이 다른 힘을 지니는 것도, 그런 원인이 있었다. 동년배에 적수는 없다──고 생각해도 이상하지 않았다.

하지만 눈앞에 있는 자신과 동갑인 소년은 더욱 강했다.

"마이너 검술이라고 얕본 것 같군. 사과하지."

리암도 신중하게 입을 열었다. 아까 보이던 여유는 이미 온데간데없었다.

"일섬류다. 기억해둬라."

"그래, 두 번 다시 잊지 않아."

땀이 볼을 타고 턱에서 떨어졌다. 그래도 크루트는 웃음이 나왔다.

(섣불리 움직이면 일격에 당한다.)

심장이 쿵쿵거리며 소리를 냈다.

마치 자신이 격이 높은 상대와 시합을 하는 듯한 긴장을 느끼고 있다는 것을 깨달았다.

리암의 작은 움직임도 놓치지 않도록 눈도 깜빡할 수조차 없었다.

(어디로 치고 들어가지? 어디로 치고 들어가면 좋지? 검이 닿는 이미지가 떠오르지 않아.)

어떻게 달려들어도 리암에게 공격이 닿는 이미지가 떠오르지 않았다. 오히려 섣불리 달려들었다가 반격당하는 이미지가 떠올랐다.

두 사람은 자세를 잡은 채로 움직이지 못했다.

서로 움직이지 않는 채로 상대와 눈에는 보이지 않는 공방전을 반복해나갔다. 일정 기량을 지녔기에, 주위 사람들로부터 이해받지 못하는 싸움을 펼치고 있었다.

때문에── 열혈 기사가 다가왔다.

"너희들 농땡이 부리지 마라!"

크루트도 리암도 열혈 기사에게 꿀밤을 맞았다.

주위 사람이 크루트 일행을 보고 웃는 와중에 한 사람만이 수상한 시선을 보내고 있었다.

일섬류에는 약점이 있었다.

아니, 약점이 있다는 의미가 아니다. 너무 강한 폐해다. 적을 적당히 상대할 방법이 없다.

일섬류는 오로지 상대를 죽이는 것에 특화된 검술이다.

물론 실력 차이가 크다면 봐줄 수 있을지도 모른다. 그러나 상대가 조금이라도 강하면 죽일 각오로 칼을 휘두르는 수밖에 없다.

이건 평범한 검술로 이길 수 없는 상대를 오의 일섬으로 죽이는 극단적인 유파다.

지금까지는 해적을 상대해왔기 때문에 봐준다는 건 생각지도 않았다.

쇼크 소드라도 달인이 쓰면 사람을 죽일 수 있다. 그런데 일섬류라면 어떻게 될까? 일섬류 앞에서는 장난감도 무기가 되어버린다.

이게 어떻게 된 약점인가.

그런 점에도 홀딱 반할 것만 같다.

"하지만 수행지에서는 자중해야겠지."

난 악덕 영주를 목표로 하고 있지만, 바보가 아니다.

내 영지라면 몰라도 다른 사람의 영지에서 난폭한 태도는 취하지 않으며, 취할 수도 없다.

내가 자작가에서 날뛰면 붙잡히고 끝이다.

개인의 힘에 큰 의미는 없다.

없지만—— 지는 건 분하다.

현재 내가 적당히 힘을 뺄 수 없는 상대는 에크스나 뿐이다. 에크스나만 없으면, 내가 저택에 있는 자제 중에서 최강이다.

에크스나만 쓰러뜨릴 수 있으면—— 그렇게 생각하고 있었는데, 이게 어찌 된 일일까?

"리암, 오후부터 본채 청소야. 빨리 준비하는 편이 좋을 거야."

나를 깔봐왔던 에크스나가 묘하게 친근하게 굴었다.

게다가 어느샌가 이름을 부르고 있다.

좀 더 경의를 표해서 '백작님이라 불러라!'라고 말해주고 싶지만, 여긴 다른 사람의 집이다. 그리고 나는 수행 중. 성가신 일은 일으킬 수 없으니 대답하는 수밖에 없다.

"알았으니까 재촉하지 마."

"서두르는 편이 좋아. 최근에는 교육 담당자들의 신경이 날카로우니까."

"무슨 일 있었어?"

"난리를 피운 사람들이 있어서 정리할 필요가 있대."

"우린 그냥 청소 담당인가? 고용인한테 시키면 되잖아."

"이런 경험도 수행의 일환이래. 뭐, 확실히 내가 생각해도 좀 아닌 것 같지만."

이전보다 웃음이 늘었고, 모난 태도가 둥글둥글해졌다.

같은 방을 쓰는 녀석과 싸워서 삐걱거리는 것보다는 이렇게 편하게 이야기를 나눌 수 있는 게 더 편하다.

쓰러뜨려야만 하는 적이라 해야 할까, 언젠가 상하관계를 각인시켜주려고 했는데, 너무 친근해서 대응하기가 곤란했다.

뭐, 상관없다. 문제는 또 하나 있다.

최근에 묘한 일이 있어서 에크스나보다 그쪽이 더 신경 쓰였다.

똑같이 레젤가에 수행하러 온 여성들, 그리고 저택에 있는 고용인── 주로 여성들이 나와 에크스나를 보는 시선이다.

적의는 아니다. 호기심인가? 아무튼 그들의 시선이 끈적하게 들러붙었다.

그 시선은 에크스나와 같이 있을 때 특히 강해지는 느낌이 들었다.

리암 일행이 저택 청소에 동원되었을 무렵.

레젤가에서 특별대우를 받는 자제들은 지도자가 모인 실내시설에서 쇼크 소드를 들고 시합 형식의 훈련을 하고 있었다.

많은 인원을 수용할 수 있는 도장이다.

리암 일행이 실외에서 했던 훈련과는 달리 한 경기씩 진행되고 있기에 느긋한 분위기가 흘렀다.

레젤가의 딸인 카테리나는 전용 운동복을 입고 벤치에 앉아있었다. 옆에 앉아있는 사람은 페터였다.

쇼크 소드를 들고 있긴 했지만, 페터는 시합을 거부하고 관전하고 있었다.

"페터도 시합 정도는 하면 좋을 텐데. 면허개전을 받아서 강하잖아?"

카테리나는 페터에게 시집을 가는 것이 레젤가에서 결정되어 있었다. 그렇기에 평소에도 옆에 있으라는 분부를 받았다.

외모는 아름다운 금발벽안의 아가씨다. 페터도 마음에 드는지, 카테리나가 옆에 있는 것을 자랑하듯이 행동했다.

카테리나는 그게 신경 쓰였다.

(힘 있는 가문의 후계자라는 말은 들었는데, 정말일까? 애초부터 면허개전을 받았다는 이야기도 수상한데…….)

페터는 귀찮은 듯이 변명했다.

"카테리나, 이 몸은 너무 강하다고~. 영지에서는 진 적이 없을 정도야. 그런데 이런 곳에서 진지하게 싸우면 어떻겠어. 어른이 아이랑 시합하는 꼴이나 마찬가지야~."

페터의 변명을 듣고 카테리나는 더욱 수상하게 여겼다.

"그럼 싸워봐."

"정말로 강한 남자는 중요한 때 외에는 싸우지 않는 법이야~."

카테리나는 뺀질뺀질 시합에서 도망치는 페터에게 질색했다.

도장 바깥을 보니, 마찬가지로 수행하러 온 자제들이 청소도구를 들고 이동하고 있었다.

페터는 그들을 깔보는 시선으로 바라봤다. 혐오감을 숨기지 않았다.

"참 싫다～, 저렇게 필사적으로 일하는 가난한 귀족은 수행하러 안 와도 되는데 말이야～."

시합에서 도망치는 페터보다는 낫다고 카테리나는 생각했다. 하지만 동시에 가난한 귀족들이 무리해서 저택에 오는 게 성가시기도 했다.

"그러게. 무리해서 우리 집에서 수행했다는 실적을 원하는 건 이해하지만, 좀 더 분수에 맞는 가문을 고르면 좋을 텐데."

"그렇지～."

매년 사귈 필요도 없는 다른 가문에서 자제들이 와서 카테리나는 성가셨다.

도장 바깥에 있는 자제들은 애초부터 안중에도 없었다.

저택 안의 청소가 끝나 바깥으로 이동하고 있었다.

주위에는 똑같은 점프슈트를 입은 자제들이 도구를 들고 불만을 토로하면서 걷고 있었다. 근처에는 도장이 있었고 특별대우를 받는 자제들이 시합하고 있었다.

청렴결백한 레젤 자작의 총애를 받는 자제들이다.

분명 본가도 마찬가지로 깨끗하고 바른 귀족일 것이다.

──구역질이 난다.

많은 돈과 자원을 쌓아서 보내주고 브라이언이 마음에 들어 하는 콩쿠르에서 입선한 분재까지 넘겼는데 취급이 이 모양이다.

레젤 자작은 뇌물 따위는 보는 것도 싫다고 할 정도로 착실한 영주 귀족일 것이다.

아아~, 정말 선택을 그르쳤어. 이런 가문에 수행하러 오는 게 아니었는데.

그런 생각을 하고 있으니 똑같이 점프슈트를 입는 에일라가 총총 뛰어서 내 옆에 다가왔다.

"리암 군, 크루트 군이랑 어때?"

"뭐가?"

"그 왜, 크루트 군의 성격이 둥글둥글해졌잖아? 이것도 리암 군 덕분이고, 본인도 마음을 연 상대는 리암 군밖에 없는 걸로 보이니까."

서로 어느 정도 검술 기량을 보인 탓인지 뭔가 인정은 받았다는 느낌은 받았다.

"아~, 에크스나 말이지."

"잠깐만. 왜 성으로 불러? 이름으로 부르는 편이 좋다고 생각해."

"어? 아니, 그야 친구가 아니니까."

내게 그 녀석은 쓰러뜨려야 하는 적이다. 그런데 에일라는 발끈해서 나에게 얼굴을 가까이 댔다. 등을 젖히듯이 하여 얼굴을 멀리 떼었지만, 그래도 다가왔다.

"그런 건 좋지 않아. 모처럼 같은 방을 쓰는 친구니까, 좀 더 서로를 알기 위해 이야기를 하는 게 좋을 거야."

"샌님인 에크스나랑 얘기해도 재미없을 뿐이잖아."

그 녀석이랑 할 얘기는 아무것도 없다. 그렇게 말하니 에일라가 약간 강제적으로 내 등을 밀어 에크스나가 있는 쪽으로 보냈다.

"됐으니까, 얘기해!"

이 여자, 너무 억지를 부리는 게 아닌가? 하지만 나에게 반했다거나 연심을 품는 것처럼 느껴지진 않았다.

정말로 그냥 참견쟁이일까?

같은 날 밤.

성실한 에크스나가 책상에 앉아 공부하는 모습을 침대에 누워서 보던 나는 에일라를 떠올려서 말을 걸었다.

별것 아닌 잡담을 할 생각이었다.

왜 레젤가에 왔는가? 네 집안은 어떤 곳인가?—— 아마 이게 흔한 대화일 것이다.

잘 생각해보니, 이 세계에 온 후 또래 나이와 이야기한 경험이 그다지 없었다.

애초부터 내 주변에는 같은 나이대 사람이 없었으니까.

——그리고, 그와 이야기하다가 깨달은 것이 있다.

"뭐, 세금이 6할이라고? 너무 무자비한 거 아니냐. 나도 그렇게는 안 그런다고."

나는 배를 잡고 깔깔 웃었다.

성실한 줄 알았던 에크스나의 집안이 설마 했던 악덕 영주였다니! 내가 이상으로 여길만한 집안의 후계자였다.

"웃을 일이 아니야."

"미안해. 그렇게 화내지 마. 이것 참, 에크스나가도 대단하네."

에크스나가는 행상 하나를 지배하는데, 그 지배권은 행성 하나로 한정되어 있었다. 그 주위를 개발할만한 힘이 없다고 한다.

"에크스나가는 신분이 상승한 집안이니까. 영지를 받은 건 좋지만, 그 영지를 다스리는데 애먹고 있어. 애초에 통치하는 노하우도 없고, 가신단도 없지."

기사로서 활약하여 출세한 덕분에 영지를 받았다.

덕분에 에크스나가는 남작 가문이 되었지만 난처하게도 행성 통치 같은 건 해본 적이 없었다. 그러니 도를 넘어서 가난한 것일 것이다.

제대로 된 방법으로 통치하기만 하면 되는데, 그렇게 하지 않다니── 엄청난 악당이다.

에크스나가 고민하며 한숨을 쉬었다.

"대체 세금을 얼마나 걷으면 되는지, 백성을 어떻게 다루면 좋을지 모르겠어. 그걸 배우려고 레젤가에 수행하러 왔는데, 수업 내용은 어디에서든 들을 수 있는 수준이야. 그리고 내년부터는 자원위성에서 하는 채굴작업도 기다리고 있어. 백성의 마음은 이해할 수 있어도 통치자의 마음가짐을 배울 수 없는 건 괴로워."

레젤 자작가에 와서 통치자의 마음가짐을 배우러 왔는데, 배우는 것은 백성의 마음과 같은 도움이 안 되는 것뿐이다.

완전한 미스매치다. 그리고 레젤 자작이 에크스나 남작가를 멀리 한 이유를 잘 알았다.

악덕 영주를 싫어하는 것은 틀림없다. 하지만── 난 에크스나가 마음에 들었다.

"수행지를 잘못 골랐네."

내가 히죽거리며 웃으니 에크스나가── 크루트가 험악한 표정을 지었다.

"그건 나도 알고 있어. 하지만 여기에 보내준 부모님을 위해서라도, 난 여기서 조금이라도 더 배워야 해."

상반신을 일으킨 나는 착실한 크루트에게 조언해주기로 했다.

"뭐, 그리 화내지 마, '크루트'. 내가 이것저것 가르쳐주지."

"어?"

"세금과 백성을 다루는 법이 알고 싶다 했지?"

자, 성간 국가의 세계에서는 백성의 기질이 행성에 따라 다르다. 행성 안에서도 다르니 기질에 맞는 정책이라는 것은 굉장히 어렵다.

지역별로 아주 세세하게 정책을 펴는 방법은 가신이 부족한 에크스나가에는 무리다.

그렇다고 해서 일률적으로 관리하면 불만이 생긴다.

그러다가 반란이 일어나면 제국 중앙에서 사람이 나오기에 일이 귀찮아진다.

그렇다면 어떻게 할 것인가? 나 같은 경우에는 불만을 제기하면 사설군을 보내 진압한다.

난 나를 따르는 백성에겐 착하지만, 거역하는 녀석은 절대로 용서 안 한다.

지배자가 강하지 않으면 지배당하는 쪽이 기어오른다.

하지만 이 세상은 채찍만으로는 돌아가지 않는다. 당근도 필요하다.

"듣자 하니 백성을 한계까지 쥐어짜는 것 같은데, 그건 악수야. 다소는 풀어줘. 6할이나 걷으면 발전성까지 빼앗는 꼴이야."

"그, 그건 아버지도 이해하고 있지만."

크루트의 시선이 이리저리 흔들렸다. 알면서도 쥐어짜다니, 꽤나 나쁜 녀석이네.

에크스나 남작가는 악덕 영주로서 이류지만, 같은 동료로서 잘지내고 싶다. 나쁜 놈들은 나쁜 놈들끼리 도당을 만드는 법이다.

이런 관계는 소중히 해야지.

"그게 중요한 거야. 가난한 사람을 착취하는 것보다 부자를 착취하는 게 이익이 더 크잖아?"

"리암, 무슨 소릴 하는 거야?"

"세금을 쥐어짜기 전에 백성을 풍족하게 만들란 이야기야. 그렇게 해야 세수가 더 오를 거야."

"──그걸 실행하는 건 쉽지 않아."

그렇게 결과만을 추구해서 바로 쥐어짜니까 이류라고! 아니, 삼류 이하다.

에크스나 가는 악덕 영주로서 좀 더 힘내줬으면 한다.

"변명하기 전에 하는 거야! 쥐어짜는 건 그다음이야. 그러면 가만히 있어도 돈이 늘어나기 시작할 거야. 그때까지 참아. 백성이 풍족해진 뒤에 점점 빡빡하게 쥐어짜면 돼. 아차, 그리고 무력만큼은 제대로 유지해. 절대로 대충하지 마."

이 세상에는 반란이 무서워서 영지 발전을 포기하는 귀족도 있다.

자기들과 관계있는 자만을 교육하고 나머지는 중세와 같은 환경에서 살게 하는 귀족이 적지 않다. 내 부모도 같은 타입이었다.

영지 발전은 그 후의 관리가 굉장히 귀찮다. 이 관리가 싫어서 발전을 방폐한 귀족도 있을 정도다.

하지만 쥐어짜는 건 역시 풍족해진 뒤에 해야 한다!

크루트는 내 열의에 압도되어 변명을 멈췄다.

"원래부터 영주였던 리암은 견실하구나."

"착취는 자신 있어."

악덕 영주 동료로서, 그리고 악덕의 선배로서 크루트를 이끌어 줘야만 한다.

필요하다면 원조도 해주지. 그러니 너도 나한테 무슨 일이 있으면 도와줘.

◇ ◆ ◇ ◆ ◇

크루트는 리암의 이야기에 충격을 받았다.

자신도 이해하고 있던 것이지만, 핑계를 대서 미루고 보류하던 일을 하라며 단언하는 그 자세에 경탄했다.

(확실히 빠듯한 생활을 하는 백성을 풍족하게 만드는 게 선결 과제다. 다소 무리를 해서라도 우선할 필요가 있어.)

크루트의 아버지── 에크스나 남작이 받은 영지는 지독한 곳이었다.

이전에는 지방관이 다스리고 있었지만, 영지는 엉망진창. 그런 상황에도 남작으로서 제국에 대한 공헌을 요구받는다.

갑자기 출세해서 신용도 없고 도와주는 귀족도 없다.

그런 가운데 자기들도 가난한 생활을 하면서 백성들에게도 부담을 강요하고 있었다.

(어쩔 수 없다면서 포기하고 있었다. 그렇게 자신을 타일렀을 뿐이었어.)

세금을 줄이면 되는 건 알고 있지만, 그리 간단한 일이 아니었다.

백성들이 팍팍한 생활을 하게 만들어 미안하게 생각하고 있었지만, 크루트는 자기가 어떻게 할 수 없다고 생각하여 행동하지 않았던 것을 부끄러워했다.

원래는 이번 수행에서 영지 경영에 대해 배우고 그걸 활용할 생각이었다.

수행하는 김에 레젤가와의 인연을 만들 수 있으면 좋겠다며 기대하고 있었다. 그런데 바라던 교육은 받지 못하고 인연도 만들지 못해 낙담하고 있었다.

하지만, 눈앞에 있는 같은 방 소년에게——크루트는 기대를 하며 상담했다.

"군비증강에는 돈도 들어. 우리는 이 이상은 무리야. 유지비도 문제야."

(나는 동갑 소년에게 무슨 상담을 하는 걸까?)

진지하게 질문하는 자신이 바보같이 느껴지기 시작했지만, 리암은 진지하게 대답했다. 그 대답에 불성실함은 느껴지지 않았고, 같은 나이대 소년이 아닌 영주의 얼굴을 보여주고 있었다.

"수를 줄여. 중요한 건 장비의 질과 숙련도야. 시대에 뒤떨어진 함정을 몇십 척이나 갖출 바에는 신형을 몇 척 갖춰."

"마음 같아서는 그러고 싶지만, 뭘 하려고 해도 자금이 없어. 이 이상은 백성이 부담을 견디지 못해."

그 말을 들은 리암은 왠지 즐거운 듯했다.

"꽤 빡빡하게 쥐어짜고 있구나."

크루트는 그렇게 할 수밖에 없는 에크스나가의 상황을 부끄러워했다.

"그렇게 할 수밖에 없으니까."

"돈을 빌려. 단, 변제만은 똑바로 해. 내가 그걸로 고생했으니까."

절실하게 이야기하는 리암을 보고 크루트는 그게 가능하면 좋겠다며 애석하게 여겼다.

"갑자기 출세한 에크스나가에는 신용이 없어. 다소의 금액이라면 몰라도, 고액의 대출은 어디를 가도 거절당해. 게다가 군사에 관련된 금액은 막대해. 무리야."

결국 거기서 한계에 다다르고 만다. 에크스나가에는 신용이 없고, 후원해줄 귀족도 없다. 그러니 돈을 빌릴 수 없다.

리암이 아무런 해결책도 찾아내지 못한 크루트에게 묘한 말을 했다.

"그럼 내 에치고야한테 얘기해주지."

"에치고야가 뭐야?"

"번필드가의 어용상인이야. 너희 집이 원한다면 내 이름을 써도 좋아."

크루트는 그 이야기를 듣고 눈을 휘둥그레 떴다. 이름을 써도 좋다는 것은 리암이 에크스나가의 빚 보증인이 된다는 뜻이다.

"괜찮아? 우리가 갚지 못하면 네가 곤란해지는데?"

"고작 그 정도로 흔들릴 재정이 아냐. 백성을 괴롭히는 네 근성이 마음에 들었어. 같은 악인끼리 잘 지내보자고."

"악인이라니."

(말이 너무 심하지 않나? 리암은 내가 아는 영주 중에서는 착실한 편이라고 생각하는데?)

크루트가 당혹스러워하는 모습을 보이자 리암의 표정이 험해졌다.

"영주는 대부분이 악인이야. 레젤 자작은 예외인 것 같지만, 내 의견으로는 깨끗하기만 한 놈들은 구역질이 나와. 넌 어느 쪽이지?"

리암의 진지한 표정에 크루트는 압도되었다.

(──선정을 베풀고도 자신을 악인이라 칭하는가. 그게 영주의 각오일지도 모르겠군.)

리암을 보고 영주란 무엇인지를 배우는 크루트는 각오를 다졌다.

"나도── 리암처럼 되고 싶어."

리암은 그 말을 듣고 하얀 이를 보이며 유쾌하게 웃었다.

"사이좋게 지내자, 크루트! 악인끼리 손을 잡고 이 세상을 잘 헤쳐 나가보자고. 그럼, 돈 이야기가 끝났으니 다음은 내정이지. 우선 네 영지의 상황을 자세히 들려줘. 백성을 잘 쥐어짤 방법을 생각해보자고."

"알았어."

크루트는 리암의 말을 이상하게 생각했지만 받아들이기로 했다.

(그건 그렇고, 리암은 입이 거칠구나. 사실은 백성을 엄청나게 생각하는데 쥐어짠다는 표현을 쓰지 않나, 자신을 악인이나 악당이라 하지 않나.)

크루트가 보기에 리암은 명군 그 자체였다. 그리고 갑자기 출세하여 어려움을 겪는 에크스나가에 손을 내밀어준 은인이기도

하다.

"근데 먼저 아버지께 연락해도 될까? 나한테는 버거운 이야기
니까."

"나도 햄프리 상회에 연락해둘까."

크루트와 리암── 서로 이야기를 하여 거리를 좁혔지만, 거기
에는 엇갈림이 있었다.

리암의 연락을 받은 햄프리 상회에서는 주인인 토마스가 곤란
한 얼굴을 하고 있었다. 주위에는 부하가 한 명 있다.

"음~, 곤란하군."

"왜 그러시죠?"

부하의 질문을 받아 토마스는 곤란해하는 이유를 이야기했다.

"에크스나 남작이 대출 요청을 해서 말이지."

"신흥 귀족님 말인가요? 설마 받아들이는 겁니까?"

에크스나 남작가가 대출 신청을 했다. 보통은 절대로 받지 않
겠지만, 토마스는 빌려줄 생각이었다.

"번필드가가 보증인이 되어서 안 빌려줄 수가 없어."

부하가 고개를 갸웃했다.

"번필드가가 뒷배라면 아무런 문제가 없는 거 아닙니까? 변제
때문에 난처할 일은 없을 것 같은데요?"

보통 에크스나 남작에게 돈을 빌려주는 건 사절이지만, 리암의 이름이 나오면 얘기가 달라진다.

번필드가의 어용상인인 햄프리 상회로서는 거절할 수가 없다.

다만 문제는 번필드가도 에크스나가도 아니었다.

"에크스나가 돈을 빌리는 건 어찌 되든 상관없어. 리암 님의 부탁이니까 당연히 빌려주지. 빌려주겠지만…… 하아."

리암의 덕분에 영지에서 꽤나 벌어들이고 있으니 토마스는 거절할 수 없다. 그리고 거절할 생각도 없다. 리암의 부탁이라면 어느 정도는 무리할 생각이다.

문제는 따로 있었다.

"이런 이야기는 의외로 금방 퍼진단 말이야. 나중에는 갚을 생각도 없는데 빌려줬으면 좋겠다면서 찾아오는 귀족님이 늘어나기 마련이라고. 벼락출세한 놈한테는 빌려주고 자기들한테는 못 빌려주겠다는 거냐! 하고 이상한 논리를 들이밀면서 말이지."

토마스의 이야기를 듣고 부하도 이해했는지 싫다는 표정을 지었다.

"떼먹을 생각으로 빌리러 오는 사람들이군요."

벼락출세한 에크스나 남작한테 빌려줬다면, 우리한테도 빌려줄 수 있지? 그런 생각을 지닌 귀족들과 가난한 귀족들이 무리를 지어서 올 거다.

햄프리 상회에는 리암의 뒷배가 있지만, 귀족 사이에서는 아직 얕보이고 있다.

뒤에 번필드가 있는 건 든든하지만, 이 일로 인해 쓸데없이 귀찮은 일이 늘어날 것이라는 건 명백했다.

"뭐, 어찌 되든 리암 님의 부탁을 거절할 수는 없는 노릇이지. 우리 쪽에서 바로 에크스나 남작에게 연락하자."

◇ ◆ ◇ ◆ ◇

악덕 동료인 에치고야──가 아닌, 햄프리 상회의 토마스를 크루트의 집에 소개해줬다.

넓어지는 악덕 동료의 인맥에 나는 기쁨을 느꼈다.

"훌륭한 인연이야. 곤란할 때는 도움을 받도록 하지."

정원 청소에 동원되어 야외에서 작업하는 내 근처에는 에일라가 있었다. 다른 자제들은 작업장소가 달라 여기에는 우리 둘뿐이다.

"크루트 군이랑 친해져서 잘됐네."

에일라도 웃었다. 정말 오지랖이 넓은 녀석이지만 덕분에 악덕 영주 동료가 생겼으니 좋게 생각하자.

"너한테도 감사하고 있어. 아무래도 난 크루트를 잘못 보고 있었던 것 같아."

착실하고 선량한 청년인 줄 알았지만, 그 속은 한계까지 백성을 착취하려는 악덕 영주 재능을 지닌 성실한 악덕 영주 후보였다.

에일라는 양손을 저으며 부끄러워했다.

"아니야. 친하게 지내주면 좋으니까."

"얘기하는 김에 너희 영지의 사정도 말해."

이 녀석의 집안도 분명 나쁜 짓을 하고 있을 것이다. 친해질 수 있는 계기가 있을지도 모른다고 생각하며 에일라의 이야기를 들었다.

"내 얘기는 전에 했는데?"

"더 자세한 이야기 말이야."

에일라는 조금 난처한 듯한 표정을 지으면서도 작업을 계속하면서 집안의 사정을 이야기했다.

"집안일에는 관여할 수 없었으니까 자세히는 몰라. 장래의 이야기라면 비슷한 처지에 있는 남자랑 결혼할 수 있으면 좋으려나? 그 정도야."

에일라는 남작가의 딸이니, 가문의 격을 보면 크루트와 똑같군.

"크루트한테 시집가면 좋지 않아? 그 녀석한테는 약혼자가 없는 것 같은데."

"그건 크루트 군한테 미안하잖아. 그리고 결혼은 집에서 정할 테니까 나한테 결정권은 없어."

"결정권이 없다고?"

"오히려 그게 보통일걸."

레젤가에서도 딸은 대부분 상대가 정해져 있다고 들었다. 귀족 집안에서 태어나면 결혼에 관한 자유는 포기하는 수밖에 없다. 우주 전함과 인간형 병기가 있는데 결혼의 자유가 없는 세계라는 것도 참 신기하다.

"재미없는 얘기를 해서 미안해."

"신경 써준 거지? 신경 안 쓰니까 괜찮아."

밝게 웃어넘기는 에일라는 정말 신경 쓰는 기색이 없었다.

둘이서 이야기를 하고 있으니 건물의 그늘에서 목소리가 들려
왔다.

"뭐지?"

거기에 있는 것은 카테리나였다.

남자와 둘이서 건물 그늘에 숨어 서로 안고 있었다.

"정말, 안 돼. 다른 사람한테 들키면 큰일 나."

"괜찮아. 내가 입 다물게 해줄게."

이런 곳에서 과시하는 건가── 하는 생각이 들기보다 나는 기
가 막혔다.

에일라도 숨어서 두 사람의 모습을 보고 영 좋지 않은 광경을
봤다고 생각한 듯했다.

"상대 남자애, 페터 군이 아니네. 카테리나 씨, 페터 군이랑 곧
결혼한다는 소문이 있었는데, 꽤나 대담한걸."

말을 가려서 해서 대담하다고 말했을 뿐이지, 어떻게 봐도 바
람을 피우는 것이다.

전생의 아내가 바람을 피운 것을 떠올려 내 마음이 급격히 식
어갔다.

"레젤 자작의 딸치고는 천박한 녀석이네."

이런 여자랑 약혼하다니, 페터도 불쌍한 놈이다.

에일라는 내 말에 의문을 품은 표정을 지었다.

"그런가? 하지만 확실히 경솔한 행동이지. 우리가 볼 정도니까, 수비가 약하다고 해야 할지 뭐라 해야 할지…….."

에일라는 난처한 듯이 웃으며 얼버무렸다.

나는 에일라에게 물었다.

"여자는 원래 이래? 그야 정략결혼에 사랑도 뭣도 없겠지만, 그래도 이건 너무 심하다고 생각하는데?"

에일라는 내가 무슨 말을 하고 싶은 건지 알아차렸는지 고개를 저으며 부정했다.

"보통 이렇지 않아. 부정을 저지른 게 알려지는 건 리스크고, 한다고 해도 서로 확실하게 계약으로 구멍을 내놓고 하지 않을까? 애인이 있어도 OK라는, 그런 계약? 후계자를 마련할 때까지, 라든가."

후계자만 생기면 그 뒤는 비즈니스 파트너처럼 되는 부부도 적지 않은 모양이다.

내 부모도 그런 느낌이었지. 부부이긴 하지만, 서로 다른 가정을 가지고 있었다.

이 세계에서는 드문 일이 아니다.

"서로 사랑해서 하는 결혼 같은 건 없는 거군."

내가 단언하자 에일라가 그 말을 부정했다.

"그렇진 않아. 귀족이라도 서로 사랑해서 결혼하는 사람들은 있고, 이익을 생각하지 않고 맺어지는 사람들도 있으니까. 사랑은 위대해. 뭐든 극복할 수 있는걸!"

"그, 그러냐……."

갑자기 열정적으로 말하기 시작한 에일라를 보고 약간 기겁하면서, 나는 서로 껴안는 카테리나와 또 한 명의 남자를 보고 페터를 불쌍히 여겼다.

페터의 집안은 굉장히 우수하고 선정을 펼치고 있다고 하는데, 결혼할 상대가 카테리나라고 하니 불쌍하다.

뭐, 페터와는 이야기해본 적도 없고, 신세를 지는 자작가에서 말썽을 일으키고 싶지도 않으니 가만히 있자.

그리고 난 페터 같은 녀석은 싫다. 개인적으로도, 그리고 집안이 선정을 펴고 있다는 것도 마음에 안 들었다.

악덕 영주인 나의 적 같은 존재다.

"리암 군, 슬슬 다른 곳을 청소할까."

서로 껴안는 카테리나와 남자가 열띤 키스를 시작해버렸다. 그걸 본 에일라가 얼굴을 빨갛게 물들이고 내 옷을 손끝으로 붙잡았다.

"그렇네. 그건 그렇고── 아무것도 모르는 페터는 광대구나."

청소가 끝나고 저녁을 먹기 위해 식당으로 가니 크루트가 있었다.

나를 발견하더니 손을 흔들었다.

"리암, 여기야."

"알았으니까 까불거리지 마."

크루트가 웃으면서 손을 흔드니, 얼굴이 반반하기도 해서 눈에 띄었다. 똑같이 수행하러 온 주위에 있는 여자—— 그리고 일부 남자의 시선을 모았다.

크루트를 보고 볼을 붉히는 여자들도 있었다.

카운터에서 저녁을 받아 크루트가 있는 테이블로 가서 의자에 앉았다.

트레이에 담긴 식사는 전부 똑같다.

겉보기에는 서양풍이지만 전부 가짜다. 고기 등은 합성된 단백질과 그 외에 필요한 영양소 덩어리다.

맛은 나쁘지 않다. 보이는 그대로의 맛을 재현했지만, 귀족이 먹을 물건은 아니다. 우리의 취급이 얼마나 나쁜지를 이야기해주고 있다.

하지만 필요 영양소는 섭취할 수 있으니 딱히 문제없다.

식사를 시작하니 크루트가 말을 걸어왔다.

"여기에 온 지 1년이 됐어. 내년부터는 우주로 올라가서 자원위성 채굴작업이 시작돼."

"거의 고용인처럼 일하기만 했네."

레젤가에 수행하러 왔는데 취급은 고용인……. 아니, 그래도 고용인들보다 대우는 좋지만, 돈을 내고 이런 대우를 받는 건 마뜩잖다.

최소한의 공부와 운동도 하지만 너무나도 부족하다.

크루트는 차라리 우주에서 채굴작업을 하는 게 더 좋은 모양이었다.

"조종훈련도 되니까 우주에서 채굴작업을 하는 편이 좋아."

크루트의 집안인 에크스나가는 에크스나 남작이 기동기사 파일럿 신분으로 출세했다. 그 때문인지 크루트도 기동기사에 대한 관심이 많았다.

"작업용 중기계로 훈련이 되나?"

"여기에 있는 것보단 낫겠지."

레젤가에서 받는 취급에 불평하지는 않았지만, 그야 불평이 없지는 않겠지.

"뭐, 곤란한 일이 생기면 상담할게. 고마워."

크루트는 영지 경영이나 여러 가지에 대해 열심히 물어봤다. 본인이 진지하게 지식을 흡수하는 것 같아 나도 악덕 영주 선배로서 우쭐해졌다.

"뭐든 물어봐. 지원을 아끼지 않지."

"고마워. 나에게는 리암을 만난 게 기적이야."

더 감사해라! 라며 마음속으로 우쭐거리고 있으니── 뒤에서 이상한 목소리가 들려왔다.

"크루리아? 크루리아지?"

"무조건 리아크루야. 바보 아냐?"

"——뭐어? 왜 이해를 못 하는 거야? 바보야?"

이상한 주문 같은 '크루리아' '리아크루' 같은 말이 들려왔다. 크루트도 고개를 갸웃거리고 있으니, 이해하지 못한 모양이다.

그러자 우리가 있는 곳에 에일라가 왔다.

"둘 다 안녕!"

기운 넘치는 에일라가 말을 거니 크루트는 상쾌하게 대답했다. 누구에게나 활기차게 말을 거는 에일라는 누구와도 친하다.

어느샌가 이상한 주문은 들리지 않게 되었다.

"에일라 씨, 평소보다 기운이 넘치네. 무슨 일 있었어?"

"음~, 이것저것? 그보다 말이야, 우주에서 채굴작업 하잖아? 그거, 같은 그룹으로 안 할래?"

아무래도 채굴작업을 할 그룹을 정하는 상담을 할 생각인 모양이다.

"난 괜찮아. 리암은?"

"나도 누구든 상관없어."

그러자 에일라가 미소 지었다. 뭐가 즐거운지 상당히 기분이 좋았다.

"그럼 정해졌네. 우주에서도 잘 부탁해, 둘 다."

에일라는 그대로 카운터로 식사를 받으러 갔다.

식당에서 리암과 크루트를 수상한 시선으로 바라보는 인물이 있었다.

"후후후."

두 사람의 모습과 대화를 만족스럽게 바라보고 있으니, 다가오는 여자들이 있었다.

"이제부터 어떡할래?"

몰래 모여서 대화하는 그녀들은 리암과 크루트를 보고 있었다. 주요 인물이 작은 목소리로 말했다.

"아직 아무것도."

"──정말 괜찮겠어?"

동료들이 불안한 듯이 물어보니, 주요 인물은 이쪽의 상황을 알아차리지 못한 리암과 크루트에게 시선을 보냈다.

"괜찮아. 우주에 올라간 뒤에 어떻게든 할 거야."

둘을 바라보는 그 시선은 평범하지 않았다.

예정대로 우리는 장방형 상자 같은 우주선에 타고 우주로 나아갔다.

몇 번이나 사용한 듯한 우주복으로 갈아입고 작업용 인간형 중기계 앞에 섰다.

크기는 다양했는데, 내가 타는 것은 8m가 될까 말까 한 기체였다.

둥근 동체에 팔다리가 달렸을 뿐인 간소한 구조였다.

"우주복에서 땀내가 나."

퉁퉁한 우주복은 싸구려라서 평소에 사용하는 것과 비교하면 최소한의 기능밖에 없었다. 똑같은 차림을 한 크루트는 쓴웃음을 지었다.

"작업원들의 고생을 알 좋은 기회야."

"넌 뭐든지 긍정적으로 받아들이네."

"백성들이 어떤 생활을 하는지 알 기회라고 생각하는데?"

고마워서 눈물이 다 나오는 수행이군. 하지만 아무 의미도 없다.

"알아도 그걸 활용할 수 없다면 아무 의미도 없겠지만."

──안다고 해도 나는 악덕 영주가 되는 것을 그만두지 않을 것이다. 앞으로도 계속할 것이다.

그보다 남자가 이렇다면 여자는 더 힘들겠지.

표면에는 상처가 있고 도장이 벗겨진 곳이 있는 우주복. 작업 기계도 마찬가지다.

전부 낡아빠졌다. 손때를 탄 장비들은 다른 사람이 사용해왔다는 증거다.

우리는 참으면 되지만 에일라는 진저리쳤다.

"다른 사람의 냄새가 나는 우주복은 싫은데. 적어도 개인용을 쓰게 해주지 않으려나?"

나도 같은 의견이지만 불평만 하는 자제를 앞에 둔 열혈 기사가 무중력 공간에서 거꾸로 서 있었다.

인간형 작업 기계는 벽과 천장에 서 있었다. 그건 자제들도 마찬가지다.

위도 아래도 없는 상황 속에서 열혈 기사의 숨 막히도록 뜨거운 설명이 시작됐다.

"불평만 하지 마라! 이건 실제로 너희가 백성의 기분을 알 기회다. 동시에 귀족의 시점도 가지지 않으면 안 된다!"

가만히 이야기를 들으니 열혈 기사가 열정적으로 이야기했다.

"이익을 창출해내기 위해서는 작업원이 열악한 환경을 견디게 할 필요도 있다. 돈을 들여 설비를 갖추는 건 간단하지만, 지혜와 노력으로 해결하는 걸 잊어서는 안 된다. 윤택한 자금이 없는 가운데, 해결할 수 있는 것을 찾는 것이다! 그런 한 사람 한 사람의 마음이 중요해진다. 너희도 뭔가 개선안이 있는지 생각해봤으면 한다. 이게 바로 수행이다."

크루트는 진지하게 생각하는 듯했다.

"확실히 돈을 들이지 않고 이 상황을 해결할 방법을 찾는 건 좋은 경험이 되겠지."

에일라는 흥미가 없다고 해야 할까, 처음부터 포기한 모양이다.

"난 생각이 안 나는데. 애초에 이익을 창출할 수 없으면 철수하는 편이 좋지 않아? 리암 군은 어때?"

두 사람이 나를 바라봐서 기막혀하면서 가르쳐줬다.

열혈 기사의 말은 바른말이다. 돈으로 해결하는 것이 아니라

지혜와 노력으로 어떻게든 하자니, 너무 바른말이라 구역질이 날 정도다.

다 같이 노력해서 극복하자는 말을 들으면 속이 뒤집힌다.

"너희는 바보냐? 나쁜 건 지혜를 짜지 않고 노력하지 않는 작업원이 아니야. 작업원에게 개선안을 요구하는 상황을 만든 레젤 가문이지. 현 상황을 아랫사람의 지혜와 노력으로 극복하고 싶을 뿐인 나태야. 진지하게 생각한다면 작업원한테서 빨리 이야기를 듣고 개선했을 거야. 이건 처음부터 할 마음이 없는 거야."

이익을 내는 건 윗사람의 일이다.

애초에 연금 상자를 가지는 나에겐 레젤가의 통치나 경영은 전혀 참고가 안 된다. 시간 낭비였다.

에일라가 굳은 미소를 짓고 나에게 주의했다.

"리암 군, 있잖아. 교육 담당 기사가 째려보고 있어."

크루트도 거북한 것 같았다.

"좀 더 완곡하게 말하는 편이 좋지 않을까."

아까 전부터 열혈 기사가 나를 째려보고 있었지만, 똑같이 째려봐줬다.

거리낌 없이 날 째려보지 마라── 죽인다.

"난 내 생각을 굽힐 생각 없어. 의욕도 없는데 아랫사람에게 지혜와 노력을 요구하는 놈들이 나쁘지. 진짜로 지혜를 짜고 노력해야 하는 건 위에 있는 인간── 레젤 자작과 간부들이지."

옛날이 떠올라서 짜증이 났다.

전생—— 회사에서 잘리기 전을 떠올렸다.

여러 일을 억지로 떠맡았는데, 작업 효율화도 그중 하나였다.

자주 들은 말은 '지혜를 짜라, 더 노력해라!'이다.

돈이 드는 제안은 장래에 이익이 난다고 설명해도 쓸데없다며 거절당했다.

성공하면 당시의 상사가 공을 빼앗아서 나는 아무런 평가를 받지 못했다.

바보처럼, 착실하게 일을 하면 언젠가 인정받을 수 있다고 믿고 있었다.

그런 일은 있을 수 없다.

바보처럼 착실하게 일해도 착취당할 뿐이다.

돈을 받는 만큼 일을 하면 된다. 그 이상을 요구하면 돈을 더 달라고 말을 해야 한다. 그게 안 된다면 적당히 힘을 빼야 한다.

인정받을 수 있는 환경이라면 열심히 해도 좋지만, 그런 환경이 없다면 얼른 그만둬버리라고 전생의 나에게 말해주고 싶다.

이런, 나도 모르게 레젤가의 방식에 화풀이했군.

수행이 끝날 때까지 참아야 하니 앞으로는 얌전히 있자.

열혈 기사가 뭔가 이의를 제기할 줄 알았지만, 아무 말도 하지 않고 우리에게 인간형 작업 기계에 타라고 고했다.

"그럼, 전원 탑승!"

콕핏에 들어가 보니 굉장히 좁았다.

몸을 뻗는 건 거의 불가능했고, 조종간을 잡아보니 정비가 제대로 안 된 건지 흔들거렸다.

헬멧 안으로 바깥의 영상이 비쳤다.

열혈 기사도 인간형 작업 기계에 탔고, 상자 형태의 우주선의 해치가 열렸다.

「준비가 되면 순서대로 바깥으로 나간다. 밖에서는 내 지시에 따르도록!」

◇ ◆ ◇ ◆ ◇

상자 형태의 우주선에서 차례차례 뛰쳐나가는 인간형 작업 기계.

내가 탄 기체도 무사히 자원위성에 착지했다.

"어비드랑 비교하면 장난감이네."

믿음직하지 못한 인간형 작업 기계지만 주위의 동료들은 착지에 실패해 넘어져 있었다. 기동기사를 탄 적 있는 귀족의 자제들에게는 최소한의 기능밖에 없는 인간형 작업 기계는 다루기 어려울 것이다.

"넘어지지 않은 건──── 크루트와 에일라인가?"

크루트는 나와 마찬가지로 여유롭게 착지했고, 에일라는 우물쭈물하면서도 천천히 착지했다. 크루트에게서는 센스가 느껴졌지만, 그 이상으로 노력한 모양이다.

반대로 에일라는 최소한의 훈련만 했을 뿐이고, 나머지는 조종 센스로 보완하고 있었다.

그 외에는 심각했다.

열혈 기사가 내 옆에 내려왔다.

「큰소리칠만하군. 일할 곳이 없으면 우리한테 와라. 작업원으로 고용해주지.」

웃기지도 않은 농담이었지만, 여기서 대립해도 나중에 귀찮아질 뿐이다. 아까 전의 대화를 생각해서 지금은 자세를 낮춰서 대답해두자.

"절 고용하고 싶으면 비쌀 겁니다."

「입만 산 게 아니라는 걸 증명하면 생각해보지. 좋다, 전원 정렬!」

인간형 작업 기계에 탄 자제들이 고생하면서도 정렬했다.

이렇게 우주에서의 채굴작업 체험이 시작됐다.

우주에서 채굴작업을 진행하기 위한 우리의 스페이스 콜로니 생활이 시작됐다.

뭐, 쉽게 말해서 레젤 자작가의 저택에서 쫓겨난 것이다.

스페이스 콜로니는 채굴이 끝난 자원위성을 재활용하고 있었다. 구멍을 뚫어 거기에 거주공간을 만든 콜로니다.

최소한의 환경은 갖춰져 있지만 여기서 오래 살고 싶다는 생각은 안 들었다. 실제로 여기에는 일하러 온 레젤가의 백성과 다른 곳에서 돈을 벌러 온 노동자들이 살고 있다.

일단 우리가 지내는 건물은 어느 정도는 신경을 썼지만── 열악한 환경이라는 것은 틀림없었다.

콜로니 안에서도 일부의 부유층이 살 수 있는 곳에 레젤가의 건물이 있었다. 우리는 거기서 숙박하는데, 여러모로 설비가 갖춰져 있지 않았다.

그런 곳에서 땀을 흘리는 나는 점프슈트의 상반신 부분을 벗고 있었다.

"젠장, 또 실패했어!"

수건을 내던지니 내 단련에 어울려주는 크루트가 위로했다. 크루트도 땀범벅이었고, 나와 마찬가지로 상반신에 아무것도 입지 않았다.

"아침부터 리암의 단련은 고단하네. 이 뒤에는 채굴작업 체험이라고."

"그건 체험이 아냐. 그냥 채굴작업이지."

우주에 올라온 지 반년이 지났지만, 우리는 인간형 작업 기계를 타고 채굴작업만 했다.

최소 1년은 우주에서의 생활이 이어질 것이다.

가난한 민중의 생활을 배운다는 명목의 수행이라고 하는데, 노동자로서 혹사당하고 있다는 느낌밖에 안 들었다.

가난한 생활을 체험해서 영지 주민의 마음을 압시다?——관심 없다.

아침부터 남자 둘이서 땀을 흘리고 샤워라도 한 번 할까 싶어 걸어가기 시작하니 에일라가 다가왔다. 아침부터 기운이 넘쳤고, 달려왔는지 숨을 헐떡이고 있었다.

"얘들아, 안녕!"

우리 둘에게 달려든 에일라는 나와 크루트 사이에 들어와 끌어당기듯이 안았다.

"땀 흘렸으니까 떨어져."

"괜찮아. 나도 아침에는 샤워하니까. 사실은 목욕이 좋지만, 여기서는 저녁 이후에나 목욕물이 나오잖아."

척박한 환경이야~ 하고 에일라가 불평했다.

글쎄, 어떨까. 전생과 비교하면 딱히 척박하지도, 좋지도 않은 환경이다.

에일라가 단말기를 조작하자 소형 드론이 튀어나왔다. 유리

구슬 정도 크기의 드론은 구체에다가 프로펠러도 없는데 공중에 떠 있었다.

"저기, 애들아 같이 영상 남기자. 나중에 사진으로 보내도 되니까."

드론 몇 개가 나와서 우리 주위를 날았다. 입체영상과 영상으로 남길 생각인 모양이다.

"딱히 상관없지만, 우린 이런 상태인데?"

크루트가 상반신이 나체인 것을 부끄러워했지만 에일라는 신경 쓰는 기색을 보이지 않았다. 이게 털털한 여자인 걸까?

"괜찮아. 즐거운 기록은 남겨둬야지."

에일라가 드론 앞에서 포즈를 취했다. 그리고 나와 크루트에게 말했다.

"자, 너희도 어깨동무한다던가, 뭔가 포즈를 취해. 사이좋은 느낌으로 부탁할게."

에일라에게 떠밀려서 나는 마지못해 (크루트는 즐거운 듯했지만) 어깨동무하고 사진과 영상을 찍었다.

에일라가 엄지를 세우고 만족스러워했다.

"둘 다 고마워!"

──뭐, 레젤 자작가의 수행은 가치가 없었지만, 이렇게 이 녀석들과 만난 건 감사해도 좋겠지.

크루트는 악덕 영주 동료이고, 에일라는 전생의 아내와는 다른 여성이다. 이쪽에 연애 감정 없이 친해지기 쉬워서 고마웠다.

그리고 나는——.

"아, 그러고 보니 브라이언한테 연락하는 걸 잊고 있었네."

——요즘 단련하느라 바빠 브라이언에게 연락하는 걸 잊고 있었다는 걸 기억해냈다.

시설에 있는 통신실.

여기서 멀리 떨어진 내 행성과 통신을 연결하기 위해서는 반드시 통신실을 써야 한다.

이때 드는 통신비가 무시할 수 없는 수준인데, 사실 그것보다 문제인 것은, 사용하고 싶은 사람에 비해 통신실의 수가 너무 적다는 점이었다.

그래서 통신실은 항상 대기 순번과 제한 시간이 있었다.

큰 모니터 너머로 아마기와 브라이언의 모습이 비쳤다.

아마기의 표정은 옅었지만 조금 화내고 있었다.

「주인님, 정기적으로 연락을 하라고 부탁드렸을 텐데요?」

"이쪽에도 이런저런 사정이 있어. 너무 화내지 마."

「화내지는 않았습니다. 하지만 건강하시다면 문제없습니다.」

아마기가 내 건강 상태를 확인한 뒤부터는 브라이언과 교대했다. 브라이언은 한동안 연락을 하지 않았던 내가 잘 지내는 것 같아 안도한 표정을 짓고 있었다.

「리암 님, 그곳에서의 생활은 어떻습니까?」

그리고 레젤가에서의 생활에 관해 물었다.

"일이 없으니까 한가해. 단련도 수준이 낮아서 부족하니까, 아침부터 자율적으로 단련하고 있어."

「힘이 남아도시는 것 같아 다행입니다. 그건 그렇고, 연락을 주실 때는 항상 그런 모습이군요. 작업복이나 단련용 제복입니까?」

내가 점프슈트를 입는 걸 이상하게 생각한 모양이다.

"이거? 여기 제복. 평소에도 이 차림이야."

솔직하게 대답하자 브라이언의 말문이 막혔다.

「——네?」

"그보다 영지의 상황을 보고해. 이주 계획은? 군 증강 계획은?"

굳어버린 브라이언 대신 아마기가 간략하게 보고했다. 하지만 아마기도 보고보다 다른 게 신경 쓰이는 눈치였다.

「둘 다 예정대로 진척되고 있습니다. 그보다 그 차림이 평상복이라는 건 무슨 말씀이신가요? 그리고 연락하시는 장소가 레젤가의 저택이 아닌 것이 신경 쓰입니다. 레젤가가 소유한 자원위성에서 연락하고 계신 건가요?」

아마기는 내가 어디서 연락을 하는지를 알자 잇따라서 질문을 했다.

평소에는 '잘 지내?'라고 물어보면 '응, 잘 지내'라는 식의 연락이 많았고, 여기서 무엇을 배우고 있다거나 하는 자세한 이야기를 해오지 않았다.

아니, 나 외에도 통신하고 싶어 하는 자제가 많아 통신기를 쓰는 대기 순번과 제한 시간이 있어서 짧은 대화밖에 할 수 없었다.

"아아, 자원위성에 있는 콜로니야. 환경이 안 좋아서 웃음이 나와. 레젤 자작가 말인데, 뛰어난 점이 전혀 없었어. 하지만 재밌는 녀석들이 있어서 심심하진 않아."

「자원위성? 그런 곳에서 무엇을 하고 계신 겁니까?」

"채굴작업. 1년은 여기서 지낸다는데?"

아마기와 그런 대화를 하고 있으니 재기동한 브라이언에 대화에 끼어들었다.

「자, 자자자, 잠깐만 기다려주십시오! 채굴작업은 또 뭡니까?! 리암 님께 일을 시키는 겁니까? 체험이 아니라, 진짜로?!」

"어. 자원위성에서 인간형 작업 기계를 쓰는 진짜 채굴이야. 노동의 근사함을 배우기 위해 우리는 스페이스 콜로니에 끌려왔어. ──구역질이 날 지경이라니까?"

웃으면서 그렇게 말했지만, 브라이언은 얼굴이 새파래져서 떨고 있었다.

브라이언이 화내는 것도 당연하다. 그만큼 자금과 자원을 쌓아서 보내주고 선물까지 준비했는데 취급이 이 모양이다. 참을 수가 없을 것이다.

통신실의 문이 열리더니 크루트가 얼굴을 내밀었다.

"리암, 슬슬 교대 시간이야."

"빠르네. 뭐, 그런 거야. 아마기, 그리고 브라이언도 걱정하지 마.

참고로 난 채굴작업에서도 대활약 중이야. 현장감독한테 스카우트됐다고."

「아닙니다! 리암 님, 그건 잘못됐습니다! 부탁이니 조금만 더 자세한 사정을──!」

"미안, 시간이 다 돼서 무리. 아마기, 또 연락하자."

「──자세한 이야기는 조만간 물어보겠습니다.」

브라이언이 무슨 말을 하고 있었지만 무시하고 아마기에게 작별 인사 후 통신을 끊었다.

"리암 니이이임! 아닙니다. 그건 잘못된 겁니다! 자원위성에서 채굴작업이라니, 백작가의 당주가 할 일이 아닙니다! 체험이 아니라 1년이나 강제로 작업을 하는 건 속은 겁니다!"

아마기가 통신이 끊겨도 계속해서 소리치는 브라이언에게 말했다.

"이미 통신이 끊겼습니다."

브라이언은 통신기 앞에서 무릎을 꿇고 주저앉았다.

"그만한 자금과 자원을 준비했는데, 말도 안 되는 대우입니다. 항의합시다. 서둘러 항의해서 자작가에 개선을 요구해야 합니다."

아마기는 좀 더 정보를 모으고 싶어 했다.

"안타깝지만 정보가 너무 적습니다. 저도 설마 이렇게까지 푸대접을 받을 줄은 몰랐습니다만."

번필드가의 평판은 선대 영주들의 영향으로 땅에 떨어진 상태다. 밖에서 다소 냉대를 받아도 이상하지 않다. 그걸 알기에 이번에 일부러 큰돈을 준비한 게 아니었던가.

그런데 아무런 배려도 받지 못하고 리암이 작업에 동원되고 있다는 말을 들으니 아마기도 당황스러웠다. 브라이언은 심지어 화를 내고 있었다.

"자세한 사정을 조사해서 항의합시다! 이렇게 되면 어떤 수단이라도 동원해야 합니다. ──이 브라이언이 좀 더 빨리 리암 님의 상황을 알았더라면!"

브라이언은 리암이 받는 대우에 눈물을 흘렸다.

"소중한 리암 님을 노동자로 취급하다니, 절대로 용서할 수 없습니다!"

아마기도 그 의견에 동의했다.

"전면적으로 동의합니다. 우선 레젤가의 정보를 모으도록 하지요. ──하지만 전 조금 안심했습니다."

아마기가 안심했다는 이야기를 듣고 브라이언이 놀랐다.

"대체 무얼 보고 안심한단 말입니까?"

"주인님 곁에 친구로 보이는 인물이 있었습니다. 그게 기쁩니다."

그 말을 들은 브라이언이 퍼뜩 놀랐다.

"그렇군요. 리암 님은 어릴 때부터 주위에 동년배가 없어서 친구가 없었으니까요. 이번 수행으로 친구가 생기면 좋겠다고 생각

133

했는데, 그렇습니까. 리암 님께도 친구가 생겼군요."

브라이언은 손수건을 꺼내 눈물을 닦았다.

백성도 부하도 아닌. 귀족 친구가 생겼다는 사실에 브라이언은 감사했다.

하지만── 그건 그거고, 이건 이거다.

"하지만 레젤가의 대응은 용서할 수 없습니다."

브라이언이 그렇게 말하니 아마기도 고개를 끄덕이고 앞으로 어떻게 할지 이야기했다.

"바로 조사를 시작하겠습니다."

보통은 말도 안 되는 금액을 주면, 아무리 싫어도 그에 맞는 대우를 받아야 할 것이다. 그런데 레젤가의 리암에 대한 취급은 너무 심하다.

아마기와 브라이언은 각자 조사에 착수했다.

우주공간.

자원위성에서 채굴작업을 하는 우리는 여러 그룹과 함께 구덩이를 파고 보강하기를 반복하고 있었다.

인간형 작업 기계는 정말 편리하다. 전생에도 비슷한 일을 했었는데, 사람의 힘으로 하기보다 더 효율적인 건 틀림없다.

나는 바위를 깎는 진동을 느끼면서 같은 그룹인 크루트와 에일라에게 말을 걸었다.

"작업이 단조로워서 질려."

「리암 군 말에 찬성. 앞으로 석 달 남았는데 빨리 끝내고 지상으로 돌아가고 싶어~.」

에일라가 속마음을 숨기지 않고 말하니 크루트는 우리에게 충고했다.

「앞으로 석 달만 하면 끝이니까 그때까지 힘내자.」

열혈 기사가 현장감독으로서 자제들을 감시──라기보다는, 안전 확인에 눈을 번뜩이고 있었지만, 불평하는 것까지 막을 생각은 없는 듯했다.

다른 그룹도 남녀 할 것 없이 불만이 늘었다. 그래도 작업만 멈추지 않으면 주의를 받는 일은 없었다.

"난 빨리 지상에 돌아가고 싶은데. 지상에 남은 놈들은 매너 공부를 한다면서 매주 파티하잖아? 나도 참가하고 싶어!"

나는 인간형 작업 기계를 수족처럼 조종하면서 작업을 진행해 나갔다. 우리는 다른 그룹보다 작업 진행이 빨랐다.

이는 단순히 조종기술의 차이가 드러난 것이다.

에일라는 내 불평을 듣고 웃었다.

「매너를 공부하기 위한 파티잖아? 어깨가 굳으니까 난 반대이려나.」

「나도 에일라 씨와 같은 의견이야. 파티는 익숙하지 않으니까 가능하면 참가하고 싶지 않아.」

이 녀석들은 왜 귀족이라는 입장을 이용하지 않는 건가? 쓸데없이 호사를 부리는 게 귀족이다. 재산을 과시하고 백성들이 고통스러워하는 걸 보면서 파티를 하는 게 즐거운 건데 그걸 거부하다니, 대체 어떻게 된 거지?

"예법을 배우는 김에 즐기면 되잖아. 난 참가하고 싶어. 게다가 레젤 자작가의 주최잖아. 내 돈은 한 푼도 안 쓰고 놀 수 있다고."

「리암 군은 교활해.」

에일라가 그렇게 말했고 크루트도 어이없어했다. 크루트는 재산을 탕진하는 것보다 재산을 모아서 희열을 느끼는 타입의 악덕 영주인 모양이다.

「격식 있는 파티에 나갈 때는 곤란할 테니까 익숙해지고 싶긴 하지만. 리암처럼 즐기고 싶다는 생각은 안 들어.」

"아아~, 양동이 파티 같은 걸 안 열어주려나~."

한가해서 쓸데없이 고도의 움직임을 보이면서 채굴작업을 진행하고 있으니, 양동이 파티라는 말을 듣고 에일라가 물고 늘어졌다.

「어? 리암 군, 양동이 파티에 초대받았어?! 어, 어떤 느낌이었어? 나 아직 한 번도 참가해본 적 없어.」

에일라는 그게 어떤 파티인지 알고 싶은 모양이었다. 하지만 그걸 말로 설명하는 건 어렵다. 양동이에 무한한 가능성을 느끼고, 그리고 양동이의 개념이 바뀌는 파티라고밖에 표현할 길이 없다.

"그건 말로 설명할 수가 없어. 나도 언젠가 주최하고 싶어."

지금의 나로서는 양동이 파티를 주최하는 건 불가능하다. 재산의 문제가 아니다. 돈만 있으면 주최할 수 있는 파티가 아니다.

크루트가 내 이야기를 듣고 자기와는 인연이 없는 이야기라고 했다.

「리암은 대단하네. 에크스나가에겐 양동이 파티는 격이 너무 높아서 절대로 인연이 없는 얘기야.」

이야기를 하는 사이에 작업을 끝마칠 시간이 찾아왔다.

열혈 기사가 사이렌을 울리자 모두가 인간형 작업 기계의 움직임을 멈췄다.

「끝났다~.」

「오늘도 열심히 했네.」

「이거 끝난 다음은 뭐였지?」

작업에서 해방되어 안도하는 자제들.

열혈 기사가 우리에게 모선에 돌아가라는 지시를 내렸다.

「어이, 끝났으면 빠르게 철수한다! 그리고 리암.」

"뭔가요?"

「너무 심한 장난은 치지 마라. 기량이 있는 건 인정하지만, 쓸데없는 움직임은 위험하다.」

"알겠습니다. 반성하겠습니다."

「네가 순순히 반성하다니 이상한 일이군. 뭐, 말로만 반성하는 것일 테지만 지금은 그대로 받아들이도록 하지. 어차피 난 말주변이 좋은 네 상대가 안 되니 말이다.」

"제가 입만 살았다는 것처럼 말하네요."

「그랬으면 편했을 텐데. 넌 정말 귀염성 없는 학생이야.」

"그거 실례했습니다."

나와 열혈 기사의 대화를 듣고 주위에 있는 자제들이 소리를 내
며 웃어댔다.

환경에는 불만도 있지만 인간관계에는 문제없다.

덕분에 별일 없이 지내고 있다.

──이상하다.

자작가 저택의 지붕.

거기서 리암의 상황을 확인한 안내인은 이 상황에 의문을 품고
있었다. 저택 지붕에서 하늘을 올려다보며 육안으로는 보이지 않
을 터인 리암을 보고 있었다.

"왜 즐거워 보이는 거지? 이런 취급을 받으면 불만이 있을 텐데."

리암이 준 돈과 물자는 피타크가 보낸 것으로 되었다.

원래 받을 대우를 빼앗기고 푸대접을 받는 게 현재 리암의 상
황이다. 그런데 본인은 즐겁게 지내고 있었다.

안내인은 그게 분해서 참을 수 없었다.

리암이 즐겁다는 것은 자신이 즐겁지 않다는 의미이기 때문이다.

게다가 가슴이 답답하다.

최근에는 손발이 저리기까지 했다.

"이 정도로는 부족한가? 어떻게든 리암을 불행의 구렁텅이로 밀어 넣어야 해. 젠장, 대체 어떡하면 좋지?"

안내인이 아무리 손을 써도 상황이 전혀 호전되지 않았다.

안내인은 다음 수를 생각했지만, 힘을 잃은 현재로서는 할 수 있는 것이 별로 없었다.

"뭔가 방법이 없나? 뭔가——!"

머리를 싸매고 아래를 보니 저택 바깥에 있던 페터가 시야에 들어왔다.

그는 자작가의 저택인데 마치 자신의 저택인 양 행동하고 있었다.

"좋아, 저 녀석을 이용해서 리암을! ——아니야. 저 녀석은 리암에게 이길 수 없어."

안내인은 곧장 그 생각을 버렸다.

"어떡하면 좋지? 대체 어떻게 해야 리암을 불행하게 할 수 있는 거냐고!"

안내인은 즐거워 보이는 리암을 떠올리고 분해서 눈물을 흘렸다.

수행을 빙자한 노동이 이어지던 어느 날.

나는 작업 중에 모니터 끄트머리에 뭔가 깜빡거리면서 빛나는 물체를 발견했다. 그러나 내가 이상하게 생각해서 시선을 그쪽으로 돌렸을 때는 이미 더 이상 빛나는 물체는 보이지 않았다.

"여기서 하얀빛이 깜빡이고 있었던 거 같은데, 뭐지?"

그러나 계기류에 반응은 없었다. 기계는 아무런 이상도 감지하지 못한 모양이었다.

그때 채굴작업을 진행 중이던 크루트와 에일라가 말을 걸어왔다.

「리암, 일손이 멎었는데?」

「무슨 문제 생겼어? 사람 부를까?」

나는 걱정하는 두 사람에게 대답하면서 우주복을 고정하는 벨트를 풀었다.

"아무것도 아냐. 그보다 밖에 나갈 거니까 망 좀 봐줘."

「알았어.」

크루트가 밖으로 나가는 나를 위해 인간형 작업 기계를 방패로 삼듯이 위치를 잡았다. 주위에서 깨진 돌 등이 튕겨 날아오지 않도록 막아주는 것이다.

에일라도 똑같이 나를 보호하는 위치에 섰다.

「빨리해야 해. 혼날 거야.」

"안심해. 내가 잘 구슬려줄게."

우주복 차림으로 밖으로 나온 나는 아까 신경 쓰였던 곳에 내려

섰다.

마음에 걸려서 그 근처를 파헤쳐봤더니 뭔가를 발견했다.

"이건 펜던트…… 금인가?"

상당히 예쁜 펜던트를 주운 나는 이득을 본 기분이 들었다.

"채굴작업도 나쁘지 않네."

황금을 썼다는 점도, 내 기준으로는 점수가 높다.

우주복의 벨트에 있는 작은 수납함 같은 파우치에 펜던트를 집어넣으니, 시야 끄트머리로 뭔가가 지나가는 게 보였다.

"사람? 아니, 다른데."

왠지 기분이 묘했다. 잠깐 머릿속에 채굴장에 도는 괴담이 생각났지만 그런 무서운 분위기는 아니었다. 오히려 이런 세계에도 괴담이 있는 게 더 놀라울 지경이다.

의문은 가시지 않았지만 이대로 계속 밖에 있으면 열혈 기사에게 혼나므로 나는 포기하고 얼른 콕핏으로 돌아갔다.

"──뭐, 상관없나. 오늘은 보물도 발견했으니까."

리암이 수행을 시작한 지 2년이 되어갈 무렵.

제국의 수도성에서 대학을 졸업하고 관리── 관료로서 연수를 시작한 티아는 홈파티를 열고 있었다.

파티에 온 사람들은 그녀와 마찬가지로 번필드가의 지원을 받아

기사 자격을 얻기 위해 노력하는 동료들이었다.

다들 파티장 남녀 할 것 없이 모여서 음악을 틀고 파티를 즐기고 있었다.

예법을 따지지 않는 가벼운 파티라서 모두 사복 차림이었다.

모양만 보자면 얼핏 대학생 모임처럼 보이기도 했다.

하지만 파티의 장식과 파티장의 분위기는 평범한 파티와는 사뭇 달랐다.

벽에 투영된 사진과 영상은 전부 리암이 비치고 있었다. 지금도 리암의 성인식 식전 영상이 흘러나오고 있었다.

이런 영상이 재미있을 리가 없다. 오히려 파티의 흥이 깨질 영상이다. 그러나 무슨 일인지 이미 몇몇은 그 영상에 넋이 나가 있었다.

다른 사람들도 리암의 다른 영상들을 바라보며 서로 이야기를 나누고 있었다.

"그쪽 연수는 어때?"

"지금은 사무."

"사관학교조도 여전하네."

"진짜는 연수 후야."

대화 내용은 대부분 연수에 관한 것이었다.

연수 기간에는 아무래도 본격적인 업무보다는 잡무가 많을 수밖에 없었다.

리암의 영상으로 둘러싸인 방에서 대화를 나누는 사람들.

다른 사람이 보면 이상한 광경이겠지만 이 자리에 있는 자들에게는 위화감이 없었다.

티아 또한 입체영상 속에서 움직이는 리암을 넋 놓고 바라보고 있었다.

"아~, 좋다. 리암 님의 늠름한 모습은 언제 봐도 힐링이 된단 말이지."

그러자 옆에 있던 그녀의 친구가 기겁──이 아니라 살며시 티아의 볼을 잡아당겼다.

"아프잖아~. 뭐 하는 거야."

"그건 내가 할 말이야. 언제까지고 넋 놓고 있지 말고, 앞으로의 이야기를 해. 리암 님의 수행이 끝날 때 모시러 갈 거잖아?"

"물론이지. 연수 후에 1년 휴가를 받았으니까, 그대로 영지까지 모실 거야. 오랜만에 진짜 리암 님을 만날 기회라고."

그러자 친구는 티아가 부럽다는 듯이 말했다.

"으으~ 나도 모시러 가고 싶었는데! 설마 제비뽑기에서 질 줄이야."

"후후, 안 됐네. 하지만 너무 아쉬워하지 마. 내가 대신 리암 님의 영상을 찍어 올 테니까."

"무얼 당연한 이야기를. 아, 하지만 수행 중인 리암 님의 영상도 갖고 싶은데~. 수행 중에는 기록을 거의 남기지 않았을 테니 분명 프리미엄이 붙을 거야."

티아는 수행 중인 리암을 촬영한 영상과 사진이 있으면 무슨 짓을 해서라도 손에 넣겠다는 친구에게 격하게 동의했다.

"아, 그건 나도 갖고 싶네. 하지만 남의 가문이니 이래라저래라 할 수는 없는 노릇이니. 하아, 빨리 리암 님을 만나 뵙고 싶어."

티아는 양손을 잡고 소녀처럼 눈을 촉촉하게 적셨지만, 아무래도 주위의 광경이 이상한 탓에 전혀 소녀처럼 보이지 않았다.

"광신자라고?"

일이 끝마친 우리는 식당에서 셋이 저녁을 먹으며 대화를 주고받고 있었다.

오늘의 화제는 크루트의 아버지에 대해서였다.

본인은 가족의 화제가 조금 부끄러운 듯 고개를 숙이고 있었다.

"으, 응. 자랑으로 들릴지도 모르겠지만, 내 아버지는 나름 유명한 기동기사 파일럿이었으니까. 아버지를 동경하는 기사나 군인이 많았거든."

크루트의 이야기에 에일라는 안다는 듯이 몇 번인가 고개를 끄덕였다.

"에이스나 유명인은 인기가 나오기 마련이니까, 어쩔 수 없지. 하물며 크루트 군의 아버지는 온 제국에 이름이 알려졌을 정도잖아."

"어, 진짜?"

내가 부러워하자 크루트가 불만스러운 표정을 지었다.

"덕분에 팬이 늘어서 말이야. 아버지의 부하가 되고 싶다고 찾아오는 기사도 많았어."

에일라가 고개를 갸웃거리며 숟가락을 물었다.

"좋은 일 아니야?"

"하나도 좋지 않……! 아, 미안……."

크루트가 갑자기 큰 소리를 내자 주위 사람들이 놀라 쳐다봤지만, 다들 금방 흥미를 잃고 다시 식사를 이어갔다.

나는 그 틈에 섞인 묘한 시선을 여전히 느끼고 있었지만, 악의적인 것 같진 않아 무시하고 크루트에게 다음 내용을 재촉했다.

"무슨 문제라도 있었냐?"

"많이 있지. 그런 기사나 군인들은 아버지를 동경해서 찾아온 거잖아? 사실 그것까지는 괜찮아. 그런데 그중에 아버지를 숭배하다시피 하는 사람들이 섞여 있더라고. 그야말로 광신자 같은 사람들이라, 정말 애먹고 있어."

에일라와 얼굴을 마주 본 나는 광신자라는 말을 듣고 이해가 안 됐다.

나는 크루트에게 이야기했다.

"실질적인 해가 있다면 자르면 되잖아."

"우리는 일손이 부족해서 무리야. 언젠가 아버지를 몰래 찍은 사진이 나돌아서 큰 소란이 일어난 적이 있어."

귀족은 목숨을 위협받을 일이 많기에 거의 항상 호위를 데리고 다닌다. 그 호위망을 뚫고 사진을 입수한 녀석이 있다는 건 무서운 이야기다.

에일라가 흥미를 느끼고 자세한 이야기를 물었다.

"그래서 어떻게 했어?"

"모르겠어. 다만 가까이에 배신자가 없으면 절대로 불가능한 일이겠지. 아무튼, 그 사진 데이터는 잇따라 갱신되었고, 이윽고 내 사진까지 나돌기 시작했어."

크루트가 머리를 싸매고 고민할만했다. 그보다 아저씨의 사진을 모으다니, 진짜 이 세계는 넓구나. 전생의 세상이었다면 이해하기 어려웠을 것이다.

아니, 아이돌 같은 취급을 받는 건가? 그렇다면——.

"우선, 방범을 재검토해. 그리고 해결책이 한 가지 있어."

"저, 정말이야, 리암?!"

크루트가 지푸라기라도 잡는 심정으로 나에게 도움을 구했다.

기분이 좀 좋네.

"발상을 바꿔. 귀족의 방범을 뚫고 몰래 찍어가면서까지 사진이 나돌 정도잖아. 그걸 공식적으로 팔면 가치가 생길 것 같지 않아?"

아이돌처럼 대대적으로 팔면 된다. 그렇게 말하자 크루트가 난색을 보였다.

"그게 효과가 있을까?"

"해적판을 구축하려면 진짜를 공급하면 돼. 네 아버지가 공인하면 팬은 망설이지 않고 그걸 살 거야."

도촬한 것도 계속 팔릴 것 같지만, 그건 말하지 말자.

"알았어. 리암이 그렇게까지 말한다면 제안해볼게. 리암, 항상 정말 고마워."

나는 손을 쥐고 감사를 표하는 크루트에게 관대함을 어필했다.

"신경 쓰지 마. 곤란할 때는 서로 도와야지. 그건 그렇고 충성심이 너무 높은 기사와 군인도 문제구나. 나도 조심해야지."

"그게 좋을 거야."

그렇게 식사를 재개하려고 했지만── 콜로니 안의 식사가 너무 끔찍했다. 콜로니 안에서 재배한 채소가 들어가 있는데, 피망과 비슷한 녀석이 무척이나 썼다.

내가 피망을 거르고 있으니 그걸 본 에일라가 웃었다.

"채소 정도는 먹어."

"쓰단 말이야. 아니, 써도 너무 써. 크루트, 먹을래?"

크루트에게 먹을 거냐고 제안하자 본인은 어이없어하면서도 받아들였다.

"남기면 미안하니까 먹겠지만, 리암도 제대로 먹어."

"맛없는 것도 정도가 있지. 이건 쓴 음식 수준이 아니라고!"

내가 피망이 싫다거나 하는 수준의 문제가 아니다. 맛없다. 진짜로 맛없다! 그걸 참고 먹는 백성들이 불쌍할 정도로 맛없다.

성간 국가 세계에서 이렇게 맛이 없는 게 용서가 될까? 미식은 악이라고 말하고 싶기라도 한 건지, 레젤가는 정말 너무하다.

크루트가 내 피망을 먹기 시작하자 어디선가 '크흐흐'라는 정말

이상한 웃음소리가 들려왔다.

"──뭐지?"

주위를 둘러보니 이쪽을 보고 웃는 녀석은 없었다.

리암과 크루트가 손을 잡는 모습과 리암과 크루트가 음식을 나누는 모습을 보는 인물이 있었다.

(조금만 더. 조금만 더── 후후후. 너무 좋은 광경에 목소리가 나와버렸어.)

식당에는 두 사람의 모습을 관찰하는 인물이 많다.

모르는 척하고 있지만, 리암 일행의 뒤에 있는 여자들은 의식을 이쪽으로 돌리고 있었다. 리암과 크루트의 대화를 귀 기울여 들었다.

(좀 더, 좀 더 가야 해.)

뭔가를 꾸미는 인물이 리암과 크루트를 노리고 있었다.

레젤 자작가가 관리하는 자원위성.

스페이스 콜로니로 재활용한 이곳을 찾아온 인물이 있었다.

그의 이름은 '야스시'.

찢어진 곳이 눈에 띄는 기모노에 하카마를 입은 야스시는 양어깨를 늘어뜨리고 걷고 있었다. 부스스한 머리카락은 손질도 하지 않았고, 수염도 아무렇게나 기르고 있었다.

최근에는 제대로 먹지 않아서 배도 고팠다.

마치 꾀죄죄한 낭인처럼 보였다.

그가 바로 리암에게 일섬류를 전수한 검술 스승이다.

하지만 사실은 이 세상에 일섬류 같은 건 존재하지 않으며, 야스시의 거짓말에서 탄생한 가공의 검술이었다. 그러나 여기서 뜻밖에 문제가 생겼다.

그는 리암을 속여 일섬류라는 존재하지도 않는 검술을 가르쳤지만, 리암이 그걸 실제로 완성한 것이다. 그는 결국 리암이 무서워서 도망치고 말았다.

즉, 야스시는 일섬류라는 터무니없는 검술의 창시자이지만, 본인의 기량은 자칫 잘못하면 무예를 익히는 아이에게조차 질지도 모르는 수준이었다.

그런 야스시가 레젤가의 자원위성을 찾아온 이유는 돈을 벌기 위해서였다.

"중기계 면허가 필요하다는 건 미리 말하라고. 난 기동기사를 타본 적이 있지만—— 그냥 타봤을 뿐이지……. 하아, 여기서 기예를 펼쳐도 돈이 안 되는데, 앞으로 어떻게 하면 좋지?"

야스시의 본업은 축젯날 장사꾼이다. 하지만 그 기예도 변변치 않아서 돈을 벌지 못했다. 결국에는 어쩔 수 없이 레젤가가 작업원을 모집한다는 이야기에 이끌려 여기까지 오고 말았다.

하지만 작업을 하려면 면허가 필요하다는 이야기에 결국 그조차 이루어지지 않고 이렇게 정처 없이 떠도는 신세가 되고 말았다.

"여기에 오기 위해 있는 돈은 다 써버린 끝에, 종일 아무것도 못 먹는 신세라니."

그는 비틀비틀 환락가를 걸었다.

야스시는 돈도 없으면서 발길이 저절로 환락가에 향하는 글러먹은 인간이었다.

허리에 차고 있던 칼도 이미 팔아서 돈으로 바꿨다.

더는 팔 것도 없다.

"누구든 좋으니까 술을 사주지 않으려나~."

글러먹은 말을 하며 걷고 있으니, 앞에서 온 화려한 차림을 한 3인조 청년과 부딪쳐버렸다.

"이 자식, 어딜 보고 걷는 거야!"

"아파! 아프다고!"

"괜찮아?! 동생을 다치게 하고 말이야. 너, 그냥은 안 끝날 줄 알라고!"

나쁜 놈들에게 걸려버린 모양이다.

주위에서는 '또 저 녀석들이야'라며 차가운 시선으로 보면서 엮이지 않도록 멀어져갔다.

야스시는 세 명의 양아치에게 둘러싸여 도망칠 곳이 없었다.

"사, 살짝 부딪쳤을 뿐이잖아!"

야스시가 저항했지만 세 사람 앞에서는 무의미했다.

"하고 싶은 말은 그것뿐이냐? 이거 따끔한 맛을 봐야겠구만."

"형님! 이 자식을 무허가 의사한테 데려가서 장기를 팔죠."

"그거 좋구만!"

야스시는 깔깔거리며 웃는 3인조를 보고 핏기가 싹 가셨다. 눈앞에 있는 남자들은 위협이 아니라 진짜로 할 것이라고 헤아렸기 때문이다.

(이 녀석들 위험한데?! 왜 레젤령은 이렇게 치안이 나쁘냐고!)

대화는 소용없다.

딱 봐도 나쁜 사람들인 3인조를 앞에 두고 야스시는 하늘에 빌었다.

(누가 좀 도와줘!)

그러자 주위가 술렁이기 시작했다.

3인조는 주위를 무시하고 야스시를 때리려고 했다.

"우리를 얕본 놈은 전부 죽여주마!"

하지만──.

"누가 누굴 죽인다고?"

──마치 주위의 기온이 급격하게 내려간 듯한 느낌이 들었다.

들은 적 있는 목소리에 야스시가 3인조의 뒤를 봤다.

이전에 봤을 때보다 키가 자라나 있는 그 인물은 야스시가 가장 만나고 싶지 않은 남자였다.

(신이시여, 저 녀석이 아니라고. 저 녀석만은 안 돼애애애애!)

3인조가 뒤돌아보니, 거기에는 리암이 서 있었다.

리암이 오른손에 든 것은 쇼크 소드라 불리는 장난감이었다. 그걸 본 남자들은 서로의 얼굴을 보고 크게 웃은 뒤에 권총 같은 무기를 꺼냈다.

"꼬맹이 아니냐. 게다가 그깟 장난감으로 까불다니. 그냥은 안 넘어──."

남자는 소리를 냈지만, 도중에 아무 소리도 못 내더니── 그 대로 목이 톡 떨어졌다.

야스시는 등줄기가 얼어붙는 듯한 느낌에 떨림이 멈추지 않았다.

리암이 무엇을 했는지 보이지 않았다. 하지만 무엇을 했는지는 이해했다.

(이, 이 녀석, 전보다 더 강해졌어?!)

리암의 실력이 이전에 봤을 때보다 상승한 것을 피부로 직접 느꼈다. 전에 봤을 때보다 무섭다. 전에는 본능이 '도망쳐라!'라고 했지만, 지금은 '도망쳐어어어!'라며 마구 소리 질렀다.

야스시는 리암의 역량을 정확히 가늠할 수 없다.

하지만── 야스시의 본능이 엮여서는 안 된다고 알려줬다.

도망가고 싶다. 도망치고 싶다. 하지만 야스시가 있는 곳은——이미 리암의 공격 범위 안이었다.

(아, 끝장이다.)

야스시는 여기서 자신의 인생이 끝났다고 느껴서 공포를 넘어 달관한 표정을 지었다.

3인조 중 남은 둘은 무슨 일이 일어났는지 이해하지 못한 얼굴로 목이 떨어진 동료가 있는 곳을 보고 있었다. 무의미하게 '어, 어이, 무슨 일이야?'라며 말을 걸고 있었다.

리암이 그런 두 사람에게 다가가더니, 변명이나 목숨 구걸을 하기 전에—— 두 사람의 목이 달아났다.

피가 뿜어져 나오니 누군가가 비명을 질렀다. 야스시도 마음속으로 비명을 질렀지만, 리암을 앞에 두고 각오를 다졌다.

(헤헤, 참 엉망인 인생이었지.)

분명 리암은 속은 걸 깨닫고 화내고 있을 것이다. 야스시는 악당 3인조와 같은 결말을 맞이할 것을 각오했다.

주위가 소란스러워지고 피 냄새가 주위에 퍼지는 가운데 리암이 야스시 앞에 섰다.

주위에 있는 구경꾼들은 분명 리암이 야스시도 죽이리라 생각했을 것이다. 실제로 야스시 본인도 죽음을 각오했다.

하지만 리암은 무기를 집어넣더니—— 땅이 피로 더러워졌는데도 개의치 않고 무릎을 꿇었다.

"오랜만입니다, 스승님!"

무릎을 꿇고 머리를 숙이는 리암을 보고 야스시는 이래저래 한계에 달했다.

(어? 이 녀석 뭐지? 왜 머리를 숙이는 거지? 그만해, 무서워!)

야스시는 반응하지 못하고 달관한 표정 그대로── 오히려 당당한 태도로 리암과 대화했다.

"리암 공도 건강한 것 같아 안심했습니다."

마치 진짜 검술 스승 같은 분위기가 났다. 방금까지의 꾀죄죄하고 불만을 품고 있던 낭인의 모습이 아니었다.

"아, 네. 그 뒤로 쉬지 않고 단련을 계속하여 스승님을 따라잡기 위해 매일 노력하고 있습니다!"

"감탄했습니다. 아까 기술을 보고 전보다 더 숙달됐다는 걸 느꼈습니다. 열심히 하셨군요."

"가, 감사합니다!"

리암은 감동했는지 말을 제대로 하지 못했다. 그리고 당연한 의문을 말했다.

"그런데 스승님은 여기서 지내고 계십니까?"

뭐라 대답하면 좋은가? 어설프게 말하면 리암에게 자신이 있는 곳을 알려주는 꼴이다.

그것만큼은 피해야 한다.

야스시의 머리가 살아남기 위해── 이 상황을 모면하기 위해 머리를 쥐어짰다.

"──실은, 여행 중입니다."

"여행이요? 저, 저기, 칼도 지니지 않고 왜 이런 곳에? 스승님을 걱정할 필요는 없다고 생각하지만, 뭔가 무기를 지니시는 게 어떨까요?"

야스시는 생각했다.

(이미 팔았어! 돈이 없어서 팔았다고!——라고 말할 수 있으면 편할 텐데!)

"옷만 걸치고, 맨손으로 여행을 하고 있었습니다."

"어째서인가요?"

리암의 의문은 당연하다. 야스시는 머리를 싸매고 싶은 기분을 억누르고 변명을 생각했다.

그리고 한 가지를 생각해냈다.

"——제자를 찾고 있습니다."

(이거다. 이것밖에 없다!)

자신이 여행하는 이유는 제자를 찾기 위해. 그러자 리암은 웃음을 보이고 야스시에게 제안했다. 야스시를 완전히 믿는 얼굴을 하고 있었다.

"그런 거라면 제 영지에 스승님에게 어울리는 도장을 준비하겠습니다. 거기서 후진 육성에 전념해주십시오."

안 된다. 그런 건 인정할 수 없다. 리암 곁에 있으면 언젠가 거짓말이 들통이 날 거다.

"아니, 그건 안 됩니다."

(무리이이이! 네 영지만큼은 절대로 무리!)

"예? 왜, 왜죠?"

리암은 '왜 안 되느냐?'는 표정이었다.

(우오오오오! 내 머리야, 지금만큼은 어떻게든 좋은 변명을 생각해줘!)

야스시는 입에서 나오는 대로 이유를 말했다.

"소생이 찾는 것은 평범한 제자가 아닙니다. 일섬류를, 진짜 일섬류를 완성하기 위한 제자를 찾고 있습니다."

"완성? 아니, 일섬류는 이미 완성된 게 아닙니까?"

리암이 완성한 일섬류는 현시점에도 최강에 가까울 것이다. 하지만 '그렇지'라고 인정해버리면 야스시는 리암의 영지에 끌려간다.

그것만큼은 피하고 싶었다.

"아닙니다!"

강하게 부정해봤지만, 야스시는 내심 당황했다.

리암이 야스시의 호통을 들어 입을 다물고 다음 말을 기다렸다. 야스시는 어설픈 변명은 통하지 않을 것 같아, 그럴듯한 말을 해서 현혹하기로 했다.

"무의 길에 종착점은 없다! 계속 나아가는 것. 오로지 계속 나아가는 것이 일섬류입니다."

어째 그 말에 감명을 받은 리암이 납득한 듯했다.

"스승님, 제가 어리석었습니다. 그렇다면 저도 제자 찾기를 돕게 해주십시오."

야스시는 화가 났지만, 얼굴에 드러내지 않았다.

(네가 옆에 있는 게 싫은 거야! 부탁이니까 알아차려! 아니, 틀렸어. 알아차리면 내가 살해당해애애애!! ──아, 그렇지!)

"진정한 일섬류를 완성하기 위해 제 눈으로 찾는 겁니다. 일섬류는 최소한이라도 제자를 세 명은 키워야 하니까요. 리암 공으로 한 명. 그리고 소생은 남은 두 명의 제자를 키울 생각입니다."

그렇다면 리암의 영지에서 찾으면 되지 않느냐? 리암이 당연한 의문을 제기하기 전에 야스시는 선수를 쳤다.

"리암 공, 이는 일섬류를 계승한 자의 의무입니다."

"의무요?"

"예. 소생은 제자들에게 일섬류를 계승시킬 것입니다. 그리고 리암 공도 앞으로 세 명의 제자를 찾아 키우는 겁니다."

"그, 그랬나요. 하지만 전 스승님께 참견할 생각은 없습니다. 스승님의 육성을 방해하지 않을 겁니다."

야스시는 몰랐다고 반응하는 리암에게 '그야 지금 생각했으니까!'라고 말해주고 싶은 기분을 꾹 참았다.

"소생에겐 소생의 일섬류가 있습니다. 그리고 리암 공에겐 리암 공의 일섬류가 있죠. 언젠가 서로 만난다고 하더라도 지금은 아닙니다. 이 우주는 넓습니다. 가능성을 찾아 여행을 떠나지 않으면 일섬류는 언젠가 작아지고 말 것입니다."

리암은 고개를 숙였다.

"거기까지 생각하고 계셨군요. 제 생각이 얕았습니다."

야스시는 일단 안심했지만, 여기서 끝나지 않는 것이 바로 이 남자다.

(한 번 더 밀면 되겠군. 이 녀석이 날 찾지 않도록 해야 해──.)

"소생만의 문제가 아닙니다. 면허개전을 받았다면 리암 공도 일섬류를 다음 사람에게 이어야만 합니다. 리암 공도 세 명의 제자를 키우는 겁니다. 누구든 좋은 건 아닙니다. 이 사람이다 싶은 사람들에게 자신의 일섬류를 맡기는 겁니다. 이는 일섬류의 중요한 과제라고 인식하십시오. 그리고 제자를 키우는 것도 수행입니다!"

아무래도 리암은 자신이 제자를 키우는 걸 별로 의식하지 않았던 모양이다. 당황했는지 시선이 이리저리 흔들렸다.

"제가 제자를……. 할 수 있을까요?"

야스시는 불안한 듯한 리암에게 미소를 보이며 어깨에 손을 올렸다. 그 모습은 방황하는 제자를 인도하는 스승 그 자체였다.

하지만 속마음은 전혀 달랐다.

(알 바냐! 애초에 일섬류 같은 건 없다고! 존재하지 않는데 네가 실현하니까 복잡해졌거든!)

자신의 거짓말에서 시작된 일섬류인데 무책임하기 짝이 없는 야스시였다.

야스시는 리암에게 말했다.

"훌륭한 검사가 되셨는데, 한심한 말씀 마십시오. 리암 공이라면 분명 훌륭한 후계자를 키울 수 있을 겁니다."

"네, 스승님. 저, 해보겠습니다."

리암의 눈이 젖어있었다. 분명 감동했겠지만, 악당이라고 해도 방금 사람 셋을 무자비하게 베어 죽인 젊은이다. 야스시는 조금도 기쁘지 않았다.

(당연히 거짓말이지! 하지만 이걸로 어떻게든 넘어갈 수 있을 것 같다. 이대로 도망치고 싶지만, 돈이 없으니 이 별에서 나갈 수 없어. 젠장, 대체 어떡하면 좋지!)

그러자 리암이 한 가지 제안을 했다.

"하지만 제자로서 스승님이 그런 모습으로 있는 걸 못 본 척할 수 없습니다. 적은 돈이지만 제가 노잣돈을 준비하도록 하겠습니다. 부디 그것만은 하게 해주십시오."

자진해서 돈을 준비해줄 것 같다.

야스시는 내심 미소 지었다.

"그거 고맙습니다. 소중히 쓰도록 하겠습니다."

(아자! 이제 여기서 도망칠 수 있다!)

리암이 단말기를 조작해서 야스시에게 전자머니를 양도했다.

그 금액을 보고 야스시는 핏기가 가셨다. 단, 표정은 웃는 얼굴을 지켰다.

(어? 뭐지 이 금액은? 0의 개수가 엄청나게 많은데?)

믿을 수 없는 금액을 받아 야스시는 속마음을 숨기는데 필사적이었다.

"이건 또 큰돈이군요."

"이래저래 벌어들이고 있으니까요. 이런, 소동이 너무 커졌네요."

환락가에서 살인사건이 일어나면 바라지 않아도 사람이 온다.

리암은 야스시를 돕기 위해 먼저 도망치게 하기로 했다.

"스승님, 이 자리는 맡겨주십시오."

야스시는 허둥지둥 도망쳤다. 하지만 마지막 대사만큼은 그럴 듯하게 했다.

"고맙소. 리암 공도 평안하시길."

리암이 겸연쩍은 듯이 웃고 있었다.

"네."

스승을 배웅한 나는 새 목표에 고민했다.

"제자 셋이라. 게다가 이 사람이다 싶은 제자를 말이지……. 누구든지 좋은 게 아니니, 대체 어떡하면 좋지?"

일섬류를 널리 알리기 위해 나도 노력해야 하지만, 안타깝게도 가르칠 수 있는 사람은 나밖에 없다. 도장을 열어 널리 가르치는 건 무리다.

사범을 두고 도장을 맡기는 것도 안 된다.

"역시 스스로 찾지 않으면 안 되나. 그건 그렇고 스승님의 말씀은 전부 무게가 있네. 나도 배워야겠어."

양아치들에게 시비를 걸리는 모습을 봤을 때는 놀랐지만, 그런 상태라면 내가 구하지 않았어도 스승님은 상황을 타개했을 것이다.

161

무기를 지니지 않았는데 그 여유. 그게 바로 강자의 여유가 아닐까?

나는 악덕 영주를 지향하지만, 스승님은 그대로 무의 길을 나아갔으면 한다.

"혼잣말이 많은 놈이군."

감옥에 처박힌 나를 데리러 온 사람은 열혈 기사였다. 기가 막힌다는 표정인 열혈 기사는 감옥의 간수에게 이야기를 해 자리를 비우게 했다.

환락가에서 날뛴 것에 대해 혼났다.

"소동을 일으켰나 싶었더니 살인이라니, 놀랐다고."

"면목 없어."

콜로니 안에 있는 환락가는 노동자를 위해 만들어졌다. 하지만 아까 전의 3인조 같은 악당이라 해야 할까, 불량배들도 많다.

난 전생에 그 녀석들과 같은 불량배에게 시달렸다. 그래서 그런 인간을 보고 있으면 짜증이 난다.

열혈 기사도 이것저것 조사한 듯했다.

"네가 죽인 놈들을 조사했는데, 평판이 안 좋은 놈들이었던 것 같더군. 잡히지 않은 게 신기한 놈들이야."

스승님께 손을 대지 않았다면 나도 손을 대지 않았을 것이다. 아니, 스승님께 손을 댄 시점부터 이미 끝난 것이었다. 어쨌든 스승님은 나보다 강하다.

바보 같은 놈들이다.

"랜돌프 님의 전언이다. 잠시 감옥에서 머리를 식히라고 말씀하셨다."

"그런가요. 그럼, 그렇게 하도록 하죠."

제자에 대해 이것저것 생각하고 싶었고, 혼자가 될 수 있는 시간이 생겨서 마침 잘 됐다.

◇ ◆ ◇ ◆ ◇

콜로니 안에 있는 3인조가 소속되어 있던 조직의 아지트.

거기에는 동료가 살해당했다며 떠드는 해적들이 있었다.

──리암이 죽인 것은 해적들의 동료였다.

"우릴 깔보다니! 형님, 귀족이라고 이대로 그놈을 봐줄 겁니까?"

사실 해적들은 리암을 죽이고 싶었지만 그러지 못하고 있었다.

형님이라 불린 해적은 테이블을 쳤다.

"멍청아. 그런 짓을 하면 우리의 체면이 깎이잖냐."

해적들은 레젤 자작가의 영지에서 규모가 가장 큰 해적단이다.

이름 있는 해적단으로 자기들의 이름에 흠집이 나는 걸 싫어했다.

혈기왕성한 해적 중에 비교적 냉정한 남자가 리암에 대해 이야기했다.

"레젤가에 수행하러 온 귀족의 자제입니다. 손을 쓴다면 그에 맞는 준비를 해야 합니다."

"어떤 상대인지 모르는 게 무섭군. 죽이는 건 간단하지만 귀찮은 일은 사절이다. 어이, 누구 조사할 수 있는 놈은 있나?"

그러자 부하 한 명이 손을 들었다.

"그렇다면 카지노에 오는 귀한 손님이 있습니다. 그 녀석은 피타크 백작가의 후계자인데, 저희 가게에 빚이 있으니까요. 정보를 알아낼 수 있을지도 모릅니다."

"좋아, 그 녀석한테 접근해라. 술, 여자, 돈, 뭐든 써서 우리한테 손을 댄 바보 자식을 조사해라. 반드시 복수해주마."

우선 상대를 조사한 뒤에 행동해야 한다며 신중한 움직임을 보였다.

"귀족이라고 해서 여기서 우리에게 거역하고 살아갈 수 있다고 생각하지 말라고."

해적들은 히죽히죽 웃으며 리암에 대한 복수를 맹세했다.

마치 자기들이야말로 이 영지의 주인이라고 하는 듯한 자신감을 보였다.

햄프리 상회의 선단은 레젤 자작가의 영지로 향하고 있었다.

토마스가 자신의 배에서 부하들과 이야기를 하고 있었다.

"이 주변의 해적들에겐 리암 님의 이름도 효과가 없나."

리암이 날뛰는 영지나 그 주변이라면 그 이름만 들어도 도망친다.

하지만 레젤가의 영지 부근에는 아직 알려지지 않은 모양이다.

부하 한 명이 아까 전의 일을 떠올렸다.

"통행료를 뜯기기만 하고 풀려났죠. 그래도 그 소문은 진짜일지도 몰라요. 그, 레젤 자작이 해적과 연결되어 있다는 소문 말입니다."

토마스도 그걸 느끼고 있었다. 상인의 연줄로 여러 가지를 조사했는데, 레젤가 주변에서는 레젤가의 어용상인 이외의 배가 해적들의 습격을 당하는 경우가 많았다.

피해는 적지만 해적들의 움직임이 너무 티가 나서 의심하는 상인도 적지 않았다.

"리암 님이 어떻게 하느냐에 따라 교류도 늘어날 테니 어떻게든 하고 싶군."

하지만 레젤 자작의 영지에 와도 리암과는 면회하지 못했다.

수행 중인 자제를 방문하는 것이 선호되지 않는 것도 있지만, 무리해서 면회하면 리암의 평판을 떨어뜨리게 된다.

"리암 님께 상담하고 싶지만, 수행이 끝날 때까지는 무리군."

부하가 한숨을 쉬었다.

"솔직히 레젤가와 인연이 생겨도 미묘하죠. 어중간한 인맥이라면 차라리 없는 편이 낫습니다."

토마스가 부하의 말을 꾸짖었다.

"그걸 판단하는 건 우리가 아니다. 그리고 리암 님이라면 틀린 판단을 하지 않아."

리암이 어떻게 판단을 내릴 것인가? 토마스 일행은 그걸 걱정했다.

동시에 레젤 자작가를 안타깝게 여겼다.

"평판이 좋은 영주님이라 들었는데, 소문은 도움이 안 되는구나. 리암 님께 악영향을 끼치지 않으면 좋으련만."

토마스는 리암이 레젤가의 방식에 물들지 않을까 걱정이었다.

수행지에서 받는 영향이 반드시 좋은 것만 있으리라는 법은 없다. 리암이 레젤가의 방식을 흉내 내는 것만큼은 하지 않았으면 했다.

사람이 살 수 있는 행성이라 해도 생태계는 가지각색이다.

난 전생의 가치관도 있어서 자연을 남기면서 발전한 행성을 좋아하는 경향이 있다.

제국의 수도성 같은 기계와 콘크리트로 덮인 행성은 취향이 아니다.

무슨 말을 하고 싶냐면, 행성에는 각각 특징이 있다. 자원이 풍부하거나, 자연이 풍성하거나, 다른 행성에는 없는 무언가가 있거나, 하는 식이다.

이렇듯 행성은 다양한 특징을 지니는데, 그렇다 보니 일률적으로 통치할 수가 없다.

지배를 맡은 영주 귀족들은 행성들의 특징을 정확하게 인지하고 통치 방침을 정해야 한다.

자원이 풍부한 레젤 자작가는 자원 채굴과 금속 가공 기술을 특화하여 이익을 얻고 있다.

하지만 자원 채굴로 인해 환경파괴가 진행되어 지상에서 평범하게 살 수 없게 되었고, 아콜로지라 불리는 완전환경도시를 구축해야만 했다.

나로서는 이해하기 힘든 방침이지만, 그 이익 덕분에 레젤 자작가는 발전하고 있다.

우주에서의 생활이 끝나고 수행 기간이 3년 차에 돌입한 우리는 드디어 수업을 통해 통치를 배우게 되었다.

열혈 기사가 수업을 끝마치고 교실에서 나가자 다른 자제들이 자리에서 일어서는 가운데, 크루트는 딱딱한 표정을 짓고 있었다.

"자원이 풍부한 행성이라……. 솔직히 부러워."

레젤 자작가의 영지는 자원이 풍족하다. 아무것도 없는 에크스나가의 후계자인 크루트는 그 점을 부러워했다. 자신의 영지에도 뭔가 있다면—— 이런 생각을 하고 있을 것이다.

"그래? 나는 오히려 자원 채굴과 가공기술에 너무 의지하고 있다는 생각이 드는데. 애초에 군대에 돈을 안 들이고 있다는 점이 마음에 안 들어."

군비는 최소한만 갖추면 된다는 생각이 나와는 달랐다. 자기가 사는 행성을 구멍투성이로 만들고 있다는 점도 별로였다.

나는 효율을 우선한 착실한 면이 싫다. 쓸데없다고 해도 외관을 까다롭게 보는 게 악덕 영주다운 사고방식이라 생각한다.

그리고 군비를 경시하는 건 악인으로서 마땅치 않다.

"리암은 엄하구나. 하지만 우리도 자원위성 하나 정도는 있으면 좋겠어. 채굴이 끝나도 콜로니로 쓴다거나 하는 사용법이 있으니까."

아무래도 어딘가에서 찾아 가져오기도 어려운 듯했다.

"너도 큰일이구나."

"그래도 리암 덕분에 상당히 편해졌다고 들었어. 아버지가 고마워했어."

토마스에게 돈을 빌려주라고 부탁했는데, 이렇게까지 고마워할 줄은 몰랐다. 뭐, 은혜는 베풀 수 있을 때 베풀자.

페터처럼 레젤가에서 특별대우를 받는 자제들은 2년 차에 우주에 올라가지도 않고 지상에서 지냈다.

그리고 3년 차에는 레젤 자작이 직접 통치를 가르친다.

말하자면 현역 영주 귀족의 경험을 들을 수 있는 귀중한 체험이다.

하지만 수업을 듣는 자제들은 마실 것이나 과자 등을 펼쳐놓고 레젤 자작의 이야기를 듣고 있었다.

그리고 레젤 자작도 그러한 행동을 꾸짖지 않았다. 페터 일행은 수행하러 와서 저택에 체재하고 있지만, 레젤 자작에게 그들은 손님이기도 했다.

수행으로 귀족의 자제를 받아들이는 걸 사업이라 생각하는 탓에, 이렇게 일부 자제에게는 특히 무른 태도를 보였다.

그리고 제일 중요한 레젤 자작의 수업 내용은──.

"영지 경영에서 가장 중요한 것은 균형이다."

균형의 중요성에 대해 말하는 레젤 자작은 청탁병탄*할 것을 젊은이들에게 설파했다.

"우주 해적이 좋은 예다. 그들 대부분은 원래 백성이었던 자들이다. 이따금 해적들을 물리치는 게 옳다고 주장하는 귀족들도 있지만, 그건 틀렸다. 해적들이 나타나는 이유가 어쩔 수 없는 사정 때문이라는 걸 이해하지 못하는 것이다."

생계 때문에 해적이 된 자들도 많다고 주장하며 레젤 자작은 다음과 같이 설명을 계속했다.

"해적은 박멸해야 한다고 단적인 생각을 하는 귀족이 많은데, 사실 따지자면 그건 자업자득의 결과다. 영주가 걸어야 할 올바른 길은 해적들을 만들지 않는 통치를 하는 것이다."

레젤 자작의 이야기를 듣고 한 여자아이가 손을 들었다.

"자작, 그렇다면 이미 해적 행위를 하는 자들은 어떻게 다룹니까?"

---

*淸濁併呑:선악을 가리지 않고 받아들임.

순진한 질문이다. 레젤 자작은 당연하다는 듯이 대답했다.

"좋은 질문이다. 그냥 불량배라면 토벌할 수밖에 없지. 하지만 해적 중에도 머리가 돌아가는 자들이 있다. 그들은 뒷세계 제어에 필요한 존재다. 손을 잡고 영지 발전에 힘써야 한다."

몇 명이 얼굴을 서로 마주 보며 불안해했다. 귀족이 공공연하게 해적과 손을 잡아도 된다고 말을 하니 의심스러운 게 당연했다.

"귀족의 의무는 영지와 백성을 지키는 게 아닌가요?"

"그렇다. 그렇기에 때때로 다소의 악행에 손을 대면서도 영지를 지킬 필요가 있다. 청렴결백한 건 좋지만, 세상일은 겉만 번지르르한 태도로는 해결되지 않는다."

충격적인 내용에 자제들이 놀라면서도 흥분했는지 흥미를 보였다.

(관심을 끄는 건 문제 없었군.)

이는 레젤 자작의 수업 도입부다. 충격적인 내용을 이야기해 젊은이들이 흥미를 품도록 할 수 있다. 말하자면 그의 장기였다.

"본래는 해적들이 생기지 않도록 하는 것이 영주의 일이다. 하지만 그건 사실상 불가능하다. 그렇다면 해적들을 컨트롤 하는 게 효율적이라고 생각하지 않나?"

그러자 평소 수업 따위에 흥미를 보이지 않는 페터가 이 이야기에 끼어들었다.

"잘 알죠~. 이 몸의 집안도 그런 타입이니까요~."

레젤 자작은 의외라 생각했다. 피타크가를 조사한 바로는 솔선

해서 해적들을 토벌하는 것처럼 보였다.

어쩌면 이 이야기에 난색을 보일지도 모른다고 생각했는데, 페터가 찬동하여 레젤 자작은 미소를 지었다.

"그런가. 조금 의외지만 앞으로도 자네의 집안과는 잘 지낼 수 있을 것 같다고 확신했어. 그럼, 하던 얘기로 돌아가지. 다소의 악행을 눈감아주는 것으로 그 이상의 손실을 막을 수 있다."

해적들이 상선을 습격해 몽땅 빼앗고 침몰시켜버리는 건 곤란하다.

하지만 통행료 정도를 내게 하고 보내준다면? 그런 설명을 하고 다음과 같이 마무리했다.

"해적이라고 해도 잘 사귄다. 이것이 올바른 영지 경영이다."

자제들은 레젤 자작의 교육을 받고 납득한 얼굴을 하고 있었다.

장소는 바뀌어 햄프리 상회.

그곳에서는 토마스가 대출 신청 때문에 골머리를 앓고 있었다.

"하필이면 피타크가인가."

피타크가에 대해 간단히 조사했는데, 너무 끔찍해서 아연실색하고 말았다.

영지는 리암이 태어나기 전의 번필드가를 보는 듯했고, 돈을 빌리는 게 아니라 명백하게 떼어먹을 생각이라는 게 눈에 훤히 보였다.

지금도 막대한 빚이 있는데 갚기는커녕 영주와 그 관계자들은 사치를 부리고 있었다. 어떻게 생각해도 미래가 없는, 전형적인 영락한 가문이다.

피타크가의 군대도 문제였다. 대부분이 병사가 아니라 해적 같은 놈들이었다.

게다가 이 요구를 거절하면 군사력을 행사하겠다는 뉘앙스가 담긴 문장까지 있었다.

사실 이런 일은 리암에게 기대면 되지만, 지금의 토마스는 리암에게 기대지 못하는 이유가 있었다.

"이 상황에 햄프리 상회가 원인이 되어 전쟁이라도 일어나면, 리암 님의 수행에 영향이 가겠지……."

후원자인 번필드가의 이름을 꺼냈는데, 피타크가가 진심으로 싸울 생각으로 나오면 두 집안의 전쟁으로 발전한다.

그렇게 되면 손해를 보는 건 리암이다. 리암은 아직 수행이 끝나지 않았고, 앞으로도 예정이 가득하다.

토마스는 어정쩡하게 전쟁이 터져 시간을 낭비하는 사태는 피하고 싶었다.

"처음부터 갚을 생각이 없다는 걸 다 아는데도 방법이 없단 말인가."

운 나쁘게도 리암의 수행지인 레젤가에는 피타크가의 후계자도 있다. 다투고 있다는 것이 수행지까지 알려지면 리암의 평판에도 영향이 갈 것이다.

리암에게 신세를 지는 토마스로서는 은혜를 원수로 갚는 짓은 할 수 없었다.

"돈을 시궁창에 버리는 꼴이지만, 어쩔 수 없나······."

토마스는 성가신 가문에 찍혔다고 생각하면서 한숨을 쉬었다.

◇ ◆ ◇ ◆ ◇

수업이 끝난 페터는 저택을 빠져나와 아콜로지 안에 있는 환락가에 발길을 옮겼다.

이 환락가의 깊은 곳에 비밀 카지노가 있는데, 레젤가와 연결된 해적들이 관리하는 카지노다.

그런 곳을 뻔질나게 드나드는 페터는 드레스 차림의 화려한 미녀를 거느리고 도박을 반복하고 있었다.

지금은 카드 게임을 하는데, 페터는 카드를 던지고 패배를 선언했다.

"또 졌어! 이걸로 3연패야. 오늘은 다른 게임을 할게."

그런 페터에게 화려한 색의 정장을 착용한 남자가 웃음을 짓고 다가왔다.

"페터 님, 오늘은 어떻습니까?"

페터는 유리잔에 든 술을 한 번에 마시고 미녀들의 허리에 손을 둘러 끌어당겼다. 하지만 표정은 부루퉁했다.

"오늘도 계속 져서 빈털터리야~. 외상으로 달아둬."

"외상 말입니다만, 금액이 너무 커졌습니다. 한 번 정산해주셨으면 합니다만?"

"엥~, 그럼 자작한테 부탁해~."

페터는 자주 비밀 카지노를 이용했고, 레젤 자작의 이름을 써서 멋대로 행동하고 있었다. 다만, 레젤 자작도 알고서 용인하고 있었기에 카지노를 관리하는 해적들도 페터를 봐주고 있었다.

하지만 오늘은 그들에게도 다른 목적이 있었다.

"그러시면 페터 님의 평판에 흠이 갈 겁니다. 그럼 이런 건 어떨까요? 정보와 교환하는 건?"

정보료로 외상을 정산해준다는 말을 듣고 페터는 아무 생각도 하지 않고 승낙했다.

"좋아. 뭘 알고 싶은 걸까~?"

정장을 입은 남자는 경솔하게 받아들이는 페터를 보고 약간 놀라면서도 본론에 들어갔다.

"혹 번필드 백작에 대해 아시는 게 있는지요."

리암의 사진 데이터가 페터의 눈앞에 나타났다.

"엥~, 난 이런 녀석은 몰라."

하지만 페터는 사진을 잘 보지도 않고 대답했다. 정장 차림의 남자는 짜증이 났지만 참고 끈기 있게 물었다.

"레젤 자작가의 저택에서 머무르고 있다고 들었습니다. 정말 모르십니까?"

"자작의 집에는 신세를 지는 녀석이 많으니까~. 나처럼 특별한 대우를 받고 있지 않다면, 장래성이 없는 삼류 귀족이 아닐까~?"

그 말을 듣고 정장을 입은 남자는 알고 싶은 정보를 들었다고 생각하며 입꼬리를 올렸다.

"페터 님, 좀 더 자세한 내용을 들려주신다면, 저희 가게의 특별 서비스를 준비하겠습니다."

정장 차림의 남자가 손가락을 튕기자 페터 주위에 아름다운 여성들이 모여들었다. 한둘이 아니라, 열 명, 스무 명이나 됐다.

양팔을 벌린 페터는 그 광경에 기분이 좋아졌다.

"맡겨줘~!"

"믿고 있겠습니다, 페터 님."

정장 차림의 남자가 어두운 웃음을 띠었다.

나는 영문도 모른 채 열혈 기사에게 붙잡혀 변두리 스낵바 같은 가게에 끌려왔다.

어딘가 가정적인 가게였는데, 노파와 중년 여성 둘이서 꾸려나가는 듯했다.

날 여기로 끌고 온 장본인은 반주기로 엔카 같은 노래를 한창 열창하는 중이다.

카운터에 앉은 나는 불쾌한 기분으로 크루트와 어째서 따라온 건지 모르는 에일라에게 불만을 늘어놓았다.

"데리고 올 거면 좀 더 화려한 곳으로 가지. 스낵바가 뭐냐? 다른 곳도 있잖아? 예쁜 여자가 치장한 가게라던가."

그러자 크루트가 에일라를 힐끗 보면서 대답했다.

"여자애도 있으니까 눈치 좀 챙기는 게 좋을 것 같은데."

에일라는 노파가 내준 요리에 열중하고 있었다. 그녀는 꼬치에 꿰인 뭔가를 씹으면서 고개를 이쪽으로 돌렸다.

"난 신경 안 써도 돼. 남자애가 이런 얘기를 한다는 건 알고 있으니까."

열혈 기사는 남자들만 모아서 올 생각이었지만, 어디서 들었는지 에일라가 자기도 참가하겠다고 손을 들었다. 여자들은 여성지도 담당이 따로 모아 데리고 놀러 가려 했는데도 굳이 이쪽으로 온 것이다.

"그래, 신경 쓰지 마. 설령 듣기 싫어도 여기 따라온 에일라의 책임이지."

내가 그렇게 말하니 에일라도 '맞아'하고 수긍했다.

"그, 그래?"

크루트가 당황해서 대답하자 카운터 너머에 있는 노파가 나를 보고 웃었다.

"귀족 양반은 우리 가게가 마음에 안 드는 것 같네."

뭐, 놀러 간다고 해서 기대했는데, 밥집에 오면 그야 불만이 나올 수밖에 없지 않아?

하지만 스낵바 같은 가게치고는 요리가 제법 맛이 있었다.

"젊은 애는 잘 먹네."

내가 우걱우걱 먹고 있자니 중년 여성이 감탄을 늘어놓았다.

"이거 맛있네. 추가."

"예이."

추가 주문을 하고 있으니 열혈 기사가 주먹을 흔들기 시작하며 새 노래를 열창하기 시작했다.

그사이에 요리를 다 먹은 에일라가 아까 하던 이야기를 이어서 하기 시작했다.

"그럼, 너희는 논다면 어디가 좋아?"

크루트가 자진해서 그런 걸 물어보는 에일라에게 기겁했다.

"에일라 씨, 그런 건 여자애가 몰라도 된다고 생각해."

"딱히 상관없어. 난 신경 안 쓰니까."

크루트는 성격이 시원시원한 에일라에게 당황하기만 했다.

나는 에일라의 질문에 대답하기 전에 더 근본적인 이야기를 했다.

"놀고 싶은 장소는 어디가 좋냐고 물어봐도, 여기는 놀 곳이 적어. 아니, 애초에 놀 곳이 있긴 한가?"

환락가가 있긴 하지만, 애초에 아콜로지 안에 가게가 적다는 느낌이 들었다. 전생에 상사에게 끌려간 환락가를 떠올렸지만, 그때보다 적었다.

크루트는 얼굴을 빨갛게 물들이고 있었다.

"나, 나한테 그런 말을 해도 곤란한데."

"뭐야. 중요한 이야기라고. 먹고, 자고, 한다. 인간은 어느 하나가 빠져도 불건전해진다고."

"아니, 그렇긴 하지만……."

3대 욕구를 채우는 건 중요하다.

식욕, 수면욕── 그리고 성욕의 발산은 건강 면에서도 올바른 행동이다.

그걸 무시하고 겉만 번지르르한 말만 하는 건 싫단 말이지.

나는 전생에 그야말로 착실하게 살아왔다.

이런 가게에는 상사에게 끌려온 경험밖에 없다. 전생에는 거의 놀지 않고 가정을 소중히 여겨왔지만, 지금 와서 생각해보면 바보 같은 짓이었다.

좀 더 놀았으면 좋았을 것을. 지금도 후회하고 있다.

애초에 인간은 욕망에 충실한 생물이다. 그리고 욕망을 해소하는 장소를 마련하는 것도 영주의 일이다.

그런 욕망과 얽힌 장사는 돈이 잘 벌릴 것 같아서 좋단 말이지.

나도 영지에 돌아가면 좀 더 투자할 생각이다.

노파가 내 이야기를 듣고 감복한 것처럼 고개를 끄덕였다.

"젊은데 야무지네. 그래. 중요한 이야기야. 이 세상은 깨끗하기만 한 게 아니니까. 그런 부분도 똑바로 보지 않으면 안 돼. 그리고 인간은 풀어줘야 하는 걸 풀어주지 않으면 건강이 안 좋아진다고. 젊으니까 팍팍 풀라고."

깔깔 웃기 시작한 노파를 보고 나는 말귀를 잘 알아듣는 노파라며 감탄했다.

"할머니, 마음에 들었어. 기분이 좋으니까 팁을 주지."

팁을 주려고 했지만, 노파는 차가운 눈으로 바라봤다.

"필요 없어. 뭔가 주문을 해라, 꼬맹이."

"할망구, 그렇게 말한다 이거지. 좋아, 모든 테이블에 요리를 추가해."

노파와 말다툼을 하고 있으니 내 옆에서 크루트가 낙담하여 고개를 숙였다.

"왜 그래?"

"난 이래저래 부족한 점밖에 없다고 자각한 참이야."

단순히 백성을 쥐어짤 생각을 하던 크루트가 인간의 욕망을 자극하여 돈을 모으는 장사에 눈을 뜬 모양이다.

너도 성장했구나. 기분이 좀 좋아졌어.

하지만 방치할 수 없는 문제가 있다. ——크루트 녀석, 너무 착실해서 이런 쪽에서는 순진했다.

"그보다 너, 한 적 있냐?"

"풉!"

크루트가 콜록거리자 에일라가 그 너머에서 눈을 날카롭게 떴다. 역시 여자애 앞에서 해도 될 이야기가 아니었나?——라고 생각했는데, 에일라도 흥미로워했다.

어라? 혹시 에일라 녀석, 크루트를 노리고 있었나? 난 좀 놀려

줄 생각으로 크루트에게 들러붙었다.

"숨기지 말라고. 너도 귀족이잖아. 건들려고 하면 얼마든지 건들 수 있는 거 아냐?"

"무, 무슨 말을 하는 거야, 리암! 우리에겐 언젠가 결혼 상대가 생길 거라고. 좀 더 성실하게 지내야지!"

"성시이일~? 내가 이 세상에서 가장 믿지 않는 단어 중 하나야."

예전에 성실했던 내가 맞이한 것은 그야말로 끔찍한 인생이었다. 성실이 미덕이라는 건 다른 사람이 봤을 때의 이야기다.

"뭐, 뭐야? 성실한 건 좋은 거야. 리암은 불성실해."

"뭐라고?"

악덕 영주가 되려는 녀석이 여자에게는 성실하다니…… . 뭐, 이 녀석은 백성들로부터 조금이라도 많이 쥐어짜는 것을 우선하는 타입이었지.

나 같은 욕망중시형과는 좀 다르다.

크루트는 나에게 불성실하다고 하면서도 이야기를 듣고 싶은 듯했다.

"저, 그, 리암은 여자랑 그…… 경험이 있지? 지금 한 이야기를 들어보면 몇 사람에게도 손을 댄 것 같은데."

"당연하—— 어……?"

당연하다고 말하려다가, 나는 지금 깨닫고 말았다. 잠깐만? 내가 이 세계에 전생한 뒤에 손을 댄 상대는 누구지? ——아마기뿐이었다.

다시 말해서 살아있는 여자에게는 손을 대지 않았다.

이건 이 세계에서 동정을 뗀 것으로 치나?

가만히 생각에 잠긴 나를 보고 크루트는 왠지 안심한 듯한 표정을 지었다. 아는 사람이 어른의 계단을 오르지 않았다고 믿고 안도한 것이리라.

"이거 봐라! 입으로는 별별 말을 다 했으면서 리암도 똑같잖아! 이상하다 싶었어. 성실한 리암이 여기저기 놀러 다니는 이미지가 떠오르지 않았으니까."

"무슨 뜻이냐! 애초에 난 성실하지 않다고!"

크루트와 말다툼을 시작하자 주위의 시선이 우리 둘에게 모였다.

주위 사람이 우리를 보고 '동정?' '동정이네' '아니, 어쩌면 저 녀석들── 그쪽 아니냐?'라며 소곤소곤 이야기했다.

──우, 웃기지 마라! 동정이라니! 악덕 영주의 체면에 문제가 생기잖아!

난 살아있는 여자를 건들지 않았을 뿐이지 경험은 풍부하거든!

하지만 그렇게 말해도 주위 사람들은 납득하지 않을 것이다. 제국에는 메이드 로봇이나 안드로이드를 경시하는 풍조가 있다. 이건 절대로 용서할 수 없지만, 지금은 놔두자.

내가 '메이드 로봇으로 동정을 뗐다'라고 말을 하면 분명 깔보는 놈들이 나올 것이다. 그런 놈들이 나오면, 나는 분노에 몸을 맡기고 베어버릴 것만 같다.

그러니 지금 이 상황에 맞는 답은 분명──.

"──알았다. 그럼 이대로 놀러 가자."

"어? 아니, 그건, 그러니까……."

크루트는 목소리가 작아졌지만, 나는 뭔가를 기대하고 있다는 걸 알아차리고 웃었다.

"크큭, 여기서 뗀다고 해도 아무런 문제도 없어. 남자는 자진신고 하지 않는 한, 계속 동정이야. 괜찮아. 신고하지만 않으면 넌 계속 성실한 녀석으로 지낼 수 있어."

그 말을 들은 에일라가 작은 목소리로 중얼거렸다.

"그건 성실한 게 아니잖아……."

그 말을 무시하고 나는 크루트의 어깨에 손을 얹었다.

"어때? 둘 다 뗴면 문제없잖아?"

"아, 아니, 하지만……."

얼굴을 빨갛게 물들인 크루트는 뭔가를 기대하는 것 같았다. 누가 조금만 더 밀어줬으면 하는 마음이 드러났다.

성가신 놈이군. 빨리 간다고 말하라고.

조금만 더 구슬리면 크루트가 고개를 끄덕일 것 같은 때에 우리의 모습을 보고 있던 에일라가 입을 열었다.

"둘은 좀 더 조심성을 가지는 편이 좋아."

"뭐? 웃기지 마. 너는 이런 곳에 허울 좋은 말을 하러 왔냐? 애초에, 너도 아까는 놀아도 된다고 했잖아."

내가 따지자 에일라는 우리를 보고 씩 웃었다.

"난 두 사람을 걱정해서 말하는 건데~? 그, 리, 고~ 실은 레젤 자작의 영지에는 성병이 퍼지고 있단 말이지~."

뭘 의기양양한 표정을 짓는 거냐? 이 세계는 미래 기술이 있는 판타지 세계다. 성병쯤은 인류의 지혜가 격퇴해줄 것이다.

"그런 성병 같은 걸로 우리가 무서워할 줄 알았냐?"

내가 코웃음 치자 에일라는 입가를 손으로 가리고 고상하게 웃어 보였다.

"오호호호, 리암 군은 바보야. 요즘 시대에는 약으로 치료할 수 없는 성병도 많다고. 병은 항상 진화하니까. 옛날에는 약초로 어떻게든 치료가 되던 병도 지금은 효과가 없다는 이야기를 못 들은 걸까?"

"──어?"

"참고로 자작가에서 유행하는 성병은 엄청나다구. 실은 말이지──."

에일라가 자작가에서 유행하는 성병에 대해 가르쳐줬다.

바이러스들도 이런 세계에서 열심히 사는지 상당히 진화한 모양이다.

지금 유행하는 성병은 '인싸 폭발해라!'를 실현한 성병이었다.

처음에는 남자의 물건이 부풀고 커진다. 남자라면 좋아하겠지만, 몇 달 지나면 차차 검붉어지고── 폭발한다. 정말로 폭발한다.

진짜로 폭발한다.

게다가 재생 치료를 해도 그곳만 부활하지 않는다.

본격적으로 재생하려면 엘릭서를 준비해야만 하는 수준의 병이었다.

더구나 악질적인 점은 여성에겐 증상이 없으며 병이 있어도 알아차리지 못한다.

남자의 물건만을 파괴하는 성병이었다.

병이라고 해야 할까, 그건 이미 저주가 아닐까?

애초에 성병으로 그곳을 폭발시키다니—— 바이러스는 너무 노력했다.

결국 난 노는 걸 포기했다. ——아무리 악덕 영주라도 고간의 파트너가 폭발하는 모습은 보고 싶지 않다.

"크루트, 오늘은 바로 돌아간다."

"——응."

성병 이야기를 듣고, 그런 거 알 게 뭐냐며 놀 수 있을 정도로 우리의 마음은 강하지 않았다.

에일라가 싱글싱글 웃었다.

"둘 다 나한테 고마워해."

"네……."

몰랐으면 위험했다. 나도 모르게 순순히 에일라에게 감사하고 말았다.

제7병기공장.

그곳은 채굴이 끝난 자원위성을 재활용한 병기공장이다. 확장을 위해 수많은 자원위성이 모인 형태를 하고 있다.

우주공간에 있는 요새 같은 병기공장 중 하나이며, 제국의 군사력을 떠받치고 있다.

그곳에서 일하는 니아스는 우주복의 헬멧을 벗고 무중력 상태의 복도를 초조한 얼굴로 날아가듯이 이동했다.

"지금 와서 취소한다고 해도 곤란하단 말이야!"

울 것 같은 기색으로 불평하는 니아스에게 뒤따라가던 후배는 포기한 듯한 얼굴로 설명했다.

"저한테 그래도 곤란해요. 구매 예정이었던 함대를 제3에서 사겠다고 했으니까요. 분명 뇌물이나 접대일 거예요."

제국의 병기공장은 제1부터 순서대로 번호가 매겨져 있다. 제7병기공장은 제국에서 일곱 번째 병기공장이라는 뜻이다.

"이쪽은 종래형을 개량하고 상대방의 요망대로 내장에도 힘을 썼다고! 지금 와서 취소한다고 해도 곤란하단 말이야. 무리한 주문에 전부 응했단 말이야!"

"힘들었겠네요~."

"힘든 정도가 아니라고! 내가 잔업이랑 휴일 출근을 얼마나 한줄 알아? 얼마나 밤을 지새워서 완성한 줄 아냐고!"

"그건 다들 마찬가지잖아요. 저도 몇 달은 집에 못 가는 때가 있었죠."

정비성과 생산성── 성능을 추구하는 제7병기공장에서는 드물게도 디자인과 내장에서 힘을 줘서 건조하고 있었다.

니아스 일행이 대형 모니터가 설치된 장소에 오자, 무중력 상태였던 두 사람이 바닥에 끌려서 착지했다.

대형 모니터에는 두 사람의 화제에 올랐던 물체가 비치고 있었다.

구체형의 거대한 이동기지. ──말 그대로 요새였다.

함정을 격납하고, 보급과 정비도 가능하다.

제국의 정규군도 쓰는 곳이 거의 없을 만큼 고가의 장비다.

단, 비싸긴 하지만 그 성능은 확실했다.

리암이 구입한 초노급 전함보다 무지막지하게 커서 거대한 병기공장 바깥에서 건조되고 있었다.

"이 녀석이 안 팔리고 남으면 골치 아프겠네요. 유지비가 드는데 진짜 돈 먹는 하마에요. 까딱 잘못하면 약점을 잡혀서 값이 터무니없이 깎일 거고요."

무지막지하게 큰 요새급이 안 팔리고 남으면 큰일이다. 처음부터 대금이 지급되지 않았고, 보관하기만 해도 막대한 유지비가 든다. 관리하는 것만으로도 인력, 돈, 물자가 사라져간다.

그런 돈 먹는 하마를 언제까지고 보관할 수 없는 제7병기공장은 가격이 터무니없이 깎이더라도 팔아넘기는 길을 선택할 것이다.

그렇게 하면 당연히 이익이 줄어든다.

니아스는 머리를 싸맸다.

"그러니까 말했다고! 대금이 입금되거나, 확약이 없는 한 받아들이지 말라고! 상부가 거들먹거려서 이렇게 됐어!"

최근 제7병기공장은 매상도 좋고 실적을 더 늘리기 위해 요새급 건조라는 큰 의뢰를 받아버렸다.

이대로 가면 약점을 간파한 부자 귀족이나 정규군이 사주겠다고 하면서 요새급을 싸게 사들이게 될 것이다.

──즉, 엄청난 적자다.

후배는 한동안 급여도 내려갈 것이라며 포기한 얼굴로 메마른 웃음소리를 냈다.

"그렇게나 열심히 했는데 급여는 내려가네요. 하핫."

병기공장에 소속되어 있는 군인들이지만 그 급여는 매상에도 좌우되었다.

하지만 니아스는 급여보다도── 다른 이유로 포기할 수 없었다.

"이대로 가면 예산 부족을 이유로 내가 진행하는 계획도 중지돼! 그것만큼은 절대 싫어!"

큰 적자를 보면 앞으로의 계획에도 지장이 생긴다.

니아스가 관여하는 개발계획 등도 전부 백지가 될 가능성이 있다.

후배는 쉽게 포기하지 못하는 니아스를 보고 어이없어하는 표정을 지었다.

"하지만 어차피 못 팔잖아요? 귀족님도 요새급은 쉽지 않다고요."

당연한 말이지만 외국에는 고성능 병기를 팔 수 없다.

제국이라면 귀족에게 팔 수 있지만, 그래도 제국의 허가를 받았다는 조건을 만족해야 한다.

니아스가 떠올린 것은―― 리암의 얼굴이었다.

"번필드가에 가야겠어!"

니아스가 그렇게 말하자 후배가 코웃음 쳤다.

"백작은 현재 수행 중이에요. 안타깝지만 만날 수도 없다고요~."

그 말을 듣고 니아스는 낙담해서 무릎을 끌어안고 주저앉았다. 다만, 무중력 상태라서 무릎을 안고 공중에 떴다.

"그랬었지."

훌쩍훌쩍 울기 시작한 니아스를 보고 후배가 불쌍하게 여겼는지 조언했다.

"백작의 수행지에 대해 뭐 몰라요? 수행이 끝나는 시기나 예정 같은 건 선배한테 안 가르쳐줬어요? 선배를 마음에 들어 하니까 어떤 연락이 있었을 법도 한데요?"

어비드 정비를 맡는 일도 많은 니아스는 리암에게 특별한 대우를 받고 있다. 그래서 보통은 알 일이 없는 정보가 들어올 때가 많았다.

리암의 수행지나 예정도 그중 하나다.

니아스가 황급히 단말기를 조작하여 쌓아둔 메일과 메시지를 확인해 나갔다.

"아, 찾았다. 찾았어! 수행지와 기간에 예정, 전부 있어!"

"백작은 대체 선배의 뭐가 마음에 든 거죠? 보통 그런 건 선배 쪽이 미리 조사해야 하는 것 아닌가요?"

니아스는 리암의 예정을 확인했다.

"지금은 수행 3년 차고, 올해를 다 채우면 끝나는 것 같네. 아, 수행이 끝나면 파티가 개최돼! 여기에 참가하면 리암 님을 만날 수 있어!"

후배는 그 말을 듣고 레젤가가 제7병기공장과의 거래가 있는지를 조사하기 시작했다.

"레젤가인가요. 아, 우리하고도 거래가 있네요. 20년 전에 군의 불하품을 우리 쪽에서 정비했어요. 정비 의뢰만 있고 구매 이력은 없네요."

"그런 건 아무래도 좋아. 가능하면 신품을 사줬으면 하는데."

"백작이 파티에 나오는 건 공개 정보인 것 같네요. 선배, 확실하게 다짐을 받지 않으면 또 제3 녀석들한테 빼앗길 거예요."

니아스는 얄미운 유리시아가 우쭐거리며 웃는 모습을 상상하고 이를 꽉 깨물었다.

"절대로 안 져. 반드시 팔고 말 거야!"

남자의 그곳이 폭발한다는 이야기를 들은 뒤부터 나는 수행지에서 착실하게 지내고 있었다.

놀러 다니고 싶지만, 병이 무서워서 놀 수가 없었다.

결과적으로 수행 기간에는 실로 얌전하고 성실한 자제로서 지내고 말았다.

악덕 영주는 교활한 생물이다. 스스로 위험한 곳에 뛰어드는 일이 있어서는 안 된다! 그렇게 자신을 타이르고 있다.

휴식 시간── 난 저택 정원에 있는 벤치에 앉아있었다. 마치 공원처럼 넓은 안뜰에는 휴게소 같은 장소가 여럿 설치되어 있다. 거기서 숨을 돌리는 게 딱딱한 수행 생활 중 힐링이 되었다.

"정신 차리고 보니 수행도 막바지네."

"그렇네. 난 여러 생각을 하게 됐어. 나름 즐거웠던 것 같아."

태평한 웃음을 보이는 크루트 옆에는 친해진 또 한 명의 친구── 에일라가 점프슈트의 지퍼를 배꼽 근처까지 내리고 있었다.

3년간의 생활로 수치심이 꽤나 사라진 모양이다. 아니, 이런 경우라면 우리를 이성으로 의식하지 않는 걸까? 가끔 크루트를 바라보는 시선이 뜨거운 게 신경 쓰이지만, 알 수 없는 녀석이다.

"거의 작업에 나가기만 한 거 같지만, 돌이켜보면 재미있었던 것 같긴 하네. 이런 경험은 다른 곳에선 못 할 테니 귀중하지."

"──난 하나도 재미없었지만."

"리암 군은 폭발에 겁먹어서 못 놀았지. ──아얏!"

나는 입가를 손으로 가리고 큭큭거리며 웃는 에일라의 이마에

딱밤을 날려줬다.

확실히 성병이 무서워서 여자와 놀지는 않았다.

그걸 지적당하면 화가 나지만 사실이니 반박할 수 없다.

젠장! 이건 얼빠진 자작이 나쁜 거다. 위험한 성병이 영지에 퍼지는데 방치하다니, 영주 실격이잖아!

내가 영지에 돌아가면 바로 백성들에게 일제 검사를 시행하기로 마음먹었다.

이렇게 무섭고 만족스럽게 놀지 못하는 상황은 너무 싫다.

에일라의 이마를 검지로 꾹꾹 눌렀다.

"그, 그만해. 리암 군, 용서해줘."

에일라는 항복했지만 나는 악인이니 이 정도로는 용서하지 않는다.

"거절한다. 나를 놀린 죄를 이 정도로 용서받는 거야. 오히려 감사해야지."

에일라가 '이 겁쟁이 오만 캐릭터어어어!'라는 등, 이해 안 되는 말을 해서 손가락으로 더 찔렀다.

어라? 그러고 보니 전생에 후배인 닛타 군이 비슷한 말을 했던 것 같기도 하고, 아닌 것 같기도 하고── 이제 상당히 옛날 일이라 기억이 가물가물하네.

에일라를 괴롭히고 있으니 크루트가 약간 초조한 듯이 말을 걸어왔다.

"그, 그러고 보니! 파티 전날은 수행이 끝난 기념으로 발표회를 해. 올해는 무예를 하기로 했나 봐."

황급히 대화에 끼어드는 크루트를 보고, 이 녀석도 에일라를 의식하는 게 아니냐며 억측했다. 그렇다면 에일라를 놀리는 건 삼가는 편이 좋겠군.

에일라를 놓아주고 나는 머리에 손을 댔다.

"무예라고 해봐야 그냥 짜고 치는 승부지만."

수행이 끝날 때, 그 성과를 보여주기 위해 관계자들을 모은다. 주로 일가친척 등이 레젤가에 와서 아이들이 얼마나 성장했는지를 확인한다.

다만, 누구를 이기게 할 것인지는 이미 정해져 있다. 특별대우를 받는 자제들이 이기도록 하라고 사전에 통지가 있었다.

레젤 자작이 총애하는 선량한 귀족의 자제들에게 좋은 추억을 만들어주고 싶은 것이리라. ──어라? 레젤 자작은 사실 악인이 아닐까? 영지는 너덜너덜하고 성병이 만연하는데 방치하고, 승부는 조작한다.

난 뭔가 착각한 게 아닐까?

그러자 에일라가 어깨를 으쓱였다.

"어쩔 수 없어. 올해는 페터 군이랑 카테리나 씨의 약혼 이야기도 있으니까. 그것 때문에 주위도 분위기를 살리고 싶은 거 아냐? 자작님도 자기가 가르친 아이들이 이기는 걸 더 좋아할 거고."

크루트는 에일라의 말이 신경 쓰였다.

"어? 자작님은 조작인 걸 몰라?"

"어쩌려나? 이런 건 가신이 눈치껏 움직일 때도 있으니까. 자작님이 아무것도 모를 수도 있지."

그 말을 듣고 나는 생각했다.

청렴결백해서 가신을 의심하지 않는 건가? 레젤 자작을 위해 가신이 폭주하는 건가?

"역시 선량한 놈들은 글러먹었어."

"왜 그래, 리암?"

"아무것도 아냐."

크루트가 내가 중얼거리는 소리에 고개를 갸웃했지만, 흥미도 없으니 화제를 바꿨다.

"그보다 난 일섬류의 면허개전을 받았으니까 지면 곤란한데?"

면허개전을 받은 자가 시합이라고 해도 지는 건 부끄러워서 참을 수 없을 것이다. 져주라는 지시를 받았지만 납득할 수 없었다.

크루트도 마찬가지인 듯한데, 이쪽은 사정이 조금 달랐다.

"나도 마찬가지지만, 상대편에는 페터도 있으니까 난 마음이 편해. 사정을 이야기해서 페터랑 시합을 하게 됐으니까."

"무슨 말이야?"

"나랑 페터는 같은 아렌 검술 사용자고 페터도 면허개전을 받았거든. 나는 져도 핑계를 댈 수 있어."

크루트도 페터도 제국에서는 메이저한 유명 검술 사용자다. 그런 경우에는 어느 한쪽이 져도 체면은 차릴 수 있는 듯하다.

"페터가 너만큼 강해 보이지는 않는데. 진짜로 면허개전을 받았어?"

크루트는 내가 봐주면서 싸울 수 없는 상대다. 하지만 페터라면 어렵지 않게 죽일 자신이 있다. 역량 차이를 잘못 본 것 같지는 않아서 신경이 쓰였다.

크루트가 목소리를 낮췄다.

"너무 말을 퍼뜨리지는 않았으면 하는데, 페터는 면허개전을 돈으로 샀을 거야."

"면허개전을 샀다고? 아니, 그러기가 있어?"

그런 게 말이 되냐고 분개하니 이야기를 듣고 있던 에일라가 나를 놀렸다.

"리암 군은 착실하네~. 하지만 없는 얘기는 아니지. 유파가 사회적인 지위가 있는 사람에게는 면허개전을 판다는 이야기는 자주 들어."

유명 검술이 그런 꼴이어도 되는 건가? 사회적인 지위가 있는 사람이 유파의 면허개전을 받으면, 확실히 큰 선전이 될 거다. 사업이라고 생각하면 나쁘진 않은 생각이지만, 거기에 무술인의 고집은 없는 건가?

내가 깜짝 놀라니 크루트가 난처한 듯이 웃었다.

"나랑 아버지는 실력으로 얻었어. 하지만 아버지가 면허개전을 받은 건 영주가 된 뒤야. 면허개전을 받기 위해 상당한 돈을 냈다고 들었고, 내가 받을 때도 시험을 치는 것만으로도 큰돈이 들었어."

──썩었다.

이 이야기를 들으니 야스시 스승님의 고결함이 더더욱 두드러졌다.

스승님은 나에게 면허개전을 하사하실 때 아무런 보상도 요구하지 않으셨다.

순수하게 무예를 가르쳐준 스승님께는 감사한 마음밖에 없다. 그런 스승님과의 만남은 신기하게도 우연이 겹쳤다고 들었다.

──분명 이것도 안내인 덕일 거야.

오늘도 잊지 말고 감사하자.

그건 그렇고, 이렇게 되면 일섬류의 명맥을 지키기 위해서라도 진지하게 제자를 들이지 않으면 면목이 없다.

그리고 돈으로 면허개전을 얻은 페터가 마음에 안 든다. 선량하다고 들었는데, 혹시 개인의 무용은 경시하는 사고방식의 소유자인가?

내 생각과는 반대되는 사고방식이다.

셋이서 이런저런 이야기를 하고 있으니, 산책 중인 2인조와 마주쳤다.

우리가 이야기하고 있던 페터와 그 약혼자인 카테리나였다. 두 사람은 팔짱을 끼고 사이좋게 정원을 걷고 있었다.

페터는 우리를 알아차리더니 히죽거리며 다가왔다.

"여어, 가난뱅이들~."

"페터, 그런 말을 하면 불쌍하잖아."

불쌍하다고 말하면서도 카테리나는 우리를 깔보고 큭큭대며 웃었다.

성격 나쁜 게 바로 보이네.

하지만 지금의 난 확실히 다른 사람이 보면 가난뱅이였다. 조부모와 부모가 남긴 빚을 아직도 변제하고 있으니 변명할 수 없다. 실은 부자예요! 라는 말은 너무 하지 말라고 아마기가 못을 박았다.

아마기와의 약속을 깨고 싶지는 않으니, 분하지만 참아야 했다.

에일라가 무난한 태도로 용건을 물었다.

"무슨 볼일 있어요?"

페터는 거만한 눈길로 우리를 대했다. 이것이 바로 '귀족 아이'의 표본이란 듯한 태도를 보였다. 그건가? '부모가 훌륭해도 아이는~' 하는 뭐 그런 건가?

나는 도무지 페터가 다른 사람들이 말하는 것처럼 훌륭한 인물로 보이지 않았다.

"가난뱅이인 너희에게 이 몸이 은혜를 베풀까 싶어서 말이야~. 이 몸이 다니는 카지노에 초대해줄게~."

우리를 놀이에 초대하고 싶다고?

카지노는 매력적이지만 자작처럼 환락가를 경시하는 영지에서 노는 건 싫다. 그리고 나는 카지노에서 노는 것보다 거기서 얻을 수 있는 수익이 더 매력적이다.

도박장은 본래 주인이 이기게 되어 있다.

결과적으로 손님은 질 수밖에 없는 놀이인 거다.

"관심 없어."

내가 단칼에 거절하자 에일라가 약간 당황해서 붙임성 있게 웃으며 부드럽게 거절했다.

"아, 그러니까~, 우리는 안 되려나. 그 왜, 놀 돈도 없으니까."

크루트도 엮이고 싶지 않은 모양인지 자세를 낮춰서 대응했다.

"저도 사양하겠습니다."

정중하게 거절하니 페터의 얼굴이 불만스러운 듯이 일그러졌다.

"흠~, 이 몸의 권유를 거절하다니~. 이 몸은 아렌 검술의 면허개전을 받았다구~. 날 화나게 하면 무섭단 말이지~."

페터가 쇼크 소드 같은 장난감이 아닌 진짜 레이저 블레이드를 꺼내 들이밀며 말했다.

에일라가 놀라서 물러나니, 크루트가 황급히 앞으로 나서서 페터를 막았다.

"무기를 거둬줘."

카테리나도 너무 과하다고 생각했는지 페터를 막으려고 했다.

"페터, 안 돼. 저택에서 싸우지 마!"

페터는 위협하듯이 허공을 향해 검을 휘둘렀지만, 어떻게 봐도 초보자보다 조금 나은 수준이었다. 페터는 크루트의 부탁을 무시하고 한 걸음 다가왔다.

"벌을 줘야겠네!"

"안 된다니깐!"

"으엑?"

허세를 부리려는 페터의 팔을 카테리나가 꽉 쥐자 페터가 그대로 중심을 잃고 뒤로 넘어지고 말았다. 바닥에 뒤통수를 부딪친 페터가 고통에 몸부림쳤다.

나는 페터의 우스꽝스러운 모습에 손가락질까지 하며 비웃었다.

"야, 이거 좀 봐. 면허개전을 받았다는 놈이 넘어져서 바닥에 머리를 박고는 아파하고 있어. 걸작이구만!"

내가 깔깔 웃는 동안 카테리나가 페터를 부축해 일으켰다.

"페터, 괜찮아? 바로 의사를 부를게."

"아, 아파. 아프다고. 제, 젠장. 용서 안 해. 너희 절대로 용서 안 할 거라고~!"

그렇게 비웃어댔던 나지만, 페터가 카테리나의 부축을 받으면서 도망치는 모습이 너무 한심해서 결국은 웃음조차 멎고 말았다.

안내인은 저택의 지붕에서 리암과 페터의 싸움을 보고 있었다.

"난 대체 왜 리암에게 감사를 받는 거지?"

리암을 도무지 이해할 수가 없다.

지금도 저 감사 탓에 가슴이 욱신욱신 아파 괴로울 지경이었다.

아무리 리암에게 복수하기 위해 움직여도 성과가 전혀 나오질 않았다.

분명 수행지에서 푸대접을 받게 하여 리암이 불만을 품게 할 생각이었다. 하지만 지금의 리암은 불만스럽게 생각하기는커녕 즐기고 있었다.

　안내인은 양손으로 얼굴을 감쌌다.

　"아무것도 못 하고 시간만 흘러가고 있어. 이대로 괜찮은가? 난 이대로 복수조차 실패하는가."

　지금의 안내인에게는 강력하게 간섭할 힘이 없다. 하지만 어떻게든 리암에게 복수하고 싶었다. 도무지 리암을 용서할 수가 없었다. 리암은 자신에게 감사를 보내어 괴롭히는 적이었다.

　"여기 해적들은 고아즈보다 규모도 작고 약해. 정말 도움이 안 되는군."

　해적들이 리암을 꾀어내려 하는 건 알고 있지만, 그게 성공할 것 같지는 않았다.

　그 정도로 리암이 죽는다면 안내인은 고생하지 않았을 것이다.

　"부족해. 이대로는 턱없이 부족해. 대체 어떡하면 좋지? 난 이대로 지켜볼 수밖에 없단 말인가?"

　안내인은 분한 마음에 주저앉았는데, 그 모습을 떨어진 곳에서 보는 빛이 있었다. 그 빛은 웃는 리암을 보고 살짝 움직이며 반응을 보였다.

그 무렵, 리암을 노리는 해적단은 간부들을 소집하고 있었다.

소집 장소에는 회의실처럼 테이블이 놓여있었고, 그 주변으로 해적들이 둘러앉아 있었다. 테이블 위에는 술잔이 가득 늘어서 있었다.

그 테이블의 한쪽, 시가 같은 담배를 입에 물고 있던 해적단 단장은 주먹으로 테이블을 내려치며 버럭 화를 냈다.

"꼬맹이 한 놈한테 언제까지 애먹고 있을 거냐!"

리암의 정보를 얻은 후로 꾸준히 기회를 노렸지만, 리암이 레젤가의 저택에서 도무지 나오지 않는 탓에 손을 쓰지 못하고 있었다.

"어떻게든 놈을 끌어내야 합니다. 이대로 있다가 수행 기간이 끝나 놈이 근거지로 돌아가면 모조리 허사가 됩니다."

리암의 영지는 그들이 쉽게 들어갈 수가 없다. 현지에 있는 다른 해적단과 영역 다툼이 일어나기 때문이다.

리암이 자기 영지에 돌아가면 사실상 더는 쫓을 수 없다.

이대로 리암을 보낼 수 없던 단장은 다음 수를 생각했다.

"랜돌프에게 연락해라. 이럴 때를 위한 관계니까."

레젤 자작의 이름을 듣고 간부들은 서로의 얼굴을 마주 봤다.

"괜찮겠습니까? 자작은 부주의하게 연락하지 말라고 했습니다만?"

"그럼 그냥 놈을 보내자는 거냐? 해적은 한번 얕보이면 끝장이다! 다른 해적단이 우리 영역에 몰려와서 제 영역인 양 활개를 칠

거란 말이다! 랜돌프 놈도 그런 걸 원하진 않겠지."

결국 간부 한 명이 레젤 자작에게 연락을 넣자, 잠시 후 단장 앞에 작은 창이 나타났다. 거기에는 기분이 안 좋아 보이는 레젤 자작이 비치고 있었다.

「부주의하게 연락하지 말라고 했을 텐데?」

그러자 아까와는 달리 단장은 저자세로 레젤 자작을 상대했다. 누가 더 위인지는 명백했다.

"자작님, 실은 들어주셨으면 하는 이야기가 있습니다."

단장은 레젤 자작에게 상황을 설명하고 작전을 제안했다.

「어떻습니까? 나쁜 이야기는 아니지 않습니까?」

레젤 자작은 미간을 찌푸리며 대답했다.

"우리 집에서 맡은 자들을 괴롭히고 싶다고? 당연히 안 되지."

그런 일이 일어나면 레젤 자작가의 신용에 문제가 생긴다.

레젤 자작은 거절했지만, 해적단 단장은 예상했다는 듯이 표정 하나 바꾸지 않고 대답했다.

「자작님, 저희에게도 체면이 있습니다. 우리에게 싸움을 건 그 멍청이를 이대로 놓아주면 다른 해적들도 저희를 만만하게 보고 근처를 기웃대기 시작할 겁니다. 얕보이면 끝장입니다.」

얕보이면 끝장. ──그 말은 귀족사회에서도 통하는 말이었다.

얕보이면 무시당한다.

레젤 자작도 어느 정도 상황은 이해하고 있었다.

"그렇다고 해도 우리 가문의 체면을 깎을 수는 없는 노릇이다. 우리의 비호가 없으면 곤란한 건 너희가 아닌가?"

「물론 저희도 잘 알고 있지요. 그러니 놈이 근거지로 돌아가기 직전에 칠 기회를 주십시오. 자작님의 신용에 흠이 나지 않게 놈을 처리할 방법이 있습니다.」

그 말을 듣고 자작은 턱을 쓰다듬으면서 생각했다.

(이 녀석들의 기분을 상하게 해도 될 정도로 번필드가에 가치가 있는가.)

자작은 번필드가에 대해 상기했다.

번필드가는 자제를 데려다줄 때 몰상식하게도 3,000척이나 되는 함정을 끌고 왔다.

영지는 심하게 황폐하며 빚도 막대하다.

교제할 가치도 없는 집안── 그것이 번필드라고 믿고 있었다.

레젤의 저울은 해적들에게로 기울었다.

"네가 말하는 방법이란 게 뭐지?"

「놈이 영지를 벗어날 때를 노려 습격하는 겁니다. 번필드의 군대는 어차피 종이호랑이가 아닙니까?」

"알고 있겠지만, 난 직접 협력할 수는 없다. ──하지만 구원요청에 응하는 게 좀 늦을지도 모르겠군."

레젤가는 함대를 보내지 않을 것이고, 해적들에게 협력도 하지 않는다. 하지만 번필드가에서 구원을 요청해도 무시하는 것으로 이야기가 정리됐다.

해적은 그걸로 충분하다고 생각했는지 씨익 웃었다.

「충분합니다! 그리고 만약을 위해 힘을 빌리고 싶은 사람이 있습니다.」

"누구지?"

「피타크가의 페터 님입니다.」

"페터라고?"

「본인은 이미 승낙했습니다. 아무래도 놈에게 개인적인 원한이 있는 모양입니다. 피타크가의 함대를 빌려주겠다고 했습니다.」

그 이야기를 들으니 레젤 자작은 머리가 아팠다.

(리암과 페터가 다퉜다는 보고를 듣긴 했지만, 그렇게까지 원한을 품고 있었나?)

레젤은 복수만을 위해 군대까지 부리는 게 이해가 가지 않았다.

(역시 무능함은 감출 수 없나. 하지만 여기서 기분을 상하게 만들어 약혼이 파기되면 난처한데.)

번필드가와 피타크가의 평가는 안내인의 손에 의해 뒤바뀐 상태다. 레젤은 매력적으로 보이는 피타크가와의 인연을 끊고 싶지 않았다.

레젤 자작은 결국 부주의한 행동도 용인했다.

"좋다. 하지만 피타크가의 함대는 이 일과 무관하다. 이 일에 엮인 건 오로지 해적뿐이다. 내 말 무슨 뜻인지 알겠지?"

레젤은 넌지시 피타크가가 아니라 해적이라 칭하라고 말해뒀다.

해적단 단장도 이해하고 고개를 끄덕였다.

「네, 자작님.」

자작은 리암이 왔을 때의 일을 떠올렸다.

(이전에 왔던 3,000척은 전부 시대에 뒤떨어진 구식이었다. 아마 해적을 상대로도 지겠지.)

레젤 자작은 이번 습격을 가볍게 생각하고 있었다.

"번필드가는 사라져도 문제없는 가문이야. 아마 해적에게 습격당해 후계자를 잃어도 제국이 나서는 일은 없겠지."

제국이 번필드가를 위해 본격적으로 조사할 리는 없다. 자신이 먼저 제국에 사건의 전말을 조작하여 전달하면 모두 은폐할 수 있다.

"증거를 남기지 마라."

「물론입니다. 앞으로도 잘 부탁드립니다, 자작님.」

통신이 끝마친 레젤 자작은 다시 업무에 집중했다. 지금 하는 일은 수행이 끝날 때 진행하는 파티 참가자 확인이다.

참가자의 면면이 예년과는 비교가 안 되게 호화로워 자연스럽게 웃음이 지어졌다.

"피타크가가 참가한 덕이야. 이번에는 파티의 규모를 저번보다 더 키워야겠군."

만족스러운 표정의 레젤 자작은 피타크가와의 인연을 발판 삼아 미래를 꿈꿨다.

장사를 하는 집안, 병기공장, 그 외 여러 사람 사이에 인연을 만들어 자작가의 발전으로 연결할 생각이었다.

"벌써 기대가 되는군."

꿈꾸는 레젤 자작의 집무실—— 그곳을 찾아온 자는 부정적인 감정의 기척을 느끼고 나타난 안내인이었다.

"이거이거, 일이 재미있게 되지 않았습니까~."

레젤 자작과 단장의 대화를 듣고 있던 안내인은 리암에게 있어서 최악의 상황이 만들어진 것을 기뻐했다.

자신이 손을 대지 않았는데 리암은 궁지에 몰려 있었다.

"해적, 피타크 백작가, 그리고 레젤 자작가—— 모두가 힘을 합쳐 리암을 죽이려 하고 있어. 이건 아주 멋진 일이에요!"

삼자의 힘이 합쳐지면 분명 대함대를 편성할 수 있을 것이다.

"좋다고. 좋아! 리암을 데리러 오는 함대의 수는 기껏해야 수백 척! 리암을 수만 척의 함대가 포위하면 아무리 리암이라고 해도—— 크히히히!!"

안내인은 번필드가가 보낼 함정의 숫자를 정확하게 이해하고 있었다.

레젤 자작은 착각하는 것 같지만, 번필드가의 함대는 관례도 있어서 정예를 보낸다고 해도 수백 척이다.

그에 비해 해적과 피타크가 준비하는 함대는 수만 척이다.

이 물량 차이는 아무리 리암의 함대가 강하다고 해도 뒤집는 것은 불가능하다.

"실컷 가지고 놀다가 죽여줄게~ 리암~."

상황을 지켜보던 안내인도 드디어 힘을 행사하기로 했다. 눈앞의 공간이 뒤틀렸고, 안내인이 거기에 손을 넣어 간섭하기 시작했다.

"이번에야말로. 정말로 이번에야말로! 반드시 리암을 불행하게 만들어주겠어."

지금 안내인은 장난 수준으로밖에 손을 쓸 수 없지만, 리암을 조금이라도 몰아넣기 위해 남은 힘을 다 썼다.

"흐하하하, 리암—— 목을 씻고 기다려라!"

그런 안내인을 감시하고 있던 하얀 빛이 곁에서 떠나 행동을 개시했다.

"이번 파티는 중요한 손님이 많이 오신다. 너희도 제대로 준비하도록!"

그날, 우리는 우리가 참가할 파티 회장 설치를 진행하고 있었다. 우대받는 그룹은 설치에 동원되지 않았다.

마지막까지 차별대우를 받은 건 불만이지만, 이런 나날도 끝난다고 생각하니 마음이 편했다.

"꽤나 공을 들이네."

내 중얼거림에 대답하는 사람은 옆에서 일하는 크루트다.

"소문에 따르면 피타크가를 보고 오는 손님이 많대. 레젤가와 피타크가의 약혼 발표도 있으니, 기합이 들어가는 것도 어쩔 수 없지."

"덕분에 우리가 고생하고 있지만."

애초에 그 녀석들이 뭘 하든 우리하고는 전혀 상관없는 일이다.

그건 그렇고 파티 회장 설치 보조가 본격적인 공사가 되었다.

회장의 바닥을 떼어내 중앙에 분수를 설치했다.

기계를 써서 준비하니 편하지만, 회장이 넓어서 설치에 시간이 걸렸다.

주된 작업은 전문가가 맡아서 진행하고 있었기에 우리 일은 그들의 보조였다.

그건 그렇고 대체 얼마나 많은 사람이 모이는 걸까?

작업을 하고 있으니 회장 안에 시합장으로 쓸 링이 운반되어 왔다.

"저기서 싸우는 건가?"

"결국 리암은 불참이었나?"

"일섬류의 면허개전을 받은 내가 지는 건 수치야. 짜고 치는 승부라고 해도 져줄 의리는 없어."

짜고 치는 승부에 나갔다간 스승님을 볼 면목이 없다.

크루트는 시합에 나가서 적당히 져줄 생각인 것 같지만.

크루트가 대뜸 아쉽다는 듯이 중얼댔다.

"여기서 함께 있을 날도 얼마 안 남았네."

좋은 환경은 아니지만, 막상 끝난다고 생각하니 조금은 쓸쓸한 모양이었다.

"낙담하지 마. 이게 끝나도 곧 유년학교에 간다고. 바쁜 건 지금부터지."

"그렇네."

그때 여전히 아쉬운 얼굴인 크루트에게 열혈 기사가 다가왔다.

"크루트, 집에서 연락이 왔다. 급한 연락이니 바로 통신실로 가라."

"급한 연락이라고요? 알겠습니다."

열혈 기사는 크루트가 회장에서 나가는 모습을 보고는 다시 자기 업무로 돌아갔다.

"하아, 작업으로 돌아갈까."

작업을 재개하려는 찰나, 내 시야 끄트머리에 동물── 개의 꼬리가 보였다.

"길을 잃은 건가? ──전에도 이런 일이 있었지."

나는 개에게는 다정──한 편이라고 생각한다. 전생에도 길렀었고.

만약 이런 곳에서 길을 잃었다가 기계에 말려 들어가 다치기라도 하면 불쌍하다.

나는 이곳에서 내보내고자 꼬리를 향해 다가갔지만, 개가 재빠르게 앞으로 나아가고 있는지 계속 꼬리만 뒤쫓는 꼴이 되었다. 쫓아가면 모퉁이에 꼬리만 보이는 상황이 계속 반복되었다.

"어라? 어디로 갔지?"

결국에는 개를 놓쳐 주위를 둘러보니 어느새 통신실 근처까지 와있었다.

통신실에서 크루트의 목소리가 들려왔다.

"해적이 나타나서 이쪽에 올 수 없다고? 응, 알았어. 난 괜찮아."

이야기하는 상대는 아무래도 집안의 가족인 듯했다.

귀를 기울여 들어보니, 아무래도 해적이 영지를 침입해 한동안 마중을 갈 수 없다는 이야기였다.

통신이 끝나 방에서 나온 크루트는 내 모습을 보고 놀랐다.

"듣고 있었어?"

"미안해. 개를 쫓다 보니 이쪽에 왔어."

크루트는 부끄러워했다.

"그런가. ——실은 집이 좀 힘들어서 말이야. 한동안은 집에 못 돌아갈 것 같아."

"무슨 일 있었어?"

"해적단이 발견됐다고 해서 말이야. 규모가 커서 아버지도 머리를 싸매고 고심하고 있어. 자원위성을 기지로 삼는 것 같아서 토벌은 어렵다고 들었어."

에크스나 남작가의 영지에 해적이 나온 모양이다. ——난 그걸 듣고 한 가지 생각을 했다.

해적을 토벌하면서 에크스나가에도 은혜를 베풀 방법이다.

"——크루트, 에크스나 남작에게 연락해. 네 뒤는 내가 봐주지. 그리고 해적 퇴치에 나도 넣어."

"그 마음은 기쁘지만, 안 돼. 해적의 규모가 너무 커. 리암에겐 이미 많은 신세를 졌어. 기대기만 할 수는 없어."

악덕 영주의 아들이라 해도 은혜는 느끼는 모양이다. 정말 훌륭하다! 하지만 난 해적을 토벌하고 싶다.

"크루트, 한 가지 좋은 걸 가르쳐주지. ——해적은 내 지갑이야."

"어?"

"이익 배분은 내가 7, 너희 집안이 3이다."

보수 이야기를 시작하니 크루트는 무슨 말인지 모르겠다는 얼굴이 되었다.

"아, 아니, 그렇게 쉽게 정해도 돼?! 보통은 영내의 가신들과 상담해서 더 신중하게 정하는 일이라고."

"괜찮아. 영지의 모든 것은 내 것이야. 내 명령은 절대적이니까. 내 말이면 까만색이라고 해도 하얀색이 되지. 내가 싸우라고 명령하면 거부 같은 건 할 수 없다고."

──귀족은 최고야! 이 세상에서 가장 어리석은 짓인 전쟁을 내 기분 하나로 일으킬 수 있으니 말이야.

크루트는 아연실색해서 나를 보고 있었다.

너도 아직 어설프구나. 그럼── 나도 아마기에게 연락을 해둘까.

"크루트, 해적 사냥은 재밌다고."

우두커니 서 있는 크루트의 가슴을 주먹으로 가볍게 쳐줬다.

리암과 크루트의 대화를 듣는 사람이 있었다.

"──흐음, 들어버렸네."

그늘에서 두 사람을 관찰하는 그 사람은 뭔가 안 좋은 생각을 하고 있었다. 두 사람의 이야기를 들어서 앞으로의 예정을 알고 기뻐했다.

리암과 크루트를 보는 눈은 활 모양으로 휘어졌고, 입도 마찬가지였다.

수행기간── 두 사람은 계속 감시당하고 있었다.

"이제 곧 두 사람은──!"

그 인물은 인기척을 느끼고 서둘러 표정을 바꾸었다.

◇ ◆ ◇ ◆ ◇

──뭔가 안 좋은 기척을 느꼈다.

시선을 그쪽으로 돌리니 지친 얼굴을 한 에일라가 모습을 보였다.

"둘 다 여기에 있었어? 빨리 안 돌아가면 혼날 거야."

어째 우리를 찾으러 온 모양이다.

나는 에일라에게 물었다.

"에일라, 수상한 놈 못 봤어?"

고개를 갸웃거리는 에일라는 정말로 모르는 듯한 표정을 지었다.

"수상한 사람? 못 봤어. 그리고 여긴 저택이야. 수상한 사람은 들어올 수 없을 건데?"

귀족이 사는 저택은 당연하게도 경비가 엄중하다.

그런 곳에 숨어들 수 있다는 것은 실력이 굉장하다는 증거다.

에일라가 나를 걱정했다.

"왜 그래? 수상한 사람이라도 봤어?"

"아니, 잘못 본 것 같아. 그보다 개는 못 봤어?"

"아니, 그런 건 못 봤는데."

에일라가 이상하다는 표정으로 대답했다.

그러자 크루트가 문득 생각났다는 듯이 입을 열었다.

"그리고 보니 꽤 오래전부터 누군가의 시선을 느끼곤 했는데,

설마 기분 탓이 아니었던 건가? 조금 신경 쓰이네."

그러자 에일라는 양팔로 자신을 감싸 안으며 말했다.

"뭐어? 유령이나 뭐 그런 이야기야? 그, 그만해. 나 무서운 건 싫어."

의외로 귀여운 구석이 있군.

크루트는 에일라의 말을 듣고는 입을 다물었다. 이 녀석은 여자한테 너무 친절하네. 역시 에일라에게 관심이 있는 걸까?

"리암, 슬슬 돌아가자."

크루트의 말을 듣고 우리 셋은 작업장으로 발길을 돌렸다.

작업장을 향해 복도를 걷고 있으니 열혈 기사가 우리를 찾으러 왔다.

"이놈들! 너희 셋이 모여서 뭘 하는 거냐. 자, 작업으로 돌아가라."

회장 설치도 막바지에 접어들었을 무렵. 수행의 끝도 한 달 앞으로 다가와 있었다.

수행 온 자제들은 집으로 돌아갈 생각에 안도감에 젖어있었다.

나도 드디어 영지로 돌아갈 생각에 들뜨는 한편, 산더미처럼 쌓여있을 일이 생각나기 시작했다.

"한동안 바쁘겠지."

한숨을 쉬면서 방을 정리하고 있으니 에일라가 찾아왔다.

"리암 군, 있어~?"

"있어."

"아, 다행이다. 그, 실은 크루트 군한테 들었는데, 수행이 끝나면 에크스나가로 갈 거라며?"

에일라는 내가 에크스나가 주변의 해적을 퇴치하러 갈 계획을 알고 있다.

"그렇지."

"그거, 나도 따라가면 안 될까?"

"너도?"

"으, 응. 이래저래 사정이 좀 있어서~."

에일라는 애매한 이유를 늘어놓았지만, 나는 이전부터 에일라가 크루트에게 마음이 있다고 보고 있다. 아무래도 에일라는 이대로 헤어지기 싫어서 크루트의 영지까지 들이닥칠 생각인 것 같았다.

"——딱히 따라오는 건 상관없지만, 크루트의 대답에 따라서는 내 영지로 가야 할 수도 있어."

"어? 아, 네. 으, 응."

당황하는 걸 보니, 아무래도 크루트에게 거절당하는 경우는 생각하지 않은 모양이었다.

뭐, 에일라가 크루트에게 폐를 끼칠 것 같을 때는 내가 떼어놓으면 되겠지.

——그러는 김에 에일라의 가문인 베르만 남작가에 정식으로

인사하는 것도 나쁘지 않을 것 같다. 레젤가에서 똑같이 푸대접을 받은 처지니, 이 녀석의 집안도 분명 나쁜 귀족 집안일 것이다.

"그럼 크루트와 이야기하지. 당일에는 내 배에 타. ——분명 깜짝 놀랄 거다."

이미 아마기에게 연락을 받은 상태다. 드디어 그것이 완성되었다고 한다.

"아하하, 신세 좀 지겠습니다~."

에일라가 머리를 긁으며 멋쩍어했다.

뭐, 친구끼리의 연애이니 응원해주지.

같은 악덕 영주 동료로서 협력할 수 있는 건 협력해야 한다.

크루트는 수행이 끝나는 날이 다가오자 이런저런 생각에 잠기는 일이 늘었다.

정원으로 나와 밖에서 생각에 잠기는 건 혼자 있고 싶기 때문이다.

"처음엔 어떻게 되나 싶었는데, 끝나고 보니 정말 아쉽네."

레젤가에 처음 왔을 때는 낙담했지만, 지금은 괜찮았다고 생각했다.

그 이유는 같은 방을 쓴 사람이 리암이기 때문이다.

(태어날 때부터 귀족인 리암은 역시 영주 귀족으로서의 각오가

달라.)

크루트는 벼락출세 귀족이라고 무시당하지 않고자 꾸준히 노력해왔지만, 리암 앞에서는 패배를 인정하지 않을 수가 없었다.

자신의 특기인 검술도 리암의 검술에는 미치지 못했고, 귀족으로서의 각오도 부족했다.

그에 비하면 리암은 젊고 야무진 영주이고 귀족이다.

어째서인지 세간의 평가가 낮은 것 같지만, 크루트의 눈에는 훌륭하게 보였다.

가끔 나쁜 사람인 양 행동하는 면이 있지만, 평소 생활 태도를 보면 리암이 착실한 인간이라는 걸 알 수 있었다.

다소 입이 험하고 비뚤어지긴 했어도, 크루트에게는 리암이 착한 사람으로 보였다.

(리암에게 여러 가지를 배워서 다행이야. 더구나 우리 가문도 지원해줬으니, 가능하면 뭔가 보답을 하고 싶은데.)

리암 덕분에 에크스나가의 재정 상황은 날로 개선되어 가고 있다.

하지만 크루트에게는 리암에게 보답할 만한 것이 없었다.

(이대로 수행이 끝나면 리암과 소원해질지도 몰라. 적어도 그전에 뭔가 보답을……)

여기서 만난 것은 기적에 가까우며, 이후에는 서로 소원해질 가능성이 크다.

유년학교에서 만날 수 있겠지만, 유년학교의 규모도 상당하므로 거기서 마주칠 가망은 크지 않다.

친하게 지낼 수 있는 건 정말 지금뿐일지도 모른다.

그런 고민을 하고 있으니 누가 크루트에게 말을 걸었다.

"크루트, 이런 곳에 있었나?"

"어, 리암?"

뒤돌아보니 리암이 거기에 있었다. 리암은 그대로 옆에 앉더니 용건을 이야기하기 시작했다.

"그 뭐냐, 수행이 끝나면 너희 집에 갈 예정이잖아? 거기에 에 일라도 따라오고 싶대. 네 영지에 머물고 싶은 모양이던데, 괜 찮냐?"

갑자기 에일라의 이름이 튀어나오자 크루트는 당황했다.

"에일라 씨가? 오는 건 상관없지만, 만족스럽게 환영할 수 있 을지 모르겠는데……. 예법도 좀 불안하고……."

벼락출세한 귀족은 아무래도 제국식 예법이 부족할 수밖에 없다. 크루트는 상대를 불쾌하게 할까 봐 불안한 모양이었다.

하지만 그뿐이었다. 특별한 감정은 전혀 없었다.

"그런 건 신경 안 써도 괜찮아~. 네가 정 내키지 않으면 내 쪽 에서 맡고."

"차라리 그게 좋지 않을까?"

이렇게 에일라를 어떻게 할지는 간단히 정해졌다.

번필드가의 저택.

제국 수도성으로 통신회선을 연 브라이언은 지인을 호출했다.

상대는 초로의 여성인 '세리나'였다. 그녀는 긴 백발에 주름이 있는 얼굴을 하고 있었다. 안티에이징 기술을 썼는데도 초로의 모습으로 보인다면, 실제 연령은 상당할 것이다.

"오랜만이군요, 세리나."

브라이언이 인사하자 세리나는 대충 대답했다.

「못 본 새에 많이 늙었군, 브라이언. 네가 먼저 연락하다니, 별일도 다 있지? 그래서 무슨 일인데.」

"여전하군요. 도무지 궁정 시녀장의 말투가 아닌 것 같습니다만."

「언제 적 얘기를 하는 거야? 이미 오래전에 증손주에게 뒤를 맡기고 은퇴했다고. 지금은 유유자적하게 살고 있지.」

"그거 부럽기 그지없군요."

「너도 그때 어리석은 주인을 버리고 여기에 오면 좋았을 것을.」

"이 브라이언은 번필드가에 뼈를 묻을 각오이기에."

「아, 그러셔.」

제국의 궁전에서 시녀장을 맡았던 세리나는 궁전 내의 뒷사정에도 밝았다. 그런 인물과 친한 브라이언은 예전에 궁전에 스카우트된 적이 있었다.

「그보다 너는 요즘 어떤데? 들자 하니 알리스타 님 이래의 명군이 나왔다는 소문이던데?」

이런 일로 남을 의지하는 건 다소 부끄러운 일이지만 브라이언

마음을 굳게 먹고 그녀에게 용건을 전달했다.

"그 리암 님에 관한 이야기입니다. 현재는 다른 가문에서 수행 중이신데, 부당하게도 말도 안 되는 대우를 받고 계십니다. 그래서 뭔가 아시는 게 없는지 물어보고자 연락했습니다."

브라이언도 지금까지 이것저것 조사는 해봤지만, 어째서인지 손에 잡히는 정보가 없었다. 그래서 비장의 수단인 세리나에게 연락한 것이다.

브라이언도 세리나만큼은 그다지 의지하고 싶지 않았지만, 상황이 이렇게 된 이상 어쩔 수 없었다.

「대체 어느 가문에 맡긴 거야?」

"레젤 자작가입니다. 평판도 좋고 리암 님의 마음에도 드신 것 같아서……."

그러자 세리나가 대뜸 한숨을 쉬었다. 노골적인 반응에 브라이언은 당황했다.

"뭐, 뭔가 문제가 있습니까?"

「네 말대로 평판을 따지자면 좋은 가문이지. 귀족들 사이에서는 잘나가니까. 하지만 제국이 보면 골칫덩이 같은 녀석들이야. 하필 맡겨도 성가신 곳에 맡겨버렸네.」

"네?!"

「네가 기대하는 꼬맹이가 이상한 가치관에 물들지 않기를 기도하라고.」

"그, 그그그, 그게 무슨 뜻입니까?!"

세리나가 낙담했다.

「너도, 이런 일이 있으면 미리 연락하란 말이야. 그럼 적어도 내가 문제없는 가문을 소개해줄 순 있었을 텐데.」

세리나의 반응에 불길함을 느낀 브라이언은 망연자실했다.

레젤가에서의 수행을 끝마칠 날이 이제 하루 앞으로 다가왔다.

오늘은 그 전야제라고 해야 할까, 성과를 보여준다는 명목으로 무예 시합이 진행되고 있었다.

회장에 모인 자제의 가족들은 무예 시합에서 자식이 활약을 보고 기뻐했다.

하지만 이 자리에 모인 건 레젤가에서 좋은 대우를 받았던 자제들의 가족뿐, 그 이외의 가족들은 초대받지 못했다.

덕분에 시합은 조작으로 일방적인 양상을 보였고, 분위기는 대성황을 이루고 있었다.

지금은 크루트와 페터가 링 위에서 시합하고 있었다.

"큭!"

"응~? 왜 그러는 걸까? 같은 아렌 검술 사용자로서 한심한 모습을 보이면 곤란한데~."

페터가 시합을 우세하게 진행하고 있었지만, 크루트는 고전이 아니라 고생을 하고 있었다.

페터의 실력이 너무나도 처참한 탓에 크루트는 당황을 감출 수가 없었다.

실력 차가 너무 심하게 난다고 해야 할까, 페터가 너무 약해서 지는 연기조차 쉽지 않았던 것이다.

크루트에게는 이미 벌칙 같을 상황이었다.

어쨌든 같은 유파이고 같은 자세를 취하고 있을 터인데—— 페터의 자세는 누가 봐도 끔찍했다.

"너무하네. 크루트가 불쌍해지기 시작했어."

내 말에 반응한 사람은 옆에 있던 에일라였다.

"페터한테 면허개전을 준 사람은 좀 더 생각하는 편이 좋았겠다. 이러면 유파가 가볍게 보일 거야."

크루트는 져주는 것을 포기했는지 스스로 검을 떨어뜨리고 무릎을 꿇었다.

"항복하겠습니다."

크루트의 항복에 회장의 분위기는 잠시 미묘해졌지만, 금방 박수가 일어 좋아졌다.

페터는 양팔을 들고 있었다.

"야~, 야~, 고마워~. 그건 그렇고 너한테는 실망이야."

페터는 그 고조된 분위기에 흥분했는지 크루트를 짓밟았다. 그 모습을 보고 있던 에일라는 분한 듯이 얼굴을 찌푸렸다.

페터는 분위기를 탔다.

"이 몸의 실력을 잘 알겠지?"

"충분히."

참는 크루트를 보니 어른처럼 보였다. 나였으면 밟히자마자 페터를 반으로 갈랐을 것이다. 참는 크루트는 대단하구나.

그러자 무슨 착각을 했는지 페터가 쇼크 소드의 칼끝으로 나를 겨눴다.

"이걸로 끝나면 재미없으니까 이번에는 너랑 싸워줄게. 빨리 링에 올라와, 이 마이너 검술을 쓰는 가난뱅이~."

페터가 그렇게 말하자 회장의 분위기는 예정에는 없던 여흥에 크게 고조되었다. 그 모습을 보고 있던 자작이 어이없어했지만, 나에게 링에 올라가라는 지시를 했다.

지도 담당인 열혈 기사가 나에게 미안한 듯이 다가왔다.

"미안하군. 시합에 나가주면 고맙겠다."

"감히 마이너 검술 취급하다니, 배짱 한번 좋군. 있잖아, 아저씨—— 난 제대로 해도 되겠지?"

열혈 기사가 뭔가 말하려다가 나에게 웃음을 지었다.

"어차피 말려도 할 거잖아? 나도 이 촌극은 별로 좋아하지 않는다. 차라리 화려하게 싸우고 와라!—— 하지만 절대로 죽이지 마라."

죽이지 말라는 부분을 말할 때만 표정이 몹시 엄했다.

당연히 나도 죽일 생각은 없다.

"맡겨둬. 봐주는 연습은 못 했지만, 크루트랑 해결책을 찾았지."

"해결책?"

열혈 기사는 내가 무슨 말을 하는지 이해하지 못했다.

나는 무기로 쓸 장난감을 꺼냈다. 쇼크 소드도 내가 쓰면 흉기가 되니, 상대가 되도록 다치지 않게끔—— 뿅뿅 소리가 나는 장난감 망치를 꺼냈다.

이거면 때려도 별로 아프지 않다.

"아, 아무리 그래도 그건 실례가 아니냐."

"이 정도가 아니면 상대가 죽으니까 어쩔 수 없어. 이게 한계야."

장난감 망치를 들고 링에 올라가니 페터가 내 무기를 보고 웃었다. 이전 일을 앙갚음하는 건지 손가락질을 하며 깔깔 웃었다.

"푸하하하! 그런 무기로 이 몸과 싸우겠다는 거냐~."

레젤 자작은 내가 든 무기가 마음에 안 드는지 미간을 찌푸리고 있었다.

"가난뱅이라서 검도 못 사는 모양이네. 시합용 쇼크 소드 정도는 이 몸이 사줄 수도 있는데?"

페터가 나를 도발했다.

그 도발을 들으면서 나는 시작 신호를 기다렸다.

심판이 레젤 자작을 힐끔거리며 쳐다보자, 레젤 자작이 시작하라는 지시를 내렸다.

"시, 시작!"

그 직후였다.

페터의 머리를 내려친 망치가 '뿅'이 아니라 '빡!' 하는 마른 소리를 냈다.

대단한 것도 없었다. 시작과 동시에 다가가 내려쳤을 뿐이다.

페터는 눈을 뒤집고 바닥에 쓰러졌다.

"어라, 입으로 지껄이는 만큼 대단하진 않았네."

망치를 휘둘러 상태를 확인해보니 아직 건재한 것 같았다.

미래의 장난감은 내구성도 끝내주는구나.

내가 링 위에 서 있으니 주위에서 특별 취급을 받아온 자제가 불평하기 시작했다. 눈앞에 현실을 들이미니 분노가 치미는 모양이다.

"비, 비겁하다!"

나는 코웃음 치며 소리친 놈을 향해 링에 올라오라는 제스처를 했다.

"불만 있으면 올라오라고."

성실하고 선량한 놈들에게 내가 몸소 이 세상의 혹독함을 가르쳐주지.

이 세상은 옳은 놈이 강한 것이 아니다.

강한 놈이 옳은 것이다.

장래에 선량한 영주님이 될 너희들에게── 내가 현실이라는 것을 가르쳐주마!

"귀찮으니까 전부 올라와라. 상대해주지."

"더럽게 마이너한 검술이 까불지── 악!"

일섬류를 깔본 놈을 링에 올라오자마자 장난감 망치를 휘둘러 링 바깥으로 날려버렸다.

"더럽게 마이너한 검술이 아니다! 일섬류다! 두 번 다시 잊지 못하도록 몸에 패배의 기억과 함께 새겨주마. 자, 덤벼라!"

그러자 여유를 부리던 놈들이 링에 올라와 나에게 몰려들었다. 나는 그놈들을 전부 장난감 망치로 링 바깥으로 날리며 비웃었다.

나는 링 중앙에 서서, 찬물을 뒤집어쓴 회장을 향해 진실을 가르쳐줬다.

"승부 조작으로 이겨놓고 잘난 척하지 말라고, 애송이들아!"

회장에 모여 있던 관계자들과 레젤 자작의 얼굴이 새빨갛게 물들었다.

선 따위는 진작에 넘었다. 하지만 어차피 더는 엮일 일도 없다.

난 이 자리에서 후련하게 기분을 풀어야겠다.

다음 날.

파티 회장에서 절차를 확인하는 레젤 자작에게 분개한 열혈 기사가 대들었다.

"랜돌프 님, 이게 어떻게 된 겁니까! 자제들을 회장에서 쫓아내라니, 레젤가의 도량이 의심받을 겁니다!"

레젤 자작은 융통성 없는 기사 앞에서 작게 한숨을 쉬었다. 주위에는 다른 부하들과 붕대를 감은 페터의 모습도 있었다.

이미 카테리나와 정식으로 약혼한 페터는 레젤가의 친족 대우를 받고 있었다.

"도량이라고오? 자작~, 말해줘."

불만스러워 보이는 페터 대신 레젤 자작이 상대했다.

"그런 소란을 피워놓고 용서받을 줄 알았나? 그와 같은 어리석은 자는 오늘 같은 멋진 날에 어울리지 않아. 한때의 감정으로 딸의 약혼 발표를 망치고 싶지 않네."

페터도 편승하듯이 리암에 대한 불만을 말했다.

"그렇지. 중요한 파티에 그런 가난뱅이는 안 어울리지~."

여러 이유를 대고 있지만, 결국은 수치를 안겨준 리암을 도저히 용서할 수 없을 뿐이었다.

레젤 자작은 피타크가와의 앞으로의 인연에 대해 여러 궁리를 했다.

"번필드가의 꼬맹이는 파티가 끝나면 바로 쫓아내라! 이젠 꼴도 보기 싫다. 어차피 앞으로 엮일 일 없는 가문이다."

파티가 끝나면 그대로 수행도 끝나 자제들은 집으로 돌아갈 수 있지만, 보통 파티 후에 바로 돌아가는 일은 그다지 없었다. 며칠은 그대로 숙박하는 것이 일반적이었다.

하지만 레젤 자작과 페터는 그걸 허용하지 않을 정도로 리암에게 분노를 품고 있었다.

열혈 기사가 손을 꽉 쥐고 노여워했다. 페터는 그걸 무시하고 회장 설치에 참견하기 시작했다.

"그보다 자작~, 이 음침한 식물은 뭐죠?"

식물로 시선을 돌린 레젤 자작은 살짝 당황한 반응을 보였다. 그 식물—— 분재는 피타크가에서 보낸 선물로 알고 있었기 때문이다.

"피타크가에서 보낸 선물이 아닌가. 모처럼이니 장식했네만."

하지만 페터는 놀랐다.

"예? 말도 안 돼요~. 이 몸이 이런 식물을 보내다니, 센스를 의심받을 텐데~."

그 말을 듣고 레젤 자작은 얼굴에 손을 댔다.

"어째 뭔가 착오가 있었던 것 같군. 피타크가의 선물이 아니라면 빨리 처분해두지. ——자네, 버리고 와주게."

분재를 떠맡게 된 사람은 열혈 기사였다.

◇ ◆ ◇ ◆ ◇

"리암, 너무 심했어."

"그 결과가 이건가요? 레젤 자작은 도량이 상당히 작은 분인 것 같네요."

"그런 말을 레젤가를 섬기는 내 앞에서 하나? 하지만 그런 말을 들어도 어쩔 수 없지."

파티가 시작되기 전에 회장에서 떨어진 곳으로 끌려왔다. 날 위해 준비된 특별한 회장에는 도시락과 마실 것이 준비되어 있었다.

수행 기간에 신세를 진 안뜰의 휴게소가 내 파티 회장이다.

열혈 기사는 어째서인지 브라이언의 분재를 들고 어깨를 축 늘어뜨린 채로 내 옆에 앉았다.

"──미안하군. 랜돌프 님께도 항의했지만, 들어주시지 않았다."

"영주를 섬기는 기사의 비애네요. 우리한테 오면 좋은 조건으로 맞아줄게요."

권유했는데 열혈 기사는 입을 크게 벌리고 웃어댔다. 내 제안을 농담이라 생각한 모양이다. 약간 진심이었는데 아쉽다.

"재밌는 농담이군. 하지만 난 이 가문에 남겠다. 랜돌프 님께 입은 은혜가 있어서 말이다."

"흐음, 의외……도 아닌가."

이런 선량한 기사는 은의를 느껴 충성을 맹세하는 경우가 많다. 레젤 자작은 귀족으로서는 선량한 부류에 들어……가려나? 의심스럽지만 나와는 안 맞는 것은 확실하다.

"그래서 전 여기서 홀로 쓸쓸하게 점심을 먹는 건가요."

"미안하군. 아, 그리고 마실 것과 도시락은 내가 산 거다. 아무래도 미안해서 말이지."

──신세를 진 지도 담당 기사이니 불평하지 않을 거고, 레젤가는 수행하러 온 집안이다. 지금 와서 소란을 피울 생각도 없다.

"와~, 기뻐라~."

"그런 생각은 하지도 않는 표정인데. 그걸 먹으면 나가라고 하셨다. 너한테는 미안한 짓만 했군."

현장에 있는 열혈 기사에게 불평해도 의미가 없다. 중간관리직의 비애를 느꼈다.

"어차피 오늘 마중 나올 예정이니 문제없어요. 그보다 그건 어떡할 거죠?"

브라이언이 보낸 분재를 어떻게 할 생각인가? 그러자 열혈 기사는 난처한 표정을 지었다.

"나는 이런 건 잘 모르지만, 비싼 물건인 것 같은데, 랜돌프 님께서는 버리라고 하시더군. 어떻게 처분해야 할지 몰라 곤란해하고 있었다."

"──흐음, 그런가요. 그럼 기념으로 저한테 주시죠."

"네가 그걸로 좋다면야. 그럼 잘 지내라."

열혈 기사는 나에게 분재를 주고 자리를 떠나갔다.

나는 브라이언의 분재를 손으로 들어 올렸다.

"가치를 모른다── 정말이지 그 말대로군."

속에서 화가 부글부글 끓어올랐다.

당장이라도 날뛰고 싶은 마음이 치솟았지만, 그때 크루트와 에일라가 다가왔다. 둘 다 떠날 준비를 마친 상태였다.

"여기에 있었구나, 리암."

"찾았다구~."

나는 분재를 두고 둘이 왜 여기에 있는지를 물었다. 어찌 됐든 파티는 아직 시작하지도 않았다. 돌아갈 준비를 하는 게 이상하다.

"둘이 나란히 어쩔 작정이야?"

크루트가 겸연쩍은 듯이 웃으면서 손끝으로 볼을 긁었다.

"리암이 쫓겨났다고 들어서. 그리고 우리는 참가해도 탐탁지 않을 테니까, 이대로 불참이야."

에일라도 마찬가지였다.

"마중을 오고 있으면 얼른 우주항으로 가자."

이 녀석들, 파티에 나가지도 않고 나랑 같이 저택을 떠날 모양이다.

악덕 동료의 인연이 느껴진다.

"그럼 가자. 아마 지금쯤이면 마중을 나왔을 거야."

리암 일행이 저택을 떠나 우주항으로 향하고 있을 무렵.

파티 회장에는 초대 손님이 들어와 북적이고 있었다.

초대를 받은 토마스는 인사하고 돌아다니면서 리암을 찾고 있었다.

하지만 찾지 못했다.

"리암 님의 모습이 보이지 않는군."

연락하려고 생각하는데 군복 차림의 니아스가 다가왔다.

"아, 토마스 씨! 리암 님 못 보셨나요? 아까부터 찾는데 어디에도 안 보여요!"

니아스도 꽤나 찾아다닌 모양이지만 리암은 못 찾은 것 같다.

"저도 못 찾았습니다. 아직 회장에 들어오시지 않은 걸까요?"

니아스는 왠지 초조한 듯했다.

"시간을 어길 분은 아닌데, 뭔가 이유가 있는 걸까요? 곤란하네요. 빨리 거래 얘기를 하고 싶은데."

"네? 이, 이 자리에서 거래 얘기를 하신다고요? 이 경사스러운 날에?"

리암이 수행에서 겨우 해방되는 날인데, 니아스는 거래 이야기를 하려고 했다. 토마스는 놀라움을 감출 수가 없었다.

그러자 니아스는 눈을 돌리고 웃으면서 얼버무렸다.

"아니, 그건 그러니까, 여러 사정이——."

"어차피 팔리지 않은 요새급의 판매처를 찾는 거잖아요?"

"다, 당신은……!"

대화에 끼어든 사람은 우아한 드레스 차림의 유리시아였다.

제3병기공장의 관계자로서 파티에 온 모양이었다.

"이미 소문이 다 났다고요. 이참에 리암 님께 요새급을 팔아버리려고 여기 온 거죠?"

유리시아는 미소를 짓고 있지만, 니아스에게 하는 말에는 전부 가시가 있었다.

"다, 당신도 어차피 장사 얘기를 하러 왔잖아! 그, 그리고 뭐야. 그 모습은?!"

"백작님이 수행을 마치신 날 축하하기 위해 꾸며봤을 뿐이에요."

"그렇게 금방 미인계를 쓴단 말이지. 어차피 그대로 상품을 강매할 거잖아?"

그러자 유리시아는 여유롭게 대답했다.

"어머나, 이런 날에 누가 계약서를 들이미나요? 뭐, 굳이 말씀드리자면, 실은 지금 저희가 건조한 초노급 전함이 백작님을 모시러 오는 중이거든요. 그 외에도 신형기도 함께 말이에요. 저는 백작님께 감사 인사차 왔답니다. ——그러다가 거래 이야기로 흘러가면, 그건 어쩔 수 없지만요~."

유리시아는 보란 듯이 니아스에게 실적을 자랑했다.

토마스는 두 사람 사이에 마치 불꽃이 빠직빠직 튀는 듯이 느껴졌다. 병기공장끼리의 싸움과 여자끼리의 싸움이 얽혀서 두 사람의 기 싸움은 더욱 치열해져만 갔다.

토마스는 그런 끔찍한 광경으로부터 시선을 돌렸다.

(리암 님도 큰일이군요. 그건 그렇고 정말 어디에 계시지? 가능

하면 빨리 뵙고 싶은데…….)

사실 리암을 찾고 있는 건 이 자리에 있는 세 사람만이 아니었다. 회장에는 이번 일을 기회로 삼아 리암과 인연을 맺으려고 파티에 얼굴을 내민 사람이 제법 있었다.

그러다 보니 다들 리암을 찾으러 돌아다녔고, 회장에는 온통 사람만 찾고 다니는 이상한 광경이 펼쳐졌다.

하지만 그 누구도 리암을 찾을 수 없었다.

그런 분위기를 파괴한 것은 레젤 자작의 목소리였다.

「여러분, 오늘 저희 가문의 파티에 와주셔서 진심으로 감사합니다.」

처음은 간단한 인사로 시작했고, 다음은 딸의 약혼을 발표하기 시작했다.

그 발표를 들은 니아스와 유리시아는 흔히 있는 이야기라며 큰 관심을 보이진 않았다.

"귀족끼리의 정략결혼이군."

"흔히 있는 얘기잖아요. 조건이 좋은 상대를 찾은 모양이죠."

'수행하러 온 젊은이와 딸이~' 같은 이야기는 흔한 일이었다. 하지만 문제는 레젤가의 딸과 약혼한 상대였다.

「딸 카테리나와 약혼한 페터 세라 피타크 공입니다.」

레젤 자작이 피타크 가문을 소개했다.

니아스는 그들의 평판을 모르는지 회장의 분위기에 맞춰 손뼉을 쳤지만, 토마스와 유리시아는 눈을 깜빡였다.

"어? 아니, 엥?!"

(왜 레젤가가 피타크와 연을 맺는 거지?! 어떻게 생각해도 결혼 같은 건 생각할 수도 없는 상대가 아닌가. 난 틀림없이 번필드가와 인연을 맺으려 할 줄 알았는데?)

상인답게 피타크가의 내부사정을 알고 있는 토마스에게는 도무지 이해할 수 없는 광경이었다.

그리고 그건 유리시아도 마찬가지였다. 그녀는 놀란 눈으로 토마스를 바라보았다.

"지금 피타크 백작가라고 했죠? 막대한 빚이 있고 통치도 제대로 안 되는 게 아니었나요?"

"아, 네. 그럴 겁니다. 저분은 피타크 백작가의 아드님이 틀림없습니다."

회장 안의 공중 투영 화면에는 온통 페터와 카테리나의 모습이 비치고 있었다.

유리시아는 믿을 수 없다는 투로 말했다.

"피타크가에서 무슨 희귀 금속이라도 발굴한 걸까요?"

만약 그런 일이 있었다면, 피타크가와 혼인 관계를 맺으려 해도 이해할 수 있다.

하지만 토마스는 그런 이야기를 들은 적이 없었다.

"저도 장사를 하면서 여러 조사를 하고 있지만, 그런 이야기는 못 들었습니다."

파티 참석자 중에도 이 약혼 이야기를 이상하게 생각하는 사람들이 많았다.

한편 여전히 상황을 모르는 니아스는 주위의 분위기를 신경 쓰지 않고 급사를 한 명 잡아서 리암의 위치를 묻고 있었다.

"아, 실례합니다. 리암 님── 번필드가의 백작을 아세요? 레젤가에 수행하러 왔을 텐데?"

급사는 그 말을 듣고 시선을 잠깐 이리저리 돌렸다.

"리암 님은 그── 어제 발표회에서 문제를 일으켜, 자작님의 분노를 사 이미 쫓겨났습니다. 수행은 무사히 끝났다고 보고될 것 같지만, 파티에는 참석하지 않았죠. 지금쯤 우주항에 있지 않을까요?"

둘의 대화를 우연히 들은 토마스는 처음에 급사가 무슨 말을 하는지 이해할 수 없었다. 그리고 차차 안색이 나빠졌다.

"리암 님을 파티에도 참석시키지 않고 쫓아냈다고?"

덜덜 떨기 시작한 토마스를 보고 급사는 고개를 끄덕였다.

"네."

그 이야기를 들은 니아스는 급사의 어깨를 붙잡고 흔들기 시작했다.

"거, 거짓말이죠! 그럼, 여기엔 없는 거야?! 왜? 어째서?!"

급사는 성가시다는 듯이 니아스에게서 떨어져 한 번 더 설명했다.

"그러니까! 쫓겨났어요. 이미 저택에서도 나갔을 테니까 지금쯤 우주항으로 가고 있을 겁니다. 자작님을 화나게 만드니까 그렇죠."

유리시아는 어딘가로 연락을 취했다.

그런 와중에 토마스는 리암을 쫓기 위해 회장을 뛰쳐나갔다.

"리암 니이이임!"

◇ ◆ ◇ ◆ ◇

레젤 자작가의 우주항.

그곳에는 도착한 번필드가의 함대가 정렬해 있었다.

우주항에는 300척의 함대가 정렬해 있었다.

그중에서 유독 큰 함선── 번필드가의 기함인 초노급 전함은 주위의 시선을 독차지하고 있었다.

그리고 기함에서 내린 번필드가의 기사들── 기사 후보인 티아는 우주항에서 리암을 환대할 준비를 하고 있었다.

지정된 탑승구 앞에는 수많은 관계자가 리암을 맞이하기 위해 준비를 진행하고 있었다.

티아는 우주항의 책임자와 이야기를 하고 있었다.

"좀 더 화려하게 장식하고 싶은데. 입체영상만 있으면 시시하잖아."

우주항의 책임자는 소박한 탑승구 앞을 화려하게 꾸며 맞이하고 싶어 하는 티아에게 곤란한 표정을 보였다.

"좀 봐주세요. 멋대로 내장을 변경하면 곤란합니다."

그러나 티아는 무리한 부탁인 걸 알면서도 물러설 수가 없었다. 그녀에게 리암을 맞이하는 일은 일대 이벤트였다.

"그건 이해하지만, 모처럼 맞이하는 거예요. 역시 처음 얼굴을 맞대는 이곳부터 준비해두고 싶어요. 비용은 저희가 낼 테니, 어떻게 안 될까요?"

리암은 며칠 뒤에 올 예정이기에 아직 준비가 한창인 상태였다. 그러나 상대는 티아의 설득에 귀를 기울이지 않았다. 그는 오히려 초노급 전함에 시선을 빼앗기고 있었다.

"마음은 이해하지만, 고향에서 성대하게 맞이해주세요. 그건 그렇고 훌륭한 군함이군요. 초노급 전함은 처음 봅니다."

"우리 군의 총 기함이니까요."

"이야~, 역시 '피타크가'의 전함이네요. 한물간 번필드가와는 전혀 다르——?!"

우주항의 책임자는 끝까지 말을 이을 수 없었다. 그의 입으로 티아의 레이피어 끝이 밀고 들어왔기 때문이다.

조금이라도 움직이면 입 안이 피투성이가 될 상황이었다.

티아는 마치 전혀 다른 사람인 양 사나운 분위기를 휘감고 있었다.

"네놈, 영광스러운 번필드가의 가문을 잘못 봤구나? 우리를 모욕할 생각이냐?"

주위에 있던 자작가의 기사와 병사들이 황급히 달려오자 번필드가의 기사들이 무기를 뽑았다.

움직이지 못하는 우주항의 책임자에게서 레이피어를 빼고, 티아는 그대로 한 손으로 턱을 잡아 다 큰 남자를 들어 올렸다.

"가문을 잘못 봤다. 이는 모욕당한 것과 마찬가지다. 아닌가?"

관계가 없다면 몰라도 리암이 수행하러 가서 3년이나 신세를 졌다. 그런 상태인데 지위가 있는 사람이 가문을 잘못 보는 건 모욕 이외의 아무것도 아니었다.

"놔, 놔주세요. 사죄할 테니까."

괴로워하는 우주항의 책임자를 올려다본 티아는 눈을 가늘게 뜨더니 그대로 턱을 부수려고 힘을 줬다.

"아니, 용서 못 해! 이대로——."

티아가 쥐어서 으스러뜨리려는 순간, 그녀의 단말기가 울렸다. 리암의 콜이었다.

티아는 당황해서 우주항의 책임자를 집어던지고 곧장 통화를 수신했다. 그러자 그녀의 눈앞에 기분이 안 좋아 보이는 리암의 얼굴이 비쳤다.

"리, 리암 님! 지금 어디에——!"

리암이 낮은 목소리로 황급히 확인하는 티아에게 말했다.

「——너희들 마중도 나오지 않고, 어디서 뭐 하고 있는 거냐?」

리암이 화내고 있었다.

우주항의 탑승구.

번필드가의 지정 위치에는 전함은커녕 아무도 없었다.

결국 우리는 벤치에 앉아 마중을 기다리며 우주공간을 바라볼 수 있는 큰 유리창에 비친 드라마를 하염없이 바라보고 있었다.

레젤가의 영지에서 유독 인기 있는 드라마로, 마침 마지막 회가 방송되는 중이었다. 마침내 엔딩이 흘러나오기 시작하자 에일라가 바깥을 보며 중얼거렸다.

"아무도 안 오는데……."

나는 팔짱을 끼고 손가락을 움직이고 있었다. 아직도 오지 않은 부하들의 무능함에 기가 막혔다.

지인이 기다리고 있는데 나에게 창피를 주다니, 용서할 수 없군.

"뭐, 어때. 궁금했던 드라마를 봐서 다행이라 생각하면 돼."

크루트가 나에게 하도 나를 신경 써주는 탓에 부끄러워 죽을 지경이다.

내가 초조해하고 있으니 엘리베이터의 문이 열렸고—— 땀투성이가 된 토마스가 뛰쳐나왔다.

"리암 니이이임!!"

——아, 뭐야. 토마스였냐.

마음속으로 낙담했지만, 굳이 말을 입 밖으로 꺼내진 않았다.

"오랜만이네, 토마스. 너도 와있었나?"

토마스는 숨을 헐떡이고 있었다. 내가 여기에 있다는 걸 누군가에게 듣고 급하게 달려 온 모양이었다.

"레젤가의 저택에서 리암 님이 쫓겨났다는 말을 듣고 놀랐습니다. 도무지 이해가 가지 않는 일들 뿐이라 저도 당황하고 있습니다."

원래 이 세상은 이해가 안 되는 일뿐이야.

내 부하들이 나를 마중 나오는데 지각한 것도 그중 하나다.

"무얼, 자작한테 미움받았을 뿐이야. 물론 나도 레젤 자작은 굉장히 싫지만."

옆에 둔 브라이언의 분재를 봤다. 브라이언의 분재를 버리다니, 대체 무슨 생각인 거지?

"그, 그랬습니까. 레젤 자작과는 안 맞군요."

토마스가 안도한 표정을 지었다. 분명 내가 선량한 레젤 자작의 영향을 받을까 봐 걱정했을 것이다.

그런 일은 절대로 있을 수 없다.

이 정도로 신념이 흔들리면 진정한 악덕 영주가 아니다. 난 뿌리부터 악인이다.

착실하고 선량한 레젤가에 수행하러 온 건 명백한 실패였다. 다만, 난 그런 실패에서도 배우는 남자다. 어쨌든 전생의 실패에서도 배운 남자이니 말이다.

"그 녀석의 방식은 싫지만 참고는 됐어. 흉내는 안 내겠지만."

토마스가 격하게 동의를 표하듯이 몇 번이나 고개를 끄덕였다.

"저희 상회도 바로 자작님께 항의하겠습니다."

"됐어. 어차피 난 앞으로 교류하지 않을 거니까."

"그렇습니까. 그럼 바로 영지로 돌아가시겠습니까?"

"그래, 그 전에——."

토마스와 이야기하는 도중에 엘리베이터의 문이 열렸다. 거기서 두 여성이 내려서 크루트가 이상하게 여겼다.

"어라? 여긴 리암이 전세 냈지? 헤맨 건가?"

"아, 내 지인이야."

내린 사람은 니아스와 유리시아였다. 둘 다 서둘렀는지 옷이 흐트러졌다.

나를 발견한 니아스가 어깨로 숨을 쉬면서 달려왔다.

"리암 님, 오랜만이에요! 그리고 요새급을 사주세요!"

나는 인사와 동시에 거래 이야기를 시작하는 니아스를 차가운 눈으로 봤다.

땀을 닦는 유리시아가 기막혀했다.

"꼴불견이니까 그만 좀 해요! 백작님, 오랜만에 뵙습니다. 이번에 저희 제3병기공장에서 구매하신 상품을 사용하신다고 들었습니다. 동승하게 해주시면 제가 직접 설명하겠습니다."

유리시아가 미소 지으며 말했다.

아무래도 오늘 파티에 참석하기 위해 치장한 모양인지, 화장이 상당히 잘 어울렸다.

많은 남자를 유혹할 법한 차림을 인데다, 옷이 약간 흐트러져 약간 선정적이었다.

하지만 나는 유리시아에 대한 흥미가 급격히 사라졌다.

"아, 그래. 마음대로 해."

내 태도 변화에 유리시아가 당황했지만, 난 그걸 신경 쓸 상황이 아니었다. 저런 모습을 보니 전생의 전처가 떠올랐다. 그 여자도 외출할 때 옷을 차려입었는데, 지금 생각해보면 바람을 피우고자 했던 것이리라.

그래서인지 아무래도 화려하게 꾸민 여자를 보면 흥미가 식는다.

"네? 저, 저기, 백작님? 그, 제가 뭔가 실수라도?"

유리시아는 어떻게 하면 좋을지 모르는 듯했다. 지금까지 여러 남자를 농락해왔을 것이다. 그렇게 생각하니 더더욱 흥미가 사라졌다.

이번에도 미인계로 나를 어떻게 하고 싶었을 테지만, 내가 관심 없다는 듯이 행동해서 불안해지기 시작한 모양이다.

그런 모습을 보고 니아스는 유리시아를 놀리고 있었다. 여전히 안쓰러운 여자다.

"안 됐네요~."

그녀 역시 급하게 왔는지 땀을 흘리고 있었다. 더운지 윗옷의 단추를 풀고 펄럭거리며 부채질했다. 미인계가 아니라, 진짜로 더웠을 뿐.

거기에 색기 있는 몸짓은 하나도 없었다.

셔츠가 땀에 젖어 희미하게 보이는 속옷은 스포츠 브라 같은 것이었다. 이 세계라서 다른 기능이 있을지도 모르지만, 여자의 속옷에 대해서는 잘 모른다.

하지만 기능을 우선한 속옷이라는 건 틀림없겠지.

내가 니아스의 가슴께를 보고 있으니, 본인도 알아차리고 황급히 가리며 부끄러운 듯이 웃었다.

"아, 아니, 이건 그. 급여가 내려가서 생활이 어렵다거나 한 게 아니라. 최근에는 그, 그거에요. 그거! 건강을 생각해서 이런 타입을 골라서 입는 거예요!"

구구절절 변명하기 시작한 니아스의 모습은 실로 안쓰러웠다. 얼마나 안쓰러운가 하면, 토마스가 시선을 돌리고 있었다. 부끄러워서가 아니다. 니아스가 변명하는 모습이 안타까워서 차마 볼 수 없어서일 것이다.

평소에는 순진한 크루트도 뭔가를 알아차렸는지 얼굴을 빨갛게 물들이지 않고 고개를 돌리고 있었다.

"……급여가 내려갔군요."

에일라도 불쌍하다는 눈으로 바라봤다.

주위의 동정을 받은 니아스는 얼굴을 양손으로 가리고 울기 시작했다.

"저도 힘들다구요! 생활이 걸려 있어요!"

정말이지, 그런 모습이── 귀엽게 보여서 어쩔 수가 없었다. 나는 아까 전까지 느꼈던 분노도 잊고 니아스에게 손을 내밀고 말았다.

"얼마지?"

"네?"

고개를 든 니아스가 눈물이 그렁그렁한 눈으로 나를 봤다.

"너희 공장의 요새급은 얼마지?"

"사, 사주시는 건가요!"

"어쩔 수 없는 녀석이네. 자, 계약서를 꺼내라. 한 척인가?"

"구축함이랑 순양함도 사주세요! 신형인데 안 팔리고 남았어요!"

"어쩔 수 없는 녀석이네. 300척만이다?"

"감사합니다! 됐다아아아!! 이걸로 극빈생활에서 탈출이다아아아!!"

울면서 기뻐하는 니아스가 만세를 했고, 그때마다 셔츠가 비쳐서 안쪽의 색기 없는 속옷이 보였다.

하지만 나는 이쪽이 더 느낌이 왔다.

좋은 걸 보여준 답례로 요새급을 사버렸다. 또 아마기한테 혼나겠군. 그보다 요새급은 덩치가 어느 정도지? 군대 관련 지식은 아직 본격적으로 안 배웠단 말이지.

내가 생각에 잠겨있으니 유리시아가 내 팔을 붙잡았다.

"자, 잠깐만요, 백작님! 그, 그렇게 안이하게 정하셔도 되나요? 제3병기공장을 이용해주시면 요새급도 백작님을 위해 바로 준비를——!"

"지금은 안 갖고 싶으니까 됐어."

깔끔하게 거절하니 유리시아가 굳어버렸다.

그걸 본 니아스가 손가락질하며 웃었다.

"봤냐! 이게 나와 리암 님의 인연이라구요! 제3이 끼어들 틈 같은 건 없다고요오오오!"

진짜 안쓰러운 여자다. 내 앞에서 우쭐거리다니, 그러지만 않았으면 지적이고 쿨한 미녀로 통할 것 같은데. 뭐, 니아스는 이게 참맛인가.

소란스러워진 참에 이번에는 엘리베이터에서 한 여성 기사가 튀어나왔다.

그녀는 바닥을 차서 날더니 그대로 슬라이딩 절을 하며 내 앞에 도착했다.

──오, 좀 재밌었어.

슬라이딩 절을 하면서 온 사람은 티아였다.

"죄, 죄죄죄, 죄송합니다. 리암 님! 우주항의 사람이 착오로 저희를 다른 에어리어로 안내해서── 아얏."

나는 고개를 들어 변명하는 티아에게 딱밤을 날려줬다.

"변명하지 마. 네가 날 기다리게 한 건 사실이잖아."

내가 기막혀하니 티아는 이 세상이 끝난 듯한 표정을 지었다. 뭐랄까, 호들갑스러운 녀석이네.

이 모양인데 기사로서는 유능하니, 세상일은 알 수가 없다.

내 주위에 있는 녀석들은 어딘가 나사가 빠진 녀석들뿐이다.

티아가 자신의 검을 뽑더니 목에── 경동맥에 갖다 댔다.

"지, 지금 당장 스스로 목을 베어 리암 님께 사죄하겠습니다!"

이 녀석은 머리 좋은 바보인가. 그런 짓을 하면 내가 좋아할 줄

아는 건가? 넌 외모로 채용했다. 능력 같은 건 그다음이니까 별로 기대는 안 한다.

"바보냐. 그보다 짐을 들어. 빨리 돌아가자. 그 분재만큼은 절대로 떨어뜨리지 마라!"

"아, 네!"

내 짐을 건네니 티아가 황급히 받고 일어섰다.

가방을 건네고 그 위에 분재를 얹었다.

티아는 떨고 있었다.

"요, 용서해주시는 건가요?"

용서해? 진짜 바보다. 내가 이 정도로 용서해줄 리가 없다.

"항해 중에도 부려먹어줄 테니까 각오해라. 크루트, 에일라, 너희 짐도 들게 할까? 막 부려먹어도 돼."

두 사람에게 그렇게 말했지만, 아무래도 안 내키는 듯했다.

"리암, 난 여성에게 짐을 맡길 수 없어."

에일라는 고개를 저었다.

"리암 군네 기사분들은 재밌네. 하지만 불쌍하니까 난 패스."

이 녀석들 의외로 착하네.

"바보네. 날 기다리게 한 벌이야. 그럼 빨리 가자. 그보다 우리가 탈 전함은 어디에 있지?"

아직 안 왔냐고 하니, 티아가 창문 바깥을 보고 대답했다. 거기서 나타난 것은 애타게 기다리던 초노급 전함이었다.

"도착한 것 같네요. 번필드가의 총 기함 '바르'입니다."

제3병기공장에서 건조된 바르가 천천히 다가왔다.

특별히 크게 만들었는데, 성능도 떨어지지 않는다. 크고 강한 것은 정의이며, 크기만 한 전함 따위는 그냥 표적이다. 그리고 내가 타는 전함이 쉽게 가라앉는다는 건 말도 안 되는 일이다.

에일라가 창문에 딱 붙어서 아이처럼 까불며 떠들었다.

"굉장해! 굉장해, 이거! 이거 초노급 전함이지? 이걸 가질 수 있는 건 제국에 인정받은 일부뿐이잖아! 크루트 군도 좀 더 가까이에서 보자!"

크루트도 관심이 있는지 조금 흥분했다. 역시 남자다. ──에일라가 더 떠드는 걸 보니 여자라도 관심을 가지는 것 같지만.

"엄청나네. 나도 이런 전함에 타보고 싶어."

"너도 사면 되잖아?"

내가 쉽게 사라고 제안하자 크루트는 몇 번이고 고개를 저었다.

"모, 못 사. 허가도 안 나오고 이렇게 비싼 전함은 무리야. 그리고 전함을 산다면 유지비를 생각해도 구축함이나 순양함이 좋아."

현실적인 녀석이다. ──그러고 보니 니아스한테서 막 충동구매를 한 참이다.

우리 군사 계획으로는 군이 살 필요 없었지만. 분위기를 타서 사버렸다. 전함을 충동구매 할 수 있는 이 세계라니, 굉장하네.

하지만 돌아가면 아마기에게 잔소리를 들을 텐데── 그렇지!

"그럼 우리 쪽에 남은 걸 줄게."

내가 멋대로 사면 아마기가 '군사 계획이 또 틀어졌습니다'라면서 화내니까 크루트한테 떠넘기자.

"미안하니까 됐어. 전함을 쉽게 받을 수는 없으니까."

나는 사양하는 크루트를 더 밀어붙였다. 솔직히 아마기한테 혼나는 게 좀 무서우니까 전함을 누군가에게 떠넘기고 싶은 건 비밀이다.

"나도 처분에 애먹고 있었으니까, 받아주면 고맙겠는데~."

"그, 그래? 그럼, 부탁할까. 그래도 덕분에 도움을 받았어. 중고라도 정비하면 쓸 수 있고, 조금이라도 수가 늘면 도움이 되니까."

어라? 혹시 이 녀석 중고를 받을 생각인가?

한편, 지상에서 파티를 즐기던 레젤 자작은 초대객 대부분이 나간 파티 회장에 멍하니 서 있었다.

남은 초대객은 3할 정도로, 한산해진 회장은 보기만 해도 허전했다.

상황을 이해하지 못한 자들은 막연하게 불안한 표정을 짓고 있었다.

"어, 어떻게 된 거냐?"

레젤 자작이 누군가에게 조사를 시키려고 하자, 부하가 황급히 뛰어서 보고하러 왔다.

"랜돌프 님! 크, 큰일입니다!"

"똑바로 보고해라!"

부하가 호흡을 한 번 가다듬은 뒤에 다시 보고했다.

"손님들이 우주항으로 몰려들고 있습니다! 그리고 우주항 쪽에서 무슨 일이 있었는지 책임자가 랜돌프 님을 애타게 찾고 있습니다!"

"우주항? 왜, 왜지?!"

"그게, 그러니까……."

"빨리 말해라!"

"우주항에서 마중을 기다리고 있던 번필드 백작을 만나기 위해서라고 들었습니다. 그리고 본 가문이 번필드 백작을 쫓아냈다는 말을 듣고는 초대객 일부가 강하게 항의하고 있다고 합니다."

인간이란 정말 솔직한 생물이다. 내리막에 접어든 귀족이 있으면 사람은 금방 떨어져 나간다.

단, 반대로 상승세라면 사람은 모여든다.

한둘이 아니라 이익에 밝은 상인들마저도 리암에게 모인다면, 뭔가가 있다는 뜻이다.

"——버, 번필드가에 대해 바로 조사해라!"

"네? 이미 조사했던 게 아닙니까?"

"됐으니까 조사해라! 당장!"

레젤 자작은 뭔가 안 좋은 예감이 들었다.

우주공간을 이동하는 함대.

정렬하여 아름답게 늘어선 빛이 아무것도 없는 곳에 길을 만드는 것처럼 보였다.

총 기함 바르에 만든 내 방은 너무 호화로워서 깜짝 놀랐다. 공간이 무한한 것도 아닌데, 쓸데없이 넓게 만들어졌다.

내 시중을 드는 자들도 대기하고 있지만, 그녀들 대신 기사인 티아가 날 위해 바지런히 애써줬다.

실점을 만회하려고 점수 벌이에 기를 쓰고 있구나. 난 그렇게 아양 떠는 모습이 싫지 않다.

티아가 마실 것을 건네줘서 받으니 그대로 말을 걸어왔다.

"이로써 무사히 수행을 끝마치셨습니다. 훌륭하셔요, 리암 님."

──이런 걸 수행이라 하는 것도 놀랍지만, 끝내기만 했는데 칭찬을 받는다니. 아니, 보통은 칭찬할 일도 아닌데, 아첨하는 거겠지.

내 지위에 아첨하는 인간이 있다── 이 얼마나 멋진 일인가.

"쓸데없는 시간이었어. 하지만 나쁘지 않은 수확도 있었지."

내가 목에 거는 펜던트를 손으로 들었다. 채굴장에서 찾은 펜던트인데 재질이 금이라 마음에 들었다. 그리고 세공도 세심해서 취향에 맞았다.

음료수를 마시며 시선을 돌리니, 소파 한편에 불편한 듯이 앉

253

아있는 크루트의 모습이 보였다. 어째 진정이 안 되는 모양이다.

"크루트, 왜 그래?"

"아니, 도저히 전함에 탄 것 같지 않아서……."

영 어색한 크루트 주위에도 메이드들이 대기하며 시중을 들고 있었다.

악덕 영주의 후계자이니 좀 더 똑똑히 행동해줬으면 한다.

크루트는 하도 긴장한 기색이라 내 방에 불렀지만, 에일라에게 는 다른 방을 마련해줬다. 에일라는 남작가의 딸이다. 부주의하 게 내 방에 부를 수는 없다.

크루트가 앞으로 할 해적 퇴치에 관한 이야기를 꺼냈다.

"그, 그보다, 리암의 함대의 규모는 300척이지? 이대로 우리 영지까지 가는 거야? 함정은 대단한 것 같지만, 해적단의 규모도 만만치 않을 텐데."

함대가 300척뿐이라 불안한 모양이었다.

나는 티아에게 시선도 주지 않고 물었다.

"적의 규모는 얼마지?"

"에크스나 남작가의 영내에 잠복 중인 해적단은 3,000척 규모 입니다. 다만 이번에는 숫자보다 요새를 보유하고 있다는 점이 성가십니다."

비밀기지를 보유한 해적단이라는 건가.

"그것참, 보물을 가득 모아두고 있을 것 같네. 벌써 기대되는걸."

크루트가 불안한 듯한 표정을 짓고 있길래 나는 보란 듯이 웃었다.

"안심해. 약속대로 수확의 3할은 넘겨줄 테니까."

"그, 그게 아니라고. 리암은 긴장 안 돼? 상대는 해적이지만 가끔 용병업에도 손을 대는 녀석들이야. 단순한 오합지졸은 아닐 거야."

이 녀석은 정말 너무 착실하다.

착실한 악덕 영주라니, 개성이 너무 강하군.

"말했잖아. 해적은 내 지갑이라고. 놈들은 날 위해 재산을 모으고 공훈이 되어주는 멋진 인재야. 남김없이 청소해주지."

그리고── 나에겐 안내인이 붙어있다. 가호라고 해도 좋을 것이다.

그 녀석 덕분에 내 제2의 인생은 행복이 계속되고 있다.

무엇을 해도 성공한다.

"그건 그렇고 3,000척이라⋯⋯. 너무 적은데."

문제는 규모다. 3,000은 너무 적다. 요새가 있는 건 매력적이지만, 이전에 본 고아즈처럼 규모가 크지는 않을 거다. 고아즈 같은 녀석은 더 없는 걸까?

생각에 잠긴 내 다리에 티아가 몸을 숙이고 달라붙었다.

눈을 반짝반짝 빛내고 있었다.

"리암 님, 선봉은 이 티아에게 맡겨주십시오!"

"까불지 마라. 네가 나설 차례는 내가 정한다."

"죄, 죄송합니다."

티아가 바로 떨어져서 무릎을 꿇었다. 마치 개 같은 녀석이다.

크루트도 어이가 없는지 티아를 보고 입을 벌리고 있었다.

그러자 티아의 단말기에 통신이 들어왔다.

"무슨 일이냐?"

어느새 안쓰러운 태도는 사라지고 티아는 의지가 되는 여기사의 모습을 보여줬다. 그 변화에 크루트는 다시금 놀랐다.

단말기에서는 목소리가 들려왔다.

「아군의 진로에 적을 확인했습니다. 적의 수는 약 2만.」

"적? 해적인가?"

「해적도 있습니다만, 다른 것도 섞인 것 같습니다.」

"──자세히 보고해라."

「해적들 사이에 귀족의 가문을 단 함정이 섞여 있습니다.」

내가 함교로 이동하니 이미 양군이 대치하고 있었다.

전장을 간략하게 파악한 입체영상이 준비되어 있어서 적이 우리를 집어삼키려고 진형을 넓히고 있다는 걸 잘 알 수 있었다.

2만 척의 적이 번필드가의 함대 300척을 집어삼키려 하고 있었다.

그에 대항하여 이쪽은 구체를 이루도록 진형을 짰다.

적의 규모에 비하면 정말 수가 적어서 작게 보였다.

"에워싸서 칠 생각이군."

크루트는 내가 중얼거리는 걸 듣고 고개를 끄덕였다.

"적의 수가 많아. 이만한 전력 차라면, 적은 어설픈 잔꾀를 쓸 필요가 없으니까."

크루트가 긴장했는지 손을 꽉 쥐었다. 확실히 300척만 가지고는 고전하겠지. 이것뿐이라면 말이야.

나는 티아에게 말을 걸었다.

"본대는 어디에 있지?"

"이미 도착했습니다."

그 말대로였다. 적 후방에 번필드가의 함대가 차례차례 나타나서 진형을 펼쳤다.

숫자는 1만 5천.

함교에 있던 오퍼레이터가 상황을 보고했다.

"본대가 적을 공격하기 시작했습니다."

뒤를 잡힌 해적들은 손 쓸 방도 없이 내 함대에 격추되어 갔다. 퇴로가 막힌 해적 중 일부가 숫자가 적은 이쪽을 노리고 돌격해 오기 시작했다.

"살고 싶어서 발버둥을 치는군. 하지만 전부 소용없다."

나를 맞이하러 온 함대는 전부 정예뿐이다.

사람도, 병기도, 전부 갖춰진 내 수족이다.

크루트가 이쪽을 향해서 오는 적을 보고 낭패했다.

"안 돼. 리암, 일부가 이쪽을 향해 오고 있어. 바로 도망쳐야 해!"

"도망쳐? 아니, 돌격이다!"

후방에 아군이 있다고는 해도 내가 300척으로 돌격하겠다고 하자 크루트는 심히 당황했다.

"잠깐! 리암, 돌격은 안 돼. 상대는 만반의 준비를 하고 기다리고 있다고!"

당황한 크루트를 무시하고 티아가 명령을 내렸다.

"전 함대 돌격 준비."

티아는 호흡이 조금 거칠어졌고, 고양되어 땀에 젖었다. 해적을 상대로 싸울 때는 특히 가학적으로 변하는 녀석이다. 뭐, 오랫동안 해적들에게 모진 고통을 받았으니.

"리암 님의 적을 섬멸하라!"

흥분한 티아를 보고 크루트가 기겁해서는 날 붙잡고 돌격을 그만두자고 설득했다.

"리암, 위험해. 상대의 숫자가 많아. 아무리 후방에 아군이 있다고 해도——!"

눈앞에 적은 3,000척. 우리의 대충 10배 정도.

"문제없어. 애초에 이 정도 물량 차이는 무의미해."

나에겐 행운의 수호신처럼 안내인이 붙어있다.

그리고 이 정도 적에게 질 군대가 아니다.

안내인은 우주공간에서 몸부림치고 있었다.

"너! 거짓말하는 거지! 장난도 적당히 해! 왜 이렇게 아군을 데리고 온 거야!"

원래 리암의 함대는 기껏해야 수백 척일 줄 알았다.

그래서 100배 가까운 전력으로 쳐부수려고 했는데, 리암을 데리러 1만 5천이 넘는 함정이 와있었다.

있을 수 없다. 있어서는 안 되는 일이다.

이래서는 마치── 리암이 이번 일을 예견하고 있었던 것 같지 않은가.

"내 계획이! 내가 마지막 힘을 쥐어짜서 겨우 이렇게까지 모았는데!"

안내인의 암약으로 해적과 피타크가의 협력하여 전력을 최대한 긁어모았다. 즉, 이는 양자의 최대전력에 가까운 숫자다.

안내인은 그다지 큰 공헌은 하지 못했지만, 해적도 피타크가도 전력으로 리암을 치려고 했다.

그런데 리암이 물량을 갖추면 의미가 없다.

우주공간에 앉는 듯한 자세를 취한 안내인은 무릎에 얼굴을 파묻고 중얼거렸다.

"이젠 틀렸어. 끝이야."

이 시점에 해적들이 리암에게 이기는 건 불가능하다며 안내인은 포기해버렸다.

◇ ◆ ◇ ◆ ◇

해적단은 떨고 있었다.

해적선 함교에서 사령관의 자리에 앉은 단장은 눈앞의 광경이 믿기지 않았다.

"이, 이런 얘기는 못 들었다고! 뭐가 종이호랑이냐! 번필드가는 영락한 시골 귀족이 아니었나?!"

적의 수는 1만 5천.

그에 비해 아군은 피타크가의 힘을 빌려서 2만.

물량 차이가 5천이나 나는데, 차이는커녕 압도적으로 밀리고 있었다. 아군이 속수무책으로 차례차례 격추되었다.

단숨에 열세로 몰렸다.

기사회생을 노리고 리암이 탔을 기함을 노려보긴 했지만, 아군은 단 300척 앞에서도 힘을 쓰지 못하고 격추되었다.

애초에——.

"왜 초노급 괴물을 번필드가가 가지고 있냐고!"

——터무니없는 괴물 전함이 있다는 걸 알았다면, 단장도 싸우고자 생각조차 하지 않았을 것이다.

초노급 전함의 공격에 단장이 탄 해적선—— 그 옆에 있던 해적선이 빛에 관통당해 폭발하듯이 사방에 흩날렸다. 대량의 우주 쓰레기가 그가 탄 해적선을 심하게 흔들었다.

그에 비해 이쪽의 공격은 초노급 전함의 배리어—— 쉴드에 막혀 장갑에도 닿지 못했다.

부하가 울면서 보고했다.

"단장님! 피타크가 놈들이 전선을 버리고 도망치기 시작했습니다! 속속히 투항하고 있다고 합니다!"

숙련도가 낮은 피타크가의 함대는 번필드가의 함대에 간단히 격추되었다.

수적 우세가 깨끗하게 사라졌다.

"그, 그놈들, 최신예 함정을 갖추고 있는 게 아니었나?! 아니, 지금 와서 도망친다고? 이래서 귀족 놈들은!"

해적인 척하며 번필드가에 싸움을 건 피타크가는 이길 수 없다는 것을 알자 바로 백기를 들었다.

이야기로 듣던 정강한 군대가 아니라 종이호랑이였다.

단장은 결단했다.

"놈들을 미끼로라도 써야겠다. 어떻게 해서든 이곳에서 탈출한다! 같은 편을 방패로 삼아서라도 살아남아라!"

해적들도 번필드가와 싸우는 것을 포기하고 도망치기 시작했다.

전쟁이 시작되고 며칠.

바르의 함교에서 전쟁의 양상을 보고 있던 크루트는 번필드가의 군대의 힘에 놀랐다.

(강하다. 너무 강하다!)

우수한 것도 그렇지만, 무엇보다 제국의 정규군 수준의 힘을 보여줬다.

(정규군에 버금가는 위력이 아닌가.)

장비의 질, 인재의 질, 그리고 숙련도—— 모든 것이 보통 영주의 사설군 수준이 아니었다.

리암은 해적들을 철저하게 공격했다.

그러자 피타크가의 기함에서 통신이 들어왔다. 티아가 그걸 듣고 리암에게 시선을 보냈다. 그 시선을 받은 리암은——.

"이야기 정도는 들어줘."

——웃으면서 대답했다.

"넷! 연결해라."

티아가 허가를 내리자 함교의 모니터에 피타크가의 군인이 모습을 보였다. 상대도 함교에 있었는데, 상당히 혼란스러워하는 모습이 영상으로 전해졌다.

「여기는 피타크가의 총 기함 페터 2세. 항복한다. 우리는 항복한다!」

소리를 지르는 군인. 그 주위는 혼란했고 비명 같은 소리도 들려왔다.

그에 비해 번필드가의 함교는 조용했다.

오퍼레이터들의 목소리가 들리고 참모들도 지시를 내리고 있지만 차분했다.

티아 쪽을 힐끗 보니, 적인 피타크가의 군인을 보고 웃고 있었다.

기사이면서 리암 곁에서 함대를 지휘하는 그 모습에 감탄했다.

(이 사람이 보통 기사가 아니라는 건 알고 있었지만, 이만한 규모의 함대를 움직일 수 있다니, 대단하구나. 리암은 이런 사람을 거느리는 건가.)

다만── 본가에 있는 충성심이 너무 높은 기사들과 같은 냄새가 난다는 것도 감지했다. 티아가 리암에게 보내는 시선은 본가에서 자주 본 시선과 똑같거나── 그 이상이었다.

티아가 리암에게 피타크가의 처우에 관해 물었다.

"리암 님, 피타크가가 항복했습니다. 확실히 해적과 손을 잡긴 했지만, 너무 몰아넣어도 문제가 생깁니다. 지금 투항을 받아주시겠습니까?"

티아도 여기까지라고 생각했을 것이다.

하지만 내심 피타크가에 분노를 느끼는지, 별로 즐거워 보이진 않았다. 손을 꽉 쥐었고 표정이 딱딱했다.

귀족이 해적 흉내를 내는 게 용서가 안 되는 것이리라.

티아가 꽉 쥔 손에서 으득으득 소리가 들렸다.

해적을 증오하고 있다는 것을 보기만 해도 이해할 수 있었다.

크루트는 생각했다.

(여기까지군. 귀족끼리 싸우게 되면 귀찮아져. 피타크가가 투항했다면, 리암에겐 받아들이는 것 말고는 선택지가 없어.)

제국에서는 귀족이 해적 이름을 대며 다른 가문의 영지를 어지럽히는 짓을 하는 경우는 적지 않았다.

그럴 때의 대처도 사전에 정해져 있다.

(귀족끼리 다투게 되면 귀찮아지지. 상대가 항복하면 그걸 받아들이는 게 제국 내의 암묵적인 규칙이다. 리암도 받아들이는 수밖에 없어.)

귀족의 원한을 사면 귀찮아진다. 그러니 해적 행세를 하며 날뛴 상대도 봐줄 필요가 있다.

하지만 리암은 어림도 없다는 얼굴이었다.

"피타크 가문? 어이어이, 너한테는 저놈들이 피타크가로 보이냐? 내 눈엔 그렇게 안 보이는데. 눈앞에 있는 건 전부 해적이다. ──아니냐?"

그 말을 들은 모니터 너머의 피타크가의 군인이 허둥거리기 시작했다.

「무, 무슨 소릴── 우리는 피타크가의──!」

마지막까지 듣지 않고 티아가 통신을 끊어버렸다.

갑자기 피타크 가문 따위는 없다고 말한 리암은 굉장히 즐거운 듯이 웃었다.

"저건 해적이다. 선량하고 훌륭한 귀족인 피타크가가 해적 흉내를 낼 리가 없어. 즉, 저놈들은 귀족을 사칭한 해적이다. 항복을 받아줄 이유가 어디에 있지?"

그 순간, 티아와 주위의 군인들이 눈을 크게 뜨고── 모든 것을 알면서도 리암의 명령에 따랐다.

티아는 기뻐서 웃음까지 짓고 있었다.

"실례했습니다. 그럼, 공격을 속행하겠습니다."

"당연하지. 전부 침몰시켜. 아니, 잠깐만. 재밌는 게 떠올랐어."

리암은 그대로 티아와 어떤 계획을 짜기 시작했다.

크루트는 피타크가와 싸울 결단을 한 리암에게 거듭 주의하듯이 확인했다.

"리암! 정말 괜찮겠지? 상대는 피타크가라고!"

리암의 행동은 피타크가── 그리고 그 관계자들과 싸우는 것을 의미한다.

그걸 모를 리가 없는데 리암은 웃고 있었다.

"당연하지. 그보다 이제 끝났네. 난 방에 돌아가서 쉴 거야. 크루트도 올 거지?"

크루트는 고개를 저었다.

"아니, 이대로 봐도 된다면 여기서 보고 싶어."

"그러냐. 마음대로 해."

태연하게 함교에서 나가는 리암을 지켜보니, 티아가 말을 걸어왔다.

"저게 리암 님이에요."

"진짜 영주 귀족은 정말 대단하네요. 저도, 그리고 아버지도, 벼락출세한 놈이라는 말을 듣는 이유를 잘 알았어요."

크루트는 자신은 리암처럼 결단을 내릴 수 없다는 것을 뼈저리게 느꼈다. 자신이었다면 여러 고민을 하고 피타크가를 용서했을 것이다.

하지만 리암은 고민하지 않는다.

"눈앞에 있는 건 그냥 해적이에요. 크루트 님도 그렇게 생각하면 돼요."

크루트는 리암과의 대화를 떠올렸다.

(내가 말하면 검은색도 하얀색이 되지. ──말하는 건 쉽지만 리암은 그걸 실현한 건가.)

리암이 말하면 피타크가도 그냥 해적 취급을 받는다.

그 말이 농담이 아니라는 것을 아는 것과 동시에 엄청난 각오를 짊어지는 것처럼 느껴졌다. 그때는 농담처럼 들렸지만, 지금이라면 잘 알 수 있다.

"강한 게 당연해. 각오부터가 달라."

크루트는 어느샌가 떨고 있었다. 리암과 적대하지 않아 다행이라 생각하면서도 싸워보고 싶다고도 생각했다.

정확하게는 검사로서는 싸우고 싶지만, 영주로서는 절대로 적대해서는 안 되는 상대라 인식했다.

손을 꽉 쥐었다.

"난, 리암한테 더 배우고 싶어."

레젤 자작가에서의 수행은 아무래도 부족했지만, 리암과 알게 되어서, 우호 관계를 맺은 것은 행운이었다고 크루트는 확신했다.

──그리고 피타크가의 함대와 해적단은 일부를 남겨두고 번

필드가에 의해 궤멸할 때까지 싸움은 계속됐다.

번필드가의 함대는 그야말로 무자비하고 철저하게 해적을 쳐부쉈다.

◇ ◆ ◇ ◆ ◇

방에 도착한 나는 소파에 앉아 편히 쉬고 있었다.

"그건 그렇고 해적 놈들도 바보구나. 하필이면 피타크가의 이름을 사칭하다니."

해적이 멋대로 귀족의 이름을 사칭하는 경우가 있다.

그런 짓을 하면 중죄다. 하지만 바보는 어디에든 있는 법이다.

분명 유명한 피타크가를 사칭하면 우리가 물러날 줄 알았을 것이다.

하지만 나는 피타크가를 알고 있다.

레젤 자작가에서 들은 이야기로는 그림으로 그려낸 듯한 명군이라고 한다. 선량하고 백성에게 다정하며 내정에 힘을 쓰는 가문이다.

후계자인 페터를 보고 알았는데, 개인의 무용에는 그다지 관심이 없는 집안일 것이다. 하지만 그 군대는 뛰어나고 강하다고 한다.

그런 가문의 사설군을 사칭한 것이 구식 함정밖에 없는 함대였다.

보통 있을 수 없는 일이고, 사칭할 이름을 잘못 고른 것이다.

분명 지금까지 귀족을 사칭해서 해적질을 했을 것이다. 이 얼마나 나쁜 놈들인가.

"그런 해적들보다 나쁜 게 바로 나지만~."

이 세계의 귀족의 본질은 우주 해적과 똑같다. 좀 예의 바르고 본거지를 제대로 관리하는 게 귀족이고, 방랑하며 멋대로 하는 것이 해적이다.

귀족과 해적은 본질적으로 똑같다. 각자의 힘을 가지고 다른 자들로부터 빼앗으며 살고 있다. 그걸 세금으로 징수하느냐, 빼앗느냐의 차이는 있지만.

그러니── 해적보다 귀족이 더 악질적인 악당이다.

그중에서도 나는 더 나쁜 귀족── 악당 중의 악당이다.

전투 중인 함내.

손님으로 동승한 에일라는 피난 장소로 끌려왔다.

베르만 남작가의 딸이라는 지위가 있어서 그런지 마련된 피난소에도 설비가 갖추어져 있었다.

이곳에 온 사람은 에일라뿐만이 아니었다.

시중을 드는 메이드에 더해── 니아스와 유리시아의 모습도 있었다. 둘은 병기공장의 관계자라서 에일라와 마찬가지로 특별한 피난 장소로 보내졌다.

에일라는 아까 전부터 의자에 앉아 두 사람의 대화를 듣고 있었다.

니아스가 유리시아에게 덤벼들고 있었다.

"이 피난소의 설계는 괜찮은 거야? 재질에 문제가 있다고 생각하는데?"

"내구 시험은 몇 번이나 했어요. 여차할 때도 버틸 수 있어요. 애초에 과잉 성능이라는 말을 알고 있나요? 당신들 제7의 인간들은 쓸데없이 성능에 고집하네요. 가성비라는 말을 모르세요?"

"비용을 중시해서 공을 덜 들이는 공장과는 다르지. 우리는 이해가 안 돼. 뭐, 그런 안일한 생각이니까 리암 님께 버림받는 거야."

우쭐거리는 니아스의 표정을 보고 유리시아는 이를 꽉 깨물었다. 받아치고 싶지만, 리암이 흥미를 잃은 건 사실이다.

"우, 우연히, 그때의 모습이 백작님 취향이 아니었을 뿐이에요."

니아스가 인정하지 않고 억지를 부리는 유리시아를 비웃었다.

그런 모습을 보고 있던 에일라는 두 사람에게—— 특히 니아스에게 궁금한 것을 물었다.

"리암 군은 어떤 여자를 좋아하나요? 니아스 기술 대위는 리암 군과 어릴 때부터 알고 지냈다고 자랑했었죠?"

니아스는 지적인 미녀처럼 보이도록 안경을 손가락으로 밀어올리면서 대답했다.

입만 안 열면 정말로 지적이고 쿨한 미녀로밖에 안 보인다.

"궁금한가요?"

"엄청!"

에일라가 그렇게 말하자 유리시아가 살짝 당황했다.

"베르만 남작의 따님이라고 해도, 백작님과 사귀시는 건 어렵지 않을까요? 백작님의 지위라면, 혼인이 가능한 건 최소 자작가부터예요. 혹시 측실을 노리는 건가요?"

신분 차이가 크면 결혼은 어려운 세계다.

하지만 에일라는 딱히 결혼 생각을 하진 않았다.

"내가 리암 군이랑? 설마."

니아스가 생각이 번뜩인 것처럼 결론을 냈다.

"아, 그럼 크루트 님인가요? 에크스나 남작가라면 시집갈 수 있으니까요. 향후 제7병기공장을 이용해주시면 저도 도와드릴게요."

자기 공장에서 상품을 사면 두 사람의 사랑을 응원하겠다──유리시아는 그런 말을 하는 니아스를 보고 기겁했다.

"정말 악착스럽네요."

"당신한테는 안 되지."

또다시 두 사람이 서로를 째려보기 시작하자 에일라는 고개를 갸웃했다.

"네? 아니에요."

유리시아는 에일라의 반응에 약간 위화감을 느꼈다.

"어라, 그런가요? 하지만 두 사람을 보는 시선이 어떻게 봐도 열정적이라 어느 한 사람에게 연심을 품는 게 아닐까 싶었는데요?"

유리시아도, 그리고 니아스도 에일라가 가끔 두 사람에게 보내는 시선을 보고 어느 한쪽에 연모의 정을 품고 있다고 생각하고 있었다.

다만, 에일라의 반응은 뭔가를 숨기는 기색이 없었다.

"설마요~. 전 남작가의 딸이긴 해도 이름뿐이라서, 둘과의 결혼 같은 건 생각 안 하고 있어요."

그렇다면 두 사람에게 보내는 열띤 시선은 무엇인가?

니아스와 유리시아는 서로의 얼굴을 마주 보고 고개를 갸웃거렸다.

피타크가와 해적들이 유린당하고 있을 무렵.

자기 영지로 귀환하던 페터와 동행한 카테리나는 당혹감을 숨기지 못했다.

데리러 온 함정은 전부 구식이고 겉모습도 성능도 나빴다.

그리고 후계자인 페터를 태우는 전함 '페터 3세'도 구식이었다.

내부 구조도 상당히 오래됐다.

몇백 년도 전에 건조된 전함이라는 것은 틀림없지만, 외관만은 손을 봐서 겉은 화려했다. 아마 외관만 봤다면 구식인 줄은 모를 것이다.

그런 구식 전함 안에서 페터가 이용하는 방은 쓸데없이 호사스러웠다.

쓸데없이 넓은 방, 휴게실, 파티홀—— 전함에는 필요 없는 설비가 많았고, 그런 설비가 원래 필요한 공간을 압박하는 게 명백했다.

덕분에 구식 전함의 성능은 더 떨어졌다.

그런데도 페터는 조금도 이해하지 못했다.

"이 몸의 전함은 최고지~?"

카테리나는 자랑하는 페터에게 대답하기 난처했다.

"이, 이건 꽤나 그…… 빈티지라 해야 할까, 앤티크네. 놀랐어."

최대한으로 쥐어짠 칭찬에 페터는 기분이 좋아졌다.

"대단하지~. 이 몸의 마음에 든 전함이야. 우리 군에 있는 것 중에서도 상당히 우수해서 말이야~."

카테리나는 페터의 말을 들으니 현기증이 났다.

(이게 우수하다고?! 얼마나 끔찍한 거야!)

제국 정규군이 불하하는 전함을 사도 페터 3세보다 고성능일 것이다.

이대로는 안 된다고 생각하여 카테리나는 페터에게 조언했다.

"나, 난 좀 더 작은 전함이 좋을 것 같은데. 순양함 같은 걸 추천해. 신형은 성능이 좋으니까 사보는 게 어때? 아, 군의 불하품도 싸고 좋아."

(이렇게 큰 표적을 타는 것보다 제국군의 불하 순양함이 더 나아. 아버님께 부탁해서 한 척 빌려 달라고 할까? 그렇게 하지 않으면 진짜 위험해.)

언제 사고가 나도 이상하지 않은 전함을 타고 있다는 사실에 카테리나는 불안해서 안절부절못했다.

하지만 페터는 말을 들어주지 않았다.

"순양함 같은 건 못 써. 이 몸이 산다면 초노급 전함을 사야지~. 하지만 우리한테는 제국이 안 팔아준단 말이지~."

"──어? 허가받은 거 아냐?"

들은 이야기와 달라 카테리나는 놀랐다. 피타크가를 조사한 자료에서는 제국으로부터 초노급 전함 구매 허가를 받았을 것이다.

"부탁했는데 안 팔아준단 말이지~. 진짜 제국은 쩨쩨해서 말이야~."

초노급 전함이나 항모의 요새급이라 불리는 초대형 함정은 제국이 인정한 영주에게만 팔았다. 이는 제국이 얼마나 그 가문을 믿느냐에 대한 척도이기도 하다.

이 이야기를 듣고 카테리나는 크게 당황했다.

(얘, 얘기가 다르잖아! 결혼하면 생활은 힘들지 않은 집이라면서! 애초에 정보가 전부 달라!)

페터의 이야기를 듣기만 해도 카테리나는 불안감에 짓눌려버릴 것만 같았다. 하지만 페터는 아랑곳하지 않고 상관없는 이야기를 했다.

"이 몸도 3년 동안 상당히 성장했어~. 이 몸의 물건도 전보다 두 배는 커져서──."

성적인 이야기를 하기 시작한 페터를 무시하고 카테리나는 앞일에 대해 생각했다.

(우선은 아버님께 연락해서 약혼 파기가 되는지 확인해야 해. 이대로 피타크가와 손을 잡으면 레젤가조차 영향을 받을 거야.)

카테리나는 이 상황에 공포를 느꼈다.

레젤가의 저택에서는 도착한 보고서를 읽고 있던 레젤 자작이 몸을 떨고 있었다.

거기에 적혀있는 내용은 처음에 봤던 내용과는 정반대였다.

"피타크가와 번필드가를 착각했다고?"

리암과 페터의 얼굴과 이름 외에는 뒤바뀐 듯한 보고서를 보니 떨림이 멈추지 않았다.

믿을 수 없다. 믿고 싶지 않다.

이럴 리가 없다. 어떻게 하면 이런 오류가 일어나는 건가?

하지만 자작은 고개를 저어 생각을 전환했다.

"바로 해적 놈들에게 계획 중지 명령을 내려야 한다. 빠, 빨리 하지 않으면 레젤가는 끝장이다."

이미 전투는 시작되었을 것이다.

상황이 이러면 해적을 버리고 레젤 자작가의 함대로 도우러 가서 은혜를 입히는 수밖에 없다.

그때 긴급 통신이 들어왔다.

「랜돌프 님!」

당황한 부하는 해적들이 대패했다는 보고를 전했다.

심지어 피타크가의 함대는 함선 대부분을 잃고 자작가에 도움을 구하고자 도망쳐왔다고 했다.

「피타크가가 도움을 청해서 우주항에서 보급과 정비를 시작했습니다. 하지만 수가 많아 물자가 부족합니다.」

"아, 안 된다. 당장 쫓아 보내라! 돕지 마라!"

부하는 생각과 다른 대답에 난처해했다. 레젤가와 피타크가와는 연을 맺은 지 얼마 되지 않았지만 이미 여러 협력관계를 맺고 있었다.

「예? 그러면 파티크가와 맺은 군사 동맹을 깨는 일이 됩니다.」

파티크가와 약혼함과 동시에 여러 조약을 맺었는데, 이 순간에 와서 역효과를 내자 레젤 자작은 머리를 싸맸다.

"이, 있을 수 없어! 이런 일은 있을 수 없어. 피타크가와 번필드가의 평가가 뒤바뀌어 있었다니! 그런 일은 있어서는 안 된다고!"

즉, 지금까지 매력적이라 생각했던 것은 전부 번필드가의 데이터였다. 그런 번필드가의 당주인 리암을── 레젤 자작은 계속 냉대해왔다.

마지막에는 파티에조차 들이지 않고 쫓아냈다.

그러나 레젤 자작에게 날아드는 나쁜 소식은 아직 멎을줄을 몰랐다.

카테리나에게서 긴급 연락이 날아왔다.

「아버님!」

지금은 딸을 상대할 상황이 아니라고 생각했는데, 막상 연락 내용을 듣자 레젤 자작은 더더욱 몸을 떨었다.

「피타크가의 영지에 왔는데, 여기 이상해! 발전은 전혀 안 되어 있고, 모든 게 들었던 거랑 전혀 달라. 지금도 빚쟁이들이 레젤 자작에게 피타크가의 빚을 일부라도 갚을 수 없냐고 물어보고 있어. 페터의 부모님은 제국의 수도성에 있는데, 연락했더니 내주라는 말만 하고 대화도 제대로 안 돼.」

느닷없이 빚을 떠맡기려는 피타크가의 태도도 황당하지만, 자작가에서 백작가의 빚을 갚으라는 건 너무 가혹한 이야기였다. 레젤가는 유복한 편이지만, 그 정도로 여유가 넘치는 것은 아니다.

「그, 그리고——!」

"아직도 뭐가 있느냐!"

더는 듣고 싶지 않다고 생각하는 레젤 자작에게 카테리나가 마무리 일격을 날렸다.

「페터가 있지. 성병에 걸려 있었어. 우, 우리 영지에서 유행하던 성병인 것 같아. 그, 그래서, 페터의 물건이 폭발해버렸어!」

그 이야기를 듣고 레젤 자작은 눈앞이 캄캄해졌다.

나는 12,000척의 함대를 몰고 에크스나 남작가의 영지로 왔다.

3,000척은 뒤처리를 위해 현장에 남겨두고 왔다.

하지만 막상 영지에 도착하니 뜻하지 않은 문제가 생겼다. 에크스나가에는 이만한 대규모 함대를 수용할만한 설비가 없었던 것이다.

「백작, 정말 면목 없소!」

수백 척을 이끌고 영지 주변을 맴돌던 해적단 토벌에 나선 에크스나 남작이 모니터 너머에서 고개를 숙였다.

백작인 나를 겸손하게 대하는 그 태도—— 싫지 않아.

"괜찮습니다. 제 영지에서 보급물자를 수송하겠습니다."

크루트도 전투를 보기 위해 함교에 있었다.

에크스나 남작이 크루트에게 시선을 보냈다.

「아들을 데려다주신 것도 모자라 해적 토벌도 도와주시니 감사할 따름이오.」

"신경 쓰실 것 없습니다."

이번에 크루트는 내 모함을 타고 첫 출전을 경험한다. 물론 그냥 보기만 한다. 첫 출전에서 돌격시킬 수는 없지 않은가.

에크스나가와의 교류를 맺는 겸 크루트의 첫 출전 경험도 쌓아주려는 내 배려다. ──귀족은 어찌 되었든 한번은 전투를 경험해야만 인정받는다. 출전 경험이 없으면 무시를 당한다. 참 어리석은 일이다.

에크스나 남작은 기사, 그리고 군인 출신이라 그런지 전쟁을 앞두고 태도가 침착했다.

그는 우리에게 최신 정보를 제공했다.

「최근, 놈들과 다른 해적단이 합류했다고 하오. 전력상으로는 수백 척이 증가했다는 보고를 받았소.」

"그놈들이라면 문제없습니다."

「뭔가 알고 있나?」

"레젤가에서 상대했던 녀석 중 일부를 일부러 도망치게 둬서 본거지를 찾고 있었는데, 놈들이 여기로 도망친 모양입니다."

놈들이 도망친 곳이 우리의 다음 목표인 해적의 요새였다.

내 곁에 있던 티아가 작전시간을 알렸다.

"리암 님, 곧 시간입니다."

난 에크스나 남작에게 양해를 구하고 통신을 끊었다. 그리고 함교에 있는 크루트에게 시선을 보냈다.

"크루트, 아버지가 있는 곳으로 안 가도 돼?"

"이쪽이 더 안전하니까 얻어 타래. 그리고 나도 리암의 전투 방식을 봐두고 싶으니까 여기가 좋아."

크루트는 참전하기 위해 함교에서 대기하고 있었지만, 에일라는 손님이라서 함내의 피난소로 이동시켰다. 다소 불편하겠지만 참아주길 바란다.

"그러면 여기서 첫 출진을 봐줘. 티아, 가자―― 출격이다."

"넷!"

초노급 전함―― 바르의 격납고는 엄청나게 넓었다.

여기가 전함 안이라는 걸 잊어버릴 것만 같았다. 마치 요새와도 같은 넓이였다.

그런 격납고에서 내 전용기인 어비드는 스포트라이트를 받고 있었다.

가장 큰 특징은 양어깨에 달린 큰 방패일 것이다.

통상적인 기동기사는 14m~18m 정도의 소형, 중형이 메인이지만, 어비드는 한층 더 큰 24m다.

덕분에 격납고에서도 다른 이들을 위압하는 듯한 중후한 느낌을 발하고 있었다.

덩치가 큰 만큼 공간을 많이 점령하지만, 내 전용기에 불평하는 놈은 없다. 왜냐하면 나는 여기에 있는 누구보다 신분이 높으니까.

파일럿용 파워드 슈트를 입고 어비드 앞에 가니 기체 점검을 하고 있던 니아스가 나를 알아차리고 다가왔다.

그녀는 무중력 상태인데도 격납고에서 자유롭게 움직이고 있었다.

"리암 님, 기체 상태는 만전입니다. 언제든지 출격할 수 있어요."

콕핏 앞에 와서 손으로 어비드를 만졌다.

"오랜만에 날뛸 수 있을 것 같구나. 니아스, 어비드의 정비, 고맙다."

그러자 니아스는 어비드에게서 시선을 떼고 격납고 주변을 둘러보다니 불평을 늘어놓았다.

"그렇게 생각하면 제7병기공장에서도 기동기사를 사주세요. 이 근처에 있는 기체는 전부 제3병기공장의 기체죠?"

니아스의 말대로다.

격납고에 늘어서 있는 것은 어비드 외에는 전부 제3병기공장에서 계약한 특별사양 기체였다. 군이라면 특수부대나 정예부대가 쓸법한 기동기사가 줄지어 있어서 장관이었다.

"외관은 양보할 수가 없다고."

"우리 공장이라면 더 성능 좋은 기체를 준비할 수 있는데요?!"

"너희는 외관을 도외시하니까 싫어."

제7병기공장은 성능을 중시하는 대신 외관은 거의 고려하지 않는 극단적인 공장이다. 어비드를 개발한 곳은 제7병기공장이지만, 그 외의 기체가 전부 미묘해서 곤란하다.

난 역시 외관에도 신경을 쓰고 싶다.

"다들 그런 말을 하면서 우리 공장에서는 안 사줘요. 외관으로 전쟁에서 이길 수 있나요? 중요한 건 실속이에요!"

"그럼 실속 있고 보기 좋은 기체를 만들어. 그렇게 하면 부르는 값으로 사지."

니아스가 언질을 잡았다는 듯이 나에게 얼굴을 가까이 댔다.

"말했죠! 잊지 마세요! 꼭 사셔야 해요!"

"너희가 만들 수 있으면 말이지! 뭐, 가망 없으니까, 포기해."

니아스가 '반드시 후회하게 해주겠다' 하고 불경한 말을 했지만 나는 모른척했다. 마음이 넓다거나 그런 게 아니다.

어비드를 완벽하게 정비할 수 있는 인재가 그만큼 귀중하기 때문이다.

대체 불가능한 인재는 이런 점이 있단 말이지.

어비드의 콕핏에 오르니 겉보기보다 널찍한 공간이 나왔다. 공간 마법으로 실제 공간보다 넓힌 것이다.

돈이 든 특별기만이 쓸 수 있는 옵션이다.

넓은 콕핏의 중앙에 뜬 시트에 앉으면 주위의 영상이 투영된다.

조종간을 잡으면 어비드가 파일럿을 스캔하고 건강 상태까지 체크한다.

기체가 본격적으로 기동하여 엔진이 윙윙 돌아가기 시작했다. 하지만 소음 차단 성능이 아주 좋아 약간 느껴지는 정도였다.

바깥의 상황을 보니, 어비드에 달라붙어 있던 정비사들이 떨어져 갔다.

니아스도 어비드에서 떨어져 손을 흔들고 있었다.

머릿속의 이미지로도 움직일 수 있는 어비드는 내가 조금이라도 반응하면 그렇게 움직인다.

──손을 흔들어주고 있었다.

"안 되겠군. 내 위엄이 떨어져. 좀 더 묵직한 태도로 악인답게 행동해야 해."

목표로 삼은 것은 악덕 영주지만 지금의 난 틀림없는 악당이다.

그러니 앞으로는 좀 더 위엄이나 분위기를 내도록 노력하자.

"그럼, 출격할 때까지 한가한데. ──응?"

시선을 향한 곳에는 제3병기공장의 기체에 올라타기 전의 티아와 유리시아의 모습이 있었다.

제3병기공장에서 산 기동기사는 어비드와는 달리 슬림한 체형의 중형 기체다.

크기는 18m 전후.

현행 주류인 고기동성 중형 기체가 갑옷을 입은 기사다운 모습을 하고 있었다.

특징은 망토형 추가 부스터다. 마치 날개를 단 기사처럼 보였다.

외관은 회색으로 통일되어 있었다.

투구를 쓴 듯한 심플한 머리 부분에 달린 카메라아이는 I자 모양이었다.

왼손에는 방패를 장비했고, 방패 안쪽에는 검이 들어있다. 오른손에는 라이플이 들려있었다.

정예를 위해 준비한, 양산기 중에서도 최고 성능을 갖춘 기체다.

정예부대를 통솔하는 사람은 티아다. 지금은 파일럿 슈트 차림으로 유리시아에게 기체 설명을 듣고 있었다.

"제3병기공장이 자랑하는—— '네반'타입입니다. 제국 특수부대에도 납품 예정이니 성능은 보증해요."

"수치만 봐서는 나무랄 데가 없네. 그리고 무엇보다 퍼스널 컬러가 좋아. 하얀색과 파란색의 컬러링이 정말 멋지게 나왔어."

티아는 퍼스널 컬러가 허용되었고 기체도 개조되어 있었다. 외관도 일부 변경되어 다른 기체보다 더 높은 성능으로 만들어져 있었다. 그래서 이 순백의 기사는 머리 부분도 다른 기체들과 달리 날씬한 바이저와 뿔이 달려있었다.

하지만 가장 큰 차이는 방패가 없다는 점일 것이다.

적의 공격은 전부 피하면 그만이라는 자신감의 표출이었다.

유리시아는 전투 전이라 분주한 격납고의 분위기가 익숙하지 않은 듯했다.

티아가 불안해하는 유리시아에게 미소를 지었다.

"어머, 실전은 처음?"

"당연하죠. 바르가 아니었다면 단기간이라고 해도 전장 파견은 거절했을 거예요."

초노급 전함 안이라면 전장에 있다고 해도 비교적 안전하다고 생각하는 모양이다.

하지만 바르가 아무리 대단해도 절대적이진 않다. 유리시아는 진정이 안 되는 눈치였다.

"리암 님의 싸움을 가까이에서 볼 수 있으니까 더 좋아하라고."

유리시아가 곧장 무리라고 대답하며 고개를 저었다. 그녀가 느끼는 불안은 그것만이 아니었다.

리암 일행 모두가 인수한 지 얼마 되지도 않은 기체를 타고 해적들과 싸우려 하는 게 너무나도 충격적이었다.

"정말 기종 전환 훈련을 끝마치신 건가요? 갑자기 실전에 나서면 제아무리 뛰어난 기체라도 성능을 충분히 발휘할 수 없어요."

유리시아는 티아 일행을 걱정했지만, 티아는 대수롭지 않다는 듯 대답했다.

"교육 캡슐까지 이용해서 훈련했으니 괜찮아. 시뮬레이터도 했고. 남은 건 실전 운용뿐. 오히려 잘된 거 아니야? 당신이 자랑하는 기체를 실전을 통해 직접 확인할 기회잖아."

이제 곧 실전에 들어가는데 티아는 고양되어 있었다.

몸에 달라붙는 디자인이지만, 파일럿 슈트에는 파워드 슈트 기능도 달려있다. 그래서 기사들은 기체에 타는데도 검, 창과 같은 무기까지 챙기고 있었다.

유리시아는 기가 막혔다.

"아무리 기체 조정을 끝마쳤다지만, 다들 시험 운전도 없이 전쟁에 나서는 거잖아요?"

"리암 님이 그걸 바라신다면 그에 응하는 게 우리의 사명이야. 그리고 난 리암 님께 전용기 허가를 받았어. 그만한 가치를 보여 줘야만 해."

티아는 자신의 전용기를 보고 넋을 잃었다. 그리고 서서히 얼굴이 험악해지고 굉장히 차가운 미소를 보였다.

"이 기체로 해적들을 없앨 생각을 하면―― 후후후!"

유리시아는 해적에게 증오를 품은 티아를 보고 무서워했다.

"아, 안 무서워요?"

티아는 긴 금발을 휘날리며 돌아봤다.

녹색 눈동자가 요사스러운 빛을 발했다.

"왜? 재밌는 건 지금부터인데!"

티아의 목소리가 격납고 안에 울리자 다른 기체의 카메라아이가 일제히 빛나기 시작했다. 마치 티아의 말에 동의하는 것 같았다.

티아 이외의 양산기들의 I자 카메라아이가 괴이한 빛을 뿜고 있었다.

◇ ◆ ◇ ◆ ◇

　해적단 요새 안에는 레젤가의 영지에서 도망쳐온 해적단 단장과 부하들이 현지 해적들과 마주하고 있었다.

　요새의 주인인 두목은 전자담배 같은 기계를 물고 연기를 뿜었다.

　단장은 자신의 입지가 약하다는 것을 이해하고 자신을 낮추었다.

　"고마워, 형제! 네 덕에 목숨을 건졌어."

　두목은 단장을 보고 코웃음 쳤다. 둘은 아는 사이였고 형제 같은 관계였다. 하지만 두목은 판단을 그르쳐 부하 대부분을 잃은 단장에게 차가운 태도를 보였다.

　"귀족 꼬맹이한테 지고 도망쳐오다니, 너도 무뎌졌구나."

　"──며, 면목 없어. 하지만 그놈은 강했어. 마치 정규군 못지 않았다고!"

　"글쎄다. 그보다 여기에 왔으니 내 밑으로 들어와라. 지금까지처럼 형제 대우는 안 할 거다."

　"이봐, 그건!"

　"고작 100척도 안 되는 해적단의 단장이 이 요새와 3,000척의 해적단을 통솔하는 나와 대등할 리가 없잖아?"

　지금까지는 레젤가와 친하게 지냈던 덕분에 단장의 지위가 어느 정도 위였다.

하지만 해적단 대부분을 잃고 조직력이 크게 저하된 단장으로서는 거스를 수 없었다.

"아, 알았다."

"그걸로 됐어. 그래서, 어디 사는 누구에게 싸움을 건 거야? 분명 이름 있는 귀족이겠지?"

비웃는 두목과 부하들 앞에서 단장은 말했다.

"번필드라는 가문이야. 리암이라는 꼬맹이가 당주 노릇을 하고 있어. 들은 정보로는 그냥 꼬맹이였는데——."

단장은 꼬맹이에게 졌다고 하면 비웃음을 살 줄 알았다. 하지만 두목과 그 주위의 부하들의 분위기가 이상했다.

두목이 갑자기 몸을 떨기 시작하고 입에 물고 있던 전자담배를 떨어뜨리고 말았다. 떨리는 손으로 단장을 가리키며 굳은 표정을 지었다.

"버, 번필드라고?! 설마 리암 세라 번필드를 말하는 건 아니겠지?!"

리암의 이름을 외치는 두목은 눈에 띄게 당황—— 아니, 공포에 떨고 있었다.

단장은 이해가 안 됐다.

"놈을 알고 있나?"

"놈을 아냐고? 웃기지 마라! 리암이라고 하면 그 고아즈를 죽여서 이름을 날린 놈이잖아. 넌 싸움을 걸 상대도 못 고르는 거냐?"

두목이 큰 소리를 내자 방에 무장한 남자들이 들어왔다. 실력 있는 경호원들에게 둘러싸인 단장 일행은 두목이 두려움에 떠는 이유를 알 수 없었다.

"이, 이봐, 이게 뭐 하는 짓이야!"

"'해적 사냥꾼 리암'── 해적을 눈엣가시로 여기고 닥치는 대로 죽이는 위험한 놈이라고. 그런 놈을 건드리고 내 요새에 오다니, 너 때문에 다 죽게 생겼다고!"

두목은 직접 권총을 들더니 그대로 방아쇠를 당겨 단장을 쏘아 죽여버렸다. 공포에 사로잡혀서인지 몇 번이나 방아쇠를 당겼다.

"너 때문에, 너 때문에!"

두목은 리암의 이름을── 그 별명과 함께 알고 있었다.

해적을 절대로 용서하지 않는 남자로.

단장과 그 부하들을 다 죽이니 부하가 방에 뛰어 들어왔다. 한순간 처참한 광경이 펼쳐진 방을 보고 놀란 모습을 보였지만, 바로 보고를 시작했다.

"두, 두목, 큰일이야! 에크스나가의 함대와, 버, 버버버, 번필드가의 함대가 요새에 오고 있어!"

그 보고를 들은 두목은 얼굴에서 핏기가 싹 가셨다.

벽 한 면이 모니터로 되어 있어서 바깥의 영상을 비추니──거기에는 번필드가의 가문이 그려진 함정이 요새에 밀려오고 있었다.

"──당장 통신을 열어라. 하, 항복이다."

두목의 명령에 부하들이 분주하게 움직이기 시작했다.

◇ ◆ ◇ ◆ ◇

바르의 함교.

요새 안의 해적한테서 통신이 들어왔는데, 즉시 항복한다는 내용이었다.

「부탁이야! 항복할 테니까 봐줘. 우린 너희를 건들지 않았어. 도망쳐온 놈들과는 무관해!」

요새까지 보유한 규모가 큰 해적단을 통솔하는 두목이 필사적으로 사죄했다.

그를 상대 중인 사람은 함대 지휘를 위임받은 사령관이었다.

리암과 티아가 부재중이면 군인인 사령관이 전체 지휘를 한다.

사령관은 자신의 의자에 앉아 커피를 마시면서 두목을 상대했다.

"호오, 꽤나 재밌는 이야기군."

해적들은 전투를 회피하려고 필사적이었다. 리암과 싸워서 살아남은 해적들은 없기 때문이다. 그들도 한 명도 남김없이 근절하는 번필드가의 방식을 알고 있을 것이다.

「당신들을 거스른 남자의 목은 베었다. 바로 보내겠다. 뭣하면 보물도 전부 넘겨줄 수도 있어! ——항복을 받아줘.」

침착한 총사령관과는 달리 두목은 대량의 땀을 흘리면서 필사적으로 애원했다.

「뭐든 당신들이 하라는 대로 할게.」

그 말을 들은 사령관이 웃기 시작했다.

해적 두목은 부탁이 통했나 생각했지만, 그건 착각이었다.

"잠꼬대는 자면서 해라. 애초에 도망친 해적 같은 건 아무래도 상관없어. 우리는 에크스나 남작가에서 설치는 해적들을 박멸하러 온 거니까. ──에크스나가의 영지에서 하고 싶은 대로 해놓고 지금 와서 목숨을 구걸하는 건 보기 흉하지 않나?"

「뭐, 뭐라고?」

"우리가 그런 해적들을 어떻게 하는지 알고 있나?"

「자, 잠깐! 우리는 당신들을 건든 적이 없어! 번필드가의 영지에는 절대로 다가가지 않도록 했다고. 그, 그러니까──!」

"해적과 교섭은 하지 않는다. 우리한테서 도망친 해적을 넘긴다고 해도 그건 변하지 않는다. 애초에 그놈은 우리가 놓친 게 아니야. 도망치게 둔 거지. 운이 나빴군."

「운이라고? 겨, 겨우 그런 이유로 우리를 죽이는 거냐!」

"그렇다. 그것이 리암 님의 명령이다."

「우, 웃기지 마라! 네놈들이 얼마나 잘났다고 생각하는 거냐. 우리 목숨을 가지고 놀고, 뭐 하는 짓거리냐!」

사령관은 리암의 말을 해적 두목에게 전했다.

"해적한테는 목숨 구걸 매뉴얼이라도 있는 건가? 너희의 목숨 구걸은 질렸다. 리암 님께서 그런 너희들을 위해 정형문을 준비하셨으니 내가 읽어주도록 하지. '내 앞에 나온 너희 잘못이다', 라고 하신다. 나도 리암 님을 적으로 돌린 너희를 조금은 동정해 주지."

두목이 뭔가를 소리쳤지만, 사령관은 일방적으로 통신을 끊고 한숨을 쉬었다.

"정말 보기 흉하군요. 가끔은 죽음을 각오하는 성가신 해적들도 있지만, 요새에 틀어박혀 나쁜 짓을 하는 놈들의 수준이야 이런 거겠죠."

사령관과 두목의 대화를 듣고 있던 크루트는 손을 꽉 쥐고 있었다.

고개를 숙이고 이를 꽉 깨물고 있었다.

"──가족과 백성들을 괴롭힌 놈들이 이런 놈들이었다니, 자신이 한심해집니다. 그들에게도 이유가 있겠지만, 납득이 안 됩니다."

크루트는 해적들에게 분노를 느꼈다. 마치 리암의 영지가 아니면 멋대로 해도 용서받는다는 듯한 말투였다.

에크스나가의 피해는 전혀 마음이 아프지 않은 모양이다.

사령관은 크루트를 보고 어딘가 안심한 듯한 표정을 지었다.

"크루트 님도 분명 좋은 영주가 될 겁니다. 자질이 충분히 있습니다."

"그러면 좋겠네요."

"리암 님이 친구라 인정하신 분입니다. 자신감을 가지시는 게 어떻습니까?"

크루트는 친구라 불려 왠지 현실감이 느껴지지 않았다.

(난 리암의 친구가 될 수 있을까? 아무것도 모르는 나에게 여러 가지를 가르쳐준 리암과 대등한 관계가 될 수 있을까?)

크루트는 고개를 젓고 사령관에게 솔직한 마음을 이야기했다.

"전 친구라 불릴 정도로 리암의 힘이 되어줄 수 없습니다. 수행지에서도 항상 배우기만 했습니다. ──언젠가 저도 리암 같은 진짜 귀족이 되고 싶군요."

크루트는 어떤 때에도 자기 생각을 굽히지 않고 악을 용서하지 않는 그 마음을 동경했다.

입은 좀 험하지만, 크루트에게 있어서 리암은 그야말로 마음에 그리던 이상적인 귀족이다.

사령관은 미소 짓고 있었다.

"리암 님은 수행지에서 훌륭한 친구를 찾으신 것 같군요. 저희도 안심했습니다. 실은 조금 걱정했습니다. 다른 가문을 흉내 내며 길을 잘못 들지는 않을까 하고."

"리암이? 그럴 일은 없어요. 리암은 레젤가에서도 자기 생각을 관철했어요."

"그 말을 듣고 더더욱 안심했습니다. 역시 리암 님입니다. 곧장 나서서 출격하는 점은 여전하신 것 같지만요. ──그럼."

사령관이 모자를 고쳐 썼다.

"──작전을 시작할까요."

대기하고 있던 함대가 움직이기 시작했고, 기동기사들이 차례차례 출격했다.

적 요새의 공격도 시작되어, 이렇게 요새 공략이 시작되었다.

◇ ◆ ◇ ◆ ◇

바르의 격납고에서 출격하여 바깥으로 나오니, 함대전과는 다른 경치가 펼쳐졌다.

함대가 요새를 에워싸고 있었다.

자원위성을 재활용한 요새는 고정포대로 아군에게 대응 사격을 했다.

광선이 잇따라서 덮쳐오고 파편이 실린 폭탄이 날아오기도 했다. 지름 수십 m의 위성을 돌격시키기도 했다.

그런 위성을 어비드가 쥔 레이저 블레이드가 양단했다.

"──맥빠지는 수행 탓에 조금 무뎌졌군. 내 영지에서 생활하는 편이 나았겠네."

일섬류 수행을 만족스럽게 하지 못한 게 뼈아프다.

돌아가면 다시 단련해야겠다.

해적의 요새가 마치 고슴도치처럼 방어를 굳혔다.

"확실히 이건 공략이 어렵군."

하지만 리암의 입에서는 자연스럽게 웃음이 새었다. 최근에는 싸울 맛이 안 나는 적들뿐이었기 때문이다. 그리고 함대전과는 다른 양상이라는 점도 흥미로웠다.

레이저와 빔의 빛이 어비드를 직격했지만, 양어깨에 단 쉴드가 필드를 발생시켜 전부 막았다.

어비드에게 광학병기는 닿지 않는다.

"자 그럼, 어쩔까. 내가 돌격해도 되는데……."

막무가내로 돌격해도 좋지만, 요새 공략의 양상을 봐두고 싶은 마음도 있었다. 어느 쪽을 우선해야 하는가?

골똘히 생각하고 있으니 티아가 탄 기동기사가 다가왔다.

「리암 님, 요새 내부 침입을 개시하겠습니다.」

"벌써 들어갈 수 있어?"

「네. 육전 부대를 보내겠습니다.」

외부에서 교전 중인 틈을 타 기동기사와 병사들을 요새로 보내 내부를 제압할 모양이다.

"그런 게 가능해?"

「물론입니다. 다만, 요격 시스템 일부를 무력화하고 돌격한다고 해도, 시간제한이 붙습니다.」

"그거 보고 싶은데. 나도 끼워줘."

「네, 네? 하지만 리암 님이 하실 일이 아닙니다.」

"아니, 내가 제일 먼저 들어간다. 친히 어비드로 행차해주지."

요새 공략을 가까이에서 보는 김에 돌격도 할 수 있으니 일석이조다.

◇ ◆ ◇ ◆ ◇

육전 부대를 태운 소형정.

이제부터 해적들이 기다리는 요새로 돌격하는데, 투박한 파워 드 슈트를 입은 병사들은 긴장하고 있었다.

우락부락한 여성 대장이 헬멧의 바이저를 열고 외쳤다.

"지금부터 적 요새 안으로 돌격한다! 너희와 마찬가지로 많은 부대가 적에게 공격당할 것이다. 무사히 요새까지 갈 수 있도록 기도해둬라!"

소형정은 장갑을 두껍게 두르고 있고 스텔스 기능도 탑재했다.

하지만 격추당하지 않는다는 보장은 없다.

그리고 적 요새 내부에 침입한다고 해도, 그곳은 적의 본거지다.

가혹한 임무였다.

여성 대장이 작전을 알리고 있으니 긴급 통신이 들어왔다. 상대는 티아── 우리에게 있어서 구름 위에 있는 것과 마찬가지인 존재다.

여성 대장이 경례했다.

"무슨 일이십니까?"

「작전이 변경되었어. 리암 님께서 가장 먼저 돌격하시겠대. 기뻐해. 너희를 요새까지 직접 데려다주실 모양이야.」

"그, 그건……."

「거부권은 없어. 빨리 어비드 뒤로 붙어.」

하고 싶은 말만 하고 통신을 끊어서 여성 대장은 놀라면서도 체념한 표정을 지었다. 그녀는 이전에 고아즈 해적단에서 리암과 함께 전함 내부로 침입한 경험이 있었다.

"너희들, 들었지. 리암 님께서 우리를 적 요새까지 인도해주신다. 실패는 용납하지 않는다!"

◇ ◆ ◇ ◆ ◇

요새 내부에서는 해적들이 필사적으로 저항하고 있었다.

번필드가는 해적에게 자비를 베푸는 법이 없으며, 투항도 받지 않는다. 싸우는 수밖에 없다.

"어떻게든 놈들을 쳐내라! 반드시 막아라!"

두목이 요새 사령부에서 언성을 높여 명령하고 있으니 부하 한 명이 외쳤다.

"저, 적이 돌격대를 보냈습니다! 요격 시스템으로는 막아낼 수가 없습니다!"

두목은 그 정보를 듣고 바로 해적들을 보내기로 했다.

"통로에 아군을 배치해라. 들어오면 벌집으로 만들어줘라!"

대체 언제까지 버틸 수 있을까? 몇 달간 버티다가 상황이 변해 번필드가가 철수하는 것이 두목의 소원이었다.

(어떻게든 시간을 번다. 그게 아니면 살아남을 길이 없다!)

함대에 포위당해 이미 도망칠 곳은 없다.

해적들은 필사적으로 저항을 계속했지만, 적의 돌격대가 아군을 차례차례 격파하고 밀고 들어왔다. 밖에 있던 아군이 물어뜯기듯이 꿰뚫렸다.

"칫, 바로 원군을 보내라!"

소형정이 요새에 닿으면 거기서부터 전선이 무너진다.

두목은 필사적으로 명령을 내렸지만——.

"아, 안 됩니다. 적이 멈추지 않습니다!"

부하의 울 것 같은 목소리가 사령부에 울렸다.

"거슬린다아아아!!"

하얀색과 파란색으로 컬러링 된 기동기사를 조종하는 티아는 가늘고 날카로운 레이저 블레이드로 해적이 탄 기동기사를 찌르고 다녔다.

등에 달린 날개 같은 추가 부스터가 펼쳐져 노즐에서 빛을 뿜으니 정말 날개를 펼친 것처럼 보였다.

티아의 기체가 지나가니 적 기동기사에 구멍이 뚫리고 폭발을 일으켰다.

하얀 기체가 지나갈 때마다 적 기체가 폭발했다.

그런 와중에 도망치는 기동기사를 발견한 티아는 등을 짓누르듯이 붙잡았다.

"아핫! 잡았다!"

그 하얗고 아름다운 기체가 티아의 거친 조종으로 인해 적에게는 악마처럼 보일 것이다.

「사, 살려줘!」

티아는 콕핏 안에서 차갑게 웃었다.

"너희의 목숨 구걸이 우리의 마음을 달래주는구나!"

무자비하게 콕핏을 꿰뚫으니 적은 바로 움직이지 않게 되었다.

티아는 그런 적을 걷어차고 다음 사냥감을 찾았다.

"나쁘지 않은 기체네. 마음에 들었어."

제3병기공장에서 산 기체의 움직임은 나쁘지 않았다.

잇따라서 무리 지어 오는 적을 어렵지 않게 격파할 수 있다.

해적에게 붙잡히기 전에 타던 기체보다 고성능이었다.

해적으로 전락한 기사들이 탄 기동기사 두 기가 티아에게 동시에 덤벼들었다.

「대장은 너냐!」

「겁도 없이 날뛰는구나!」

험악하게 개조된 해적들이 탄 기동기사가 티아가 탄 기체를 블레이드로 찌르려고 했다.

하지만 티아는 왼팔로 한 기를 튕겨내고, 레이저 블레이드로 다른 한 기의 콕핏을 꿰뚫었다.

그리고 튕겨낸 기체는 다리 부분에 장치된 숨겨진 무기로 동체를 반으로 갈랐다.

"이런 실력으로 뭘 하겠다는 거지? 그럼, 다음 사냥감은——
아아, 저게 좋겠네."

티아가 발견한 것은 해적선이었다. 페달을 꾹 밟아 빠르게 접
근해서 해적선이 요격하기 위해 한 공격을 전부 피했다.

그리고 함교에 레이저 블레이드를 꽂았다.

함교에 있던 해적들이 비명을 지르기 전에 증발하여 명령이 사
라진 해적선은 혼란에 빠져 움직임을 멈췄다.

거기에 라이플로 바꿔 들어 공격했다.

해적선 한 척을 파괴하고 티아는 자신의 스코어를 확인했다.

"——30기에 6척. 아직 부족해!"

혼자서 기동기사 30기, 해적선 6척을 침몰시켰지만, 아직 그녀
는 만족할 수 없었다.

1위로 표시된 리암의 이름 옆에 뜬 스코어가 격하게 변해 갔다.

티아가 기체의 방향을 바꾸니, 리암의 어비드가 날뛰는 모습이
눈에 들어왔다.

어비드가 레이저 블레이드를 휘두르자 기동기사 몇 기가 휘말
려서 한꺼번에 파괴되었다.

양손에 레이저 블레이드를 들고 날아다니기만 해도 주위의 적
이 차례차례 파괴되어 갔다.

「자, 계속 나와봐라!」

큰 소리로 웃는 리암의 목소리가 들려왔다.

리암의 격추 스코어는 더 늘어나 있었다.

티아는 몸을 비비 꼬며 볼을 빨갛게 물들였다.

"이 얼마나 훌륭한 활약인가요. 이 티아도 질 수 없어요!"

티아는 다음 사냥감을 정하고 덮쳤다.

"여기냐!"

적 요새로 돌격하여 출입구를 찾은 나는 어비드를 선행시켰다.

출입구는 해치로 닫혀있었고, 표면은 정성스럽게 위장되어 있었다.

"여기로 들어가면 되겠지."

어비드가 레이저 블레이드로 해치를 베니, 절단된 곳이 붉게 빛나며 녹아내렸다.

해치를 갈가리 찢고 나니, 안쪽에서 해적선이 이쪽으로 주포를 겨누고 있었다.

주포는 어비드를 향해 사정없이 불을 뿜었다.

정확히는 불이 아니라 빛이지만, 아무튼 광학병기의 빛이 눈부셨다.

공격이 어비드를 밀어내려 했지만, 리암이 페달을 천천히 밟으니, 어비드가 그 빛 속을 뚫고 나아갔다.

놈들에게는 공격조차 뚫고 다가오는 어비드의 모습은 그야말로 공포일 것이다.

"왜 그러나? 이래서는 어비드를 막지 못할 텐데!"

해적선은 요새 안 케이블을 연결해서 얻은 에너지로 주포를 끝없이 뿜어냈지만, 어비드를 물리치기보다 먼저 포신이 새빨갛게 되어 녹기 시작했다. 레이저 등의 광학병기를 쏘는 곳도 마찬가지로 녹거나 고장 나서 불꽃을 튀겼다.

결국 어비드가 해적선에 도달하여 머니퓰레이터로 선체를 만졌다.

"잡았다."

어비드 뒤에 마법진이 수없이 떠올랐고, 미사일 포드가 튀어나와 미사일을 뿜어내며 주위에 있던 해적선과 기동기사를 모조리 날려버렸다.

이렇게 요새의 출입구를 하나를 점령했지만, 공격이 과했는지 폭발의 충격으로 당장이라도 무너질 것만 같았다.

"너무 과했군. 다음엔 좀 더 스마트하게 할까."

반성하며 뒤를 보니, 거기서 기동기사와 소형정이 속속 침입해 왔다.

기사 한 명이 나를 칭송했다.

「역시 대단하십니다, 리암 님! 이곳을 통해 요새 내부로 침입하겠습니다.」

티아가 아닌 다른 기사다.

"내 적수가 안 돼. 그보다 티아는 어떻게 됐지?"

「소형정의 돌격 루트를 확보하기 위해 밖에서 싸우고 있습니다.」

"흠. 뭐, 됐나."

이곳은 해적선도 드나드는 통로라서 어비드도 문제없이 이동할 수 있다.

그대로 요새 안쪽으로 나아가니 또다시 해적선과 기동기사가 기다리고 있었다.

해적선에서 공개 회선으로 내는 목소리가 들려왔다.

「여기서부터는 한 발짝도 못 지나간다! 얘들아, 쳐라!」

기동기사가 총기를 들고, 해적선 세 척이 주포를 겨눴다. 아까와 마찬가지로 다들 요새 내부에서 에너지를 공급받는 듯했다.

하지만 리암은 쓸데없는 짓을 반복하고 싶지는 않았다.

"미안하지만 못 놀아주겠어. ──어비드, 해치워라."

어비드의 양어깨에 있는 큰 방패가 가동하자 어비드를 감싼 희미한 빛의 구체가 서서히 늘어났다.

해적들은 내가 무엇을 하는지 알아차리지 못한 눈치였다.

「배리어 정도로 같은 편을 지킬 수 있다고 생각하지 마라. 여기가 너희의 무덤이── 뭐, 뭐지?!」

펼쳐진 필드가 해적들의 공격을 튕겨내는 것은 물론이고──그대로 넓어져 해적선과 적의 기동기사를 뭉개버렸다.

필드가 구체 형태로 넓어져 벽과 천장을 억지로 밀어내 균열이 생겨났다.

그대로 해적들을 뭉갰고, 요새 안에서 폭발이 일어났다.

"이것도 과한가. 다음엔 어떻게 할까."

후방에 있던 아군은 무사했지만, 어비드의 성능이 너무 뛰어난 탓에 일을 과하게 저질러버린다. 어비드도 일섬류와 마찬가지로 봐주는 게 어렵다.

그렇게 앞으로 나아가니 뒤에서 따라온 소형정들이 서서히 좁은 통로에 침입해 병사들을 내려서 내부 제압에 착수했다.

그리고 내가 앞서 가장 안쪽으로 들어가니, 거기에는 굉장히 넓은 방이 있었다.

해적선의 정박장소인가? 아니면 정비나 보급을 하는 곳인가?

해적선은 이미 나가서 없었고, 몇 척의 전함이 남아있을 뿐이었다.

방에 위아래 구분은 없었고 벽을 지면 대신 썼으며 설비가 마련되어 있었다.

그중에는 탑을 세워 전함을 나란히 정박시켜 닭꼬치가 생각나게 만드는 형태의 설비도 있었다.

어비드와 수십 기의 아군을 데리고 침입했는데, 우리가 들어온 해치가 닫혀버렸다.

「리암 님, 물러나십시오!」

기사들이 어비드 앞으로 나오자 숨어있던 해적들이 개조한 소형 기동기사를 타고 대량으로 나타났다.

"매복인가?"

소형 기동기사들을 지휘하는 자는 아무래도 기사였다가 해적이 된 자인 모양이다. 즉, 지금까지 상대해온 적보다 강한 적들이다.

「기다리고 있었다. 좁은 요새 안에서는 소형이 더 움직이기 쉽지. 그런 대형기는 생각대로 움직일 수 없을 거다!」

대형기인 어비드는 요새 내부에서는 활약하기 어렵다고 생각한 모양이었다.

객관적으로 보면 대형기가 불리하다.

해적들이 탄 둥그스름한 형태의 소형기들은 좁은 공간에서 싸우는 것을 고려하여 설계되었다.

보통은 굉장히 성가신 함정이었을 것이다. 보통은 말이다.

"이참에 너희의 실력을 봐둘까."

「넵!」

어비드를 보호하듯이 앞에 나선 내 기사 후보들은 각자의 무기를 기동기사에게 들리더니──그대로 해적들에게 돌격했다.

그때부터 내 기사들과 해적들의 싸움이 시작되었다.

"하핫! 팍팍 쓰러뜨려라! 해적을 몰살한다!"

제3병기공장의 기동기사의 성능을 볼 기회다.

리암 앞에서 싸우는 기동기사들.

그 파일럿 중 한 명은 기사 후보였다.

남자이며 젊지만, 턱에 수염을 기르고 있었다. 부대를 지휘하는 처지라 위엄을 보이려고 일부러 기른 것이다.

하지만 그는 속으로는 자기가 나설 차례가 와서 안도하고 있었다.

(여전히 가장 앞에 나서서 적들을 베어나가는 모습이 멋지시군. 하지만 이대로 리암 님 뒤에 숨어있다간, 동료에게 일 좀 하라는 불평을 산다!)

적 요새 안으로 앞다투어 뛰어들어 모두의 앞에서 나아가는 어비드의 모습은 실로 믿음직했다.

그도 그런 주인의 모습을 자랑스럽게 여겼다.

(자, 우리도 일해볼까!)

하지만 원래 주인을 지키는 처지인데 주인에게 보호받는 건 굉장히 답답한 일이었다. 활약할 기회가 생겨서 다행이었다.

"얘들아, 리암 님의 명령이다. 제대로 일해라."

「넵!」

부하들이 일제히 대답했다.

대장기에 탄 남자기사는 방패에서 검을 뽑아 그대로 둥글둥글한 기동기사를 베려고 달려들었다.

적은 양손에 기관단총 같은 총기를 가지고 있었고 총구 아래에는 도끼가 달려있었다.

근거리, 중거리에서 싸울 수 있는 무기를 고른 모양이다.

해적들은 민첩한 기체로 중형기를 농락하기 위해 여기저기로 움직였다.

하지만 남자기사 일행이 탄 것은 최신예 기동기사다.

"우리가 구식 장비였다면 통했겠지만, 안타깝게도 신형이거든. 얌전히 죽어라."

검이 적 기동기사의 두꺼운 장갑을 가르고 콕핏을 꿰뚫었다. 적 기동기사가 움직임을 멈추자 대장기는 볼일이 끝났다는 듯 발로 차서 치웠다.

다음 적들이 곧장 달려들었지만, 후방에서 라이플을 들고 있던 아군이 그들을 쏘아 격추했다.

해적들의 당황한 소리가 들려왔다.

「어, 어떻게 장갑을 뚫는 거지?! 이건 특제 장갑일 텐데!」

적 기체는 아무래도 장갑을 특별히 두껍게 만든 모양이다.

대장기는 왼팔에 든 방패를 뒤로 당겼다가 힘을 실어서 적을 때렸다. 방패 끝부분이 희미한 빛을 내면서 그대로 적에게 꽂혔다.

꿰뚫린 적 기동기사는 마치 피라도 흘리는 것처럼 기름을 주위에 흩뿌렸다.

무중력 공간에서 기름이 춤췄다.

"그야 우리도 특제니까. 기본 성능이 다르다고."

차례차례 적을 격파하니 해적들이 도망치기 시작했다.

하지만 아군의 라이플은 그들을 놓치지 않았다.

리암의 군대는 양산기들마저도 압도적인 성능 차이를 자랑하고 있었다.

두목은 사령부의 거대 모니터로 아군이 파괴되어 가는 광경을 보고 있었다.

신형 기동기사들이 해적들이 탄 소형 기동기사를 차례차례 파괴해 나갔다.

기체 성능은 물론이고, 무엇보다 파일럿의 기량이 달랐다.

해적들을 향한 살의가 엄청나서 사령부의 해적들은 겁에 질렸다.

이러는 동안에도 소형정은 잇따라서 요새 내부로 침입했고, 밖에서는 번필드가의 함대가 몰아치고 있었다. 요새에 설치된 요격 시스템은 순식간에 파괴되어 시간도 벌지 못했다.

사령부의 해적이 외쳤다.

"두목! 적들이 사령부로 오고 있습니다!"

영상으로 확인해보니, 장비를 갖춘 육전 부대가 해적들을 물리치며 사령부로 향하고 있었다. 여기에 오는 것도 시간문제일 것이다.

두목이 천장을 올려다보며 웃었다.

"아하하하! 이거 걸작이구만!"

"두, 두목?"

"──애들아, 마지막엔 커다란 불꽃을 쏘아 올린다. 번필드가의 함대도 끌어들여서 화려하게 자폭해주지!"

두목이 무슨 말을 하는지 이해한 해적들은 체념하고 고개를 푹 숙였다.

이제 도망칠 곳은 없다. 그렇다면 잡혀서 죽거나 험한 꼴을 당할 바에는—— 여기서 자폭하는 편이 낫다.

두목이 사령부에서 나갔다.

품에서 카드 같은 열쇠를 꺼냈다.

그리고 비밀통로를 나아가—— 그 끝에 있는 거대한 장치가 있는 방으로 들어갔다.

"날 무시했겠다. 얌전히 타협했으면 목숨은 건졌을 것을."

두목이 카드키를 꽂자 장치가 기동했다.

"마지막으로 커다란 불꽃을 쏘아 올려주마!"

두목은 장치가 카운트 다운을 시작한 것을 확인했다. 장치까지 가는 통로의 문이 닫혀 쉽게는 지나갈 수 없게 되었다.

그리고 번필드가의 함대를 향해 통신을 열었다.

"여어, 들리는가, 해적 사냥꾼 리암?"

대답은 없지만, 두목은 자기 뒤에 있는 장치를 주먹으로 가볍게 두드리며 말을 이었다.

"이 요새는 몇천 년도 전에 제국군이 쓰던 요새다. 어떤 이유로 파기되었는지는 모르겠지만, 제법 튼튼하게 지어졌지. 우리는 그걸 재활용했을 뿐이야."

원래는 제국의 관리 아래 있었던 요새가 어떤 이유로 파기되었다.

"그런데, 이 요새에는 그게 있단 말이지. 요새와 그 주변을 날려버릴 폭탄이 말이야. 목적도 이름도 종류도 모르지만, 이게 터지면 너희도 무사하진 않겠지.”

요새 내부의 자료를 보고, 사용하면 어떤 일이 일어지는지 결과는 알고 있었다. 그리고 아직 문제없이 가동할 수 있다.

왜 이런 기능이 있는지는 여전히 모르지만, 두목은 번필드가의 손에 죽을 바에는 길동무로 삼는 것을 선택했다.

“그때 우리를 못 본 척했다면 안 죽었을 텐데, 안타깝게 됐군.”

두목이 그렇게 말하자 통신에 나오는 아이가 있었다.

「하고 싶은 말은 그게 다인가?」

“네놈은——!”

「이제 됐다. 아무 말도 하지 마라. 이 마당에 자폭이라니, 한심하군. 할 테면 해봐라. 뭐, 그래도 난 살아남겠지만.」

두목은 그 아이가 허세를 부리고 있다고 생각해 코웃음 쳤다.

“허세 부려도 소용없다. 이제 너희는 끝장이다!”

「난 끝장나지 않아. 끝장나는 건 너다.」

이성을 잃었는지 해적 두목이 갑자기 이상한 소리를 하기 시작했다.

이윽고 요새 내부의 에너지 반응이 이상해지기 시작했다. 내 부하들이 동요하여 나를 데리고 나가려고 소란을 피우기 시작했다. 해적 두목은 아무래도 우리와 함께 자폭하고 싶은 모양이었다.

마지막으로 우리의 허를 찌르고 싶었나?

"흥, 할 거면 더 잘 해봐라. 나였으면 조용히 적을 끌어들인 다음에 자폭했을 텐데, 다 떠벌리기나 하고. 아, 아니, 애초에 자폭하는 상황을 만들면 안 되지."

이런 상황까지 몰리면 악당으로서는 끝이다.

그 전에 어떻게든 하는 것이 진정한 악당이다.

해석 결과를 기다리고 있으니 콕핏의 모니터에 니아스의 얼굴이 나타났다.

「리암 님, 해석이 완료됐습니다. 어비드의 장비라면 파괴할 수 있으니 빨리 끝내주세요. 그 폭탄은 태양을 유사하게 재현하는 병기라서 상당히 위험해요.」

침착한 태도의 니아스는 내가 해석을 부탁하니 빠르게 일을 완수했다. 정말 전문분야에서는 유능하구나.

"데이터를 보내라."

「이미 보냈어요.」

"너, 진짜 유능한 구석이 있긴 했구나."

「너무해! 전 언제나 유능해요!」

볼을 부풀린 니아스가 내 양해도 구하지 않고 통신을 끊었다.

──어이, 네가 아니었으면 시험 삼아 일섬류로 벴을 거라고!

"뭐, 됐나. 어비드, 끝내자."

내 말에 반응하여 어비드의 트윈 아이가 빛났다. 어비드의 등에 큰 마법진이 떠오르더니, 거기서 마치 전함의 주포 같은 대포

311

가 나왔다.

어비드가 오른손으로 쥐니 포신이 형태를 바꾸고 번갯불을 뿜었다.

과학과 마법이 어우러진 병기.

움직이는 적을 노리기는 어렵고, 특정 장소만을 파괴하는 병기다. 사용조건이 상당히 까다로워서 평소에 막 쓸 수는 없다.

콕핏 안에 전자 음성이 들려왔다.

「좌표 확인. 범위 확인. 위력 확인. 파일럿의 트리거 대기 중입니다.」

어비드가 거대한 대포를 들고 자세를 잡았다.

바닥을 힘껏 딛고 두목이 있을 것이라 여겨지는 장소에 포신을 겨눴다.

"불꽃이 되는 건 너뿐이다."

조종간의 방아쇠를 당기니 포신에 수백 개의 마법진이 나타나고 눈앞에는 거대한 마법진을 출현시켰다.

거기에 대포에서 발사된 뭔가가 날아 들어가니 마법진과 함께 사라졌다.

포신이 열을 받자 마법으로 냉각되었다.

엄청 대단한 무기라는 건 알겠는데, 의외로 시시하네. 겉모양은 엄청 취향이지만, 발사 직후가 너무 단조롭다. 차라리 그냥 빔을 쏘는 대포가 더 멋질 것 같다.

◇ ◆ ◇ ◆ ◇

 서서히 폭발의 때가 다가오는 장치 앞에 있던 두목은 공포에 떨고 있었다.

 그걸 숨기기 위해 허세를 부렸다. 누군가에게 보여주기 위해서가 아니다.

 자신을 속이기 위해서다.

 "전부 한꺼번에 날려주마. 번필드가, 그리고 리암! 너희가 전부 사라지면 내 이름도 역사에 남을— 어?"

 하지만 그런 두목의 바로 위에 나타난 것은 원기둥 형태의 물체였다.

 마법진에서 나타나, 거기서 그 물체가 떨어졌다.

 두목이 알아차렸을 때는 이미 늦었다. 두목은 비명도 지르지 못하고 뭉개져 죽었다.

 위에서 떨어진 물체는 장치가 폭발하기보다 먼저 폭발하여 방을 모조리 날려버렸다.

"보물찾기 시간이다!"

헬멧을 쓴 나는 팔짱을 끼고 요새로 가는 입구에 서 있었다.

어비드에서 내려 육전 부대 병사들을 모아——보물찾기를 할 생각이었다.

여성 대장이 발언 허가를 요청했다.

"리암 님, 발언해도 되겠습니까!"

"허가하지."

"감사합니다! ——아직 적 소탕이 끝나지 않았습니다. 이 상황에 보물찾기는 위험하다고 판단합니다!"

실로 군인다운 시원시원한 말투였다.

"아직 조사하지 않은 방이 있으니까 재밌는 거잖아! 너희가 다 조사한 뒤에 보물찾기해도 재미없다고."

전장에서 병사들을 데리고 보물찾기를 하는 것이야말로 귀족의 고집이다.

"좋아, 질문은 더 없겠지. 그럼 지금부터 해적들의 보물을 몽땅 빼앗는다!"

들떠서 앞으로 가면 병사들이 뒤에서 '리암 님, 기다려주십시오!'라며 필사적으로 쫓아오는 모습이 재미있다.

그렇게 요새 안을 걷고 있으니—— 뭐, 그거다. 전투 후인 것도 있지만, 해적들은 깨끗이 쓰지 않은 모양이다.

쓰레기뿐이다.

"보물이 있을 것 같은 분위기는 아니네."

내가 그렇게 중얼거리니 여성 대장이 약간 어이없다는 목소리로 나에게 대답했다.

"간단히 발견되면 좋겠지만, 해적들도 필사적으로 숨기니까요."

탐지기 등의 도구를 든 병사들이 나에게 보고했다.

"리암 님! 금고를 발견했습니다!"

"안에는 개인 재산이 있군요."

지폐 다발이 몇 개인가 있었지만, 관심도 없으니 회수만 시켜뒀다. 개인 소유 보물은 나름대로 발견됐지만 내가 추구하는 보물이 안 나왔다.

그대로 몇 시간이나 돌아다녔지만 하나도 나오지 않았다.

"꽝이잖아~!"

요새를 가지고 있다기에 기대했는데, 여기엔 나를 만족시킬 물건이 하나도 없었다.

그러자 탐지기를 든 병사가 뭔가를 알아차렸다.

"음? 여기, 숨겨진 통로가 있습니다!"

내가 벽을 칼로 베니, 무언가의 입구가 나타났다.

상당히 공들여서 숨긴 것 같아 나는 설레었다.

"이 앞에 뭔가 있겠군."

앞으로 나아가니 병사들도 쫓아왔다.

안쪽으로 나아갔다. 그러자 어둠 속에서 뭔가 보인 듯한 느낌이 들었다.

"뭐지? 극장인가?"

마치 극장 같은 곳이었다. 가동이 정지된 로봇들이 있었는데, 로봇이 이곳을 관리했던 것 같았다.

부주의하게 앞으로 나가는 나를 병사들이 경계하면서 호위했다.

"리암 님, 물러나주십시오."

나는 병사들이 성가시다고 느껴졌다. 모처럼 보물이 있을 것 같은데, 자꾸 방해했다.

하지만 그들은 그들의 일을 하는 것이니 호통치는 건 잘못된 일이다.

"어차피 내가 대처할 수 없으면, 너희도 대처할 수 없다. 내가 먼저 나서서 확인하지."

"하, 하지만, 그건 너무 위험합니다."

"그게 어쨌다는 거냐?"

나는 무시하고 걸어가기 시작했다.

상당히 호화롭고 넓은 극장이었다.

하지만 무대 위가 문제였다.

넓은 무대 위에는 석상이 장식되어 있다. 석상이라 해야 할까, 큰 바위를 깎아 많은 사람을 본뜬 듯한── 아니, 상태가 이상하다.

내가 석상에 다가가서 보니, 전부 고통에 일그러진 표정을 하고 있었다.

가면을 쓴 석상도 있지만, 전부 괴로워하는 것처럼 보였다.

병사 한 명이 중얼거렸다.

"취향 안 좋네. 너무 생생해서 못 봐주겠어."

그 말대로였다.

전부 정교하게 만들어져 있어서 마치 당장이라도 움직일 것처럼 보였다. 그런 석상이 고통에 몸부림치는 모습은 무서웠다.

그리고 기묘한 기척을 느꼈다.

일섬류로 단련한 감각이—— 여기에 사람이 있다는 걸 알려줬다. 눈앞의 석상들에게서 인간의 기척을 감지했다.

"어이, 이 석상을 조사해라. 지금 당장. 의사도 불러라. 저주 관계자도 불렀으면 하는군."

내가 명령을 내리자 병사들이 의문을 품지 않고 의사들을 찾으러 갔다.

그리하여 이곳에 온 의사들이 낸 답은—— 내가 짐작한 대로였다.

석상이라 생각했던 것은 전부 석화된 인간이었다.

석화된 사람들이 운반되는 것을 한 병사가 보고 있었다.

육전 부대의 파워드 슈트를 입고 헬멧을 벗고 있었다.

현재는 작업원들의 호위를 하는데, 휴식에 들어가 동료와 이야기를 하고 있었다.

"리암 님도 참 별나서. 석화된 인간을 원래대로 돌려놓는다니, 돈이 꽤 들 텐데."

극장의 관객석에 앉으니 동료도 앉았다.

"그분은 옛날과 변함이 없어. 수행지에서 악영향을 받을 줄 알았는데, 아무 걱정할 필요 없어서 안심이야."

때때로 수행지에서 영향을 받는 귀족의 아이는 많으며, 그 영향이 나쁜 쪽으로 작용하는 때도 있다.

리암이 이전과 변함없는 모습을 보여줘 병사들은 안도했다.

하지만 동시에 질리기도 했다.

"그건 그렇고 이런 보물찾기를 할 때 앞에 나서는 성격은 어떻게 안 되는 건가? 적의 요새를 희희낙락하면서 나아가니까 함정 같은 게 튀어나올까 무서워서 참을 수가 없다고."

"동감이다. 호위의 의미가 없어지니 말이야."

곤란하다고 말하면서도 웃는 두 병사의 얼굴은 굉장히 밝았다.

리암이 여전히 앞에 나서는 태도를 보인 게 문제라고 생각하면서도 기뻤던 모양이다.

보물찾기를 끝마친 나는 바르로 귀환했다.

기사와 병사들이 나를 맞이해줬다.

내가 어비드에서 내리니, 처음부터 정해져 있었는지 일제히 박수가 일었다.

정말 기분이 좋다.

맨 처음 다가온 사람은 티아였다.

"이번 싸움도 훌륭했습니다. 이 크리스티아나, 리암 님의 활약에 심금이 울렸습니다."

"그러냐, 잘됐네."

"네!"

나를 맞이하고 기뻐하는 모습을 보이고 비위 맞추느라 수고가 많다.

애초에 나는 활약하는 게 당연하다.

어비드라는 성능이 괴물 같은 기동기사를 타면 누구든지 활약할 수 있다. 조종이 다소 어렵지만, 그뿐이다.

하지만 그와 무관하게 이 녀석들은 내 활약을 칭송해야만 한다.

적들을 쓸어버리는 게 당연한 환경인데 이렇게까지 칭찬을 받는다. ——이것도 전부 내가 권력을 지니고 있기 때문인 것이 틀림없다.

만약 내가 평범한 파일럿이었다면 이렇게까지 칭송받지 못할 것이다.

오히려 더 일하라는 말을 듣거나 시샘을 당했을 것이다.

내가 내킬 때 날뛰고 내키지 않으면 출격하지 않는다. 그런 상황에도 부하들은 나를 칭송한다. 이것이 바로 권력이다!

◇ ◆ ◇ ◆ ◇

티아는 자신의 격추 스코어를 봤다.

3위와 차이가 크게 벌어져 있었지만, 1위인 리암에게는 못 미쳤다.

놀랄 수밖에 없었다.

"이 기체로 이만한 전과를 내다니, 믿기지 않아."

티아가 볼 때 어비드라는 기체는 굉장히 어려운 기체다.

평범한 조종사는 조종이 어려운 건 물론, 높은 성능에 휘둘려서 제대로 움직일 수 없을 것이다.

정비병들이 어비드를 정비하면서 이야기를 하고 있었다.

"이런 사나운 말을 길들이다니, 리암 님은 잘못 태어나신 게 아닐까?"

"기사 집안에서 태어나셨으면 틀림없이 제국의 탑 에이스지."

"관절부가 마모됐군. 니아스 기술 대위가 승함하고 있으니 한번 봐 달라고 할까."

리암은 휘둘리기는커녕 어비드의 성능을 한계까지 끌어내고 있었다.

영주로서 훌륭하고 기사로서도 초일류―― 티아는 그런 리암을 생각하면 흥분이 멈추지 않았다.

◇ ◆ ◇ ◆ ◇

햄프리 상회의 대형 수송선이 전투 후의 요새로 다가오고 있었다.

번필드가의 함대에 보급물자를 전해주고 리암이 발견한 해적의 보물 매입을 위해서다.

요새 근처에는 전투로 발생한 파편을 모으기 위해 중력 발생기를 뒀다.

중력에 끌려 들어온 파편이 소용돌이쳤고, 그중에 써먹을 수 있는 물건이 없는지 작업용 포드가 찾아다녔다.

대합실 문으로 보이는 경치를 바라보고 감탄한 것처럼 고개를 끄덕였다.

(변함없이 철저하게 주변 환경을 정리하고 있어. 보통은 방치하는데, 리암 님은 정말 요령을 피우시지 않는구나. 수행지에서 이상한 영향을 받을까 걱정했는데, 괜찮은 모양이야.)

당연한 일을 당연하게 하는 리암을 높이 평가하고 있으니 방에 군인이 들어왔다.

그는 대령 계급장을 달고 있었다.

"기다리게 했군, 토마스 공."

"아뇨, 그렇게 기다리진 않았습니다. 그보다 리암 님은 영지에 돌아오셨습니까?"

"친구 분들을 데려다주러 가셨다. 지금은 에크스나 남작가에 계시겠지."

토마스는 대령과 마주 보듯이 테이블을 사이에 두고 앉아 그대로 세세한 이야기를 했다.

보급물자 등의 인도, 지불 방법.

각종 협의를 끝내자 대령이 토마스에게 말을 걸었다.

"그런데 토마스 공은 상인이라 소문 정도는 듣지 않았나? 레젤 자작가가 해적과 연결되어 있다는 소문 말이네."

토마스는 그 주제를 듣고 그다지 좋은 표정은 짓지 않았다.

"증거는 없지만, 상인들 사이에서는 유명했죠. 실제로 수상한 움직임도 많았고요. 그런데 그 이야기는 무슨 일로?"

대령은 토마스를 떠보는 듯한 시선으로 바라봤다. 어째 의심하는 것 같아 토마스도 기분이 좋지 않았다.

대령도 그걸 알아차린 모양이다.

"아, 실례했군. 햄프리 상회도 원래는 레젤 자작가와 거래가 있지 않았는가. 앞으로도 거래를 계속하는지 해서 말일세."

"아쉽게도 레젤가와의 거래는 중지했습니다. 리암 님이 신세를 지고 계실 때는 꽤 주의를 기울였지만, 이젠 그럴 의미가 없으니까요."

레젤가에서 리암이 어떤 취급을 받는지 들으면 토마스도 가만히 있을 수 없었다. 어쨌든 리암은 토마스에게 있어서 은인 같은 존재다.

애초에 레젤가는 거래 상대라 부를 정도도 아니었다.

토마스는 대령에게 확인했다.

"그보다, 레젤 자작가에서 뭔가 회답이 있었습니까?"

자작가 영지의 가장자리라 해도 그만한 대함대가 습격해왔다. 레젤 자작이 무슨 말을 하는지 궁금했다.

대령은 기막혀했다.

"아무것도. 승리한 우리에게 찬사를 보내왔네. 끝까지 관계없다고 시치미를 뗄 모양이야."

"항의하지 않는 겁니까?"

대령도 항의하고 싶겠지만 언짢은 표정을 지었다.

"우리도 같은 마음이지만, 리암 님은 항의하지 않는다고 하셨다."

"리암 님이?"

항의해도 좋을 텐데, 리암이 무슨 생각을 하는 건지 토마스는 이해할 수 없었다.

군인도 난처한 표정을 지으면서 리암이 항의하지 않는 이유를 이야기했다.

"흥미가 없는 듯하네. 그보다 에크스나 남작가와 관계를 강하게 맺으려 하고 있어. 그쪽을 우선할 생각이시겠지."

토마스는 두 겹으로 겹친 턱을 쓰다듬으며 생각했다.

"이번 건도 그렇지만, 상당히 편을 드는군요."

(에크스나 남작가와 교류해도 메리트는 적을 것 같은데, 리암 님이 하시는 일이니 뭔가 생각이 있으신 걸까?)

대령도 모르겠다며 어깨를 으쓱였다.

"리암 님의 생각은 우리로서는 이해할 수 없지. 입이 험한 놈들은, 친구한테 좋은 모습을 보여주고 싶었던 게 아닌가? 라면서 웃었지."

토마스는 그 말을 듣고 웃고 말았다.

"설마요. 리암 님에 한해서 그런 일은 없겠죠."

대령도 웃기 시작했다.

"그렇지. 나 참, 이상한 소문이 퍼져서 난처하군."

상황을 일단락한 우리는 에크스나 남작가가 소유한 행성에 왔다.

크루트가 나와 에일라에게 부끄럽다는 듯 저택을 소개했다.

"그, 작지만 참아줘."

요새 공략을 끝낸 우리는 크루트를 데려다주기 위해 에크스나가의 본성에 와있었다. 본성이라고 해야 할까, 에크스나가가 관리하는 행성은 하나뿐이지만.

이 저택도 이전에 지방관이 쓰던 것을 재활용한 모양이었다.

에일라는 웃고 있었다.

"괜찮아. 작아도 충분하니까."

"그렇게 말해주니 고맙네."

나는 그런 두 사람의 대화를 듣는데── 사실은 엄청 놀라고 있다.

뭐냐 이 저택은? 내가 새 저택을 세우기 전에 임시로 살려고 마련한 저택보다 넓다. 임시 거처라도 매우 넓다고 생각했는데, 그 이상으로 넓었다.

도쿄돔을 기준으로 크기를 표현해야 할법한 넓이였다.

생활하기에는 충분하고도 남도록 넓었다.

크루트가 나에게 미안해했다.

"미안해. 레젤 자작가 같은 저택을 상상했을 텐데, 내 집은 이래."

"어? 그, 그런가."

어떻게 반응해야 할지 곤란했다. 확실히 레젤 자작가도 컸지만, 에크스나가의 저택도 상당히 넓었다. 백작인 내가 이것보다 작은 저택으로 만족했는데, 남작 주제에 이 규모면 너무 허세를 부린 게 아닐까?

레젤 자작은 나름대로 돈을 벌어서 그거였는데, 에크스나가는 가난한 상황에 이거다. 역시 악덕 영주야. 지방관의 저택을 재활용한다는 명목으로 상당히 사치를 부리고 있어.

하지만 이걸로 확신했다.

내가 마련한 무지막지하게 넓은 저택은 상당한 사치일 것이다.

아마기와 브라이언이 '아직 멀었습니다'라고 해서 초조했지만, 그 둘의 감각이 이상한 것이었을 것이다.

에크스나가의 고용인이 크루트에게 말을 걸어왔다.

"크루트 님, 목욕 준비가 됐습니다."

"그래. 그럼 먼저 리암을 안내해."

"알겠습니다. 번필드 백작님, 여기로 오시죠."

그러면서 여성 고용인들이 모여들었는데 나는 기겁했다. 어? 고용인들한테 몸을 씻기게 하는 거야? 그냥 기계로 하는 편이 더 깨끗해지는데?

애초에 난 메이드 로봇 외에는 몸을 씻기게 시킨 적이 없다.

그때까지는 전부 혼자 씻었다. 아무 문제도 없으니까.

난 크루트를 봤다.

"어, 어차피 수행지에서도 여럿이서 들어갔잖아. 너도 와."

크루트를 부르니 어째서인지 쑥스러워했다.

"괜찮아?"

"네 집이잖아."

이렇게 크루트와 목욕을 하게 되었는데, 문제는 남겨진 에일라였다.

에일라를 돌아봤다.

"미안해, 나중에 얘기하자."

에일라는 홀로 남겨졌지만, 평소대로 생글생글 웃으면서 손을 흔들었다. 이 녀석은 진짜 귀족 여자일까? 싹싹하고 착하고, 인격이 된 녀석이다.

"괜찮아, 괜찮아. 남자끼리 우정을 확인하고 와."

"미안해."

에일라가 우리를 보는 눈이 어딘지 뜨거웠다.

──이상하다? 이 녀석, 크루트의 얼굴을 보고 있지만, 나를 보는 눈도 왠지 뜨거운데?

◇ ◆ ◇ ◆ ◇

리암과 크루트가 목욕탕으로 가자 에일라는 목욕탕 근처의 인기척 없는 복도의 자판기 그늘에 숨듯이 앉았다. 그리고는 단말기를 꺼내어 뭔가를 조작했다.

"칫! 낡은 저택인데 시큐리티가 있네. 하지만 여기를 이렇게, 해서! ──오호호오!"

단말기에 전달되는 영상을 보고 에일라는 얼굴을 빨갛게 물들였다.

거기에 비치는 것은 리암과 크루트의 알몸이었다.

두 사람은 욕조에 몸을 담그고 있었다.

드론이 음성을 녹음했다.

「크루트, 너 또 키 큰 거 아니냐?」

「그런가?」

두 사람이 목욕탕에 나란히 앉아 대화하고 있었다.

그걸 본 에일라는 흥분을 숨기지 못했다.

"후와아아아! 둘 다 거리가 가까워~. 그런 짓을 하면 망상이 가속되어버린다구우!~."

리암과 크루트가 목욕탕에서 대화하는 광경을 보면서 에일라는 볼을 붉히고 양손으로 볼을 만지고 있었다.

"아~, 좋다. 둘을 봤을 때부터 이거다, 싶었지. 역시 내 감각은 틀리지 않았어. 두 사람은 최고의 커플링이야!"

너무 흥분했는지 에일라는 오른손으로 코를 잡았다.

드론이 녹음한 두 사람의 대화가 들려왔다.

「리암, 좀 그만해.」

「같은 남자끼리 이 정도는 괜찮잖아?」

그런 두 사람의 대화가 에일라의 머릿속에서 변환되어 갔다.

에일라는 행복해 보이는 표정으로 손을 꽉 쥐었다.

"아~ 리암 군을 최애로 하길 잘했어. 리아크루로 난 100년은 싸울 수 있어."

리아크루—— 정확히는 '리암x크루트'다.

에일라는 리암과 크루트로 남자끼리의 커플링을 즐기는 여자였다.

"수행지에서는 크루리아라는 잘못된 생각을 퍼뜨리는 바보들도 있었지만, 역시 맞는 건 리아크루지. 하지만 가끔은 크루트 군이 밀어붙이는 전개도 있는 편이 좋을지도? 아니아니, 안 돼. 그건 바람을 피우는 거야. 정의는 리아크루 단 하나지!"

눈에 하트 마크가 뜰 것 같은 에일라의 모습을 멀리서 바라보는 개의 형상이 있었다.

어째 고민한 끝에 방치하기로 했는지 멀어져 갔다.

멀어져 갈 때 몇 번인가 뒤돌아봤다.

정말로 방치해도 좋은지 고민하는 듯한 모습이었지만, 이윽고 방치하기로 한 모양이었다.

그걸 알아차리지 못한 에일라는 두 사람이 목욕탕에서 하는 대화를 듣고 꺅꺅거리며 떠들었다.

"애초부터 크루리아 같은 건 말도 안 되지! 거만한 타입이 사실은 수라니, 저 둘의 관계를 보면 절대로 못 할 말이지. 너무 안이하다고. 애초에 크루트 군한테는 튕기던 시기가 있었다고. 리암 군이 그걸 함락시켜서—— 후후, 함락시키다니 어감 좋다. 그건 그렇고 크루리아 파는 정말 뭘 몰라~. 이해를 못 했어~. 두 사람에 대해 좀 더 깊이 이해해줬으면 한단 말이지~."

개도 사라진 그곳에서 에일라의 속사포 같은 말이 더더욱 가속해 갔다.

"나처럼 계속 두 사람을 지켜보면 잘못된 해석 같은 건 안 하는데!! 크루트 군이 강경하게 리암 군을 몰아붙여? ——그건 그거대로 좋네. 헉! 아, 안 돼, 에일라. 난 정의의 리아크루파니까!"

석 달.

레젤 자작가를 떠나 번필드가의 본성으로 돌아오기까지 석 달이나 걸려버렸다.

에크스나 남작가에서의 요새 공략과 그 후의 환대.

에일라를 집에 보내주고 정신을 차리고 보니 그만한 시간이 지나 있었다.

저택에 돌아온 나는 소파에 앉아 브라이언의 잔소리를 들었다. 잔소리라고 해야 할까, 불평? 브라이언이 아니었다면 칼의 제물이 되었을 것이다.

"다른 가문에서 돌아오신 축하 기념으로 파티와 식전을 예정하고 있었는데, 전부 취소하다니 어떻게 된 겁니까? 이 브라이언은 슬픕니다!"

레젤가에서 돌아온 거야? 축하해! 넌 열심히 했어!──이렇게 칭찬받는 건 좋지만, 도를 넘으면 바보 취급당하는 것 같아 싫다.

전생의 감각으로 설명하자면, 처음으로 친구네 집에서 자고 아무 일 없이 돌아온 정도로 축하 파티를 하자는 말을 듣는 기분이다.

"그 식전이나 파티가 한 달이나 계속되면 질릴 만도 하지. 백성들한테는 내가 돌아왔다고 전하면 돼."

브라이언은 내가 레젤가에서 되찾아온 분재를 보살피고 있었다. 조금 슬픈 듯했다.

"네, 알겠습니다. 그런데 이 분재는 레젤가의 흥미를 끌지 못했나요. 아니, 딱히 상관은 없지만, 콩쿠르에서 입선했는데."

사실은 버려질 뻔했지만, 말하지 않기로 했다.

"보는 눈이 없는 놈들이지."

"그보다 리암 님, 수행지에서는 뭔가 배우셨습니까?"

브라이언이 쭈뼛거리며 물어봐서 나는 솔직하게 전부 이야기했다.

"아무것도."

"아무것도, 라고 하시면?"

"무엇 하나 참고가 안 됐어. 덕분에 반면교사는 됐지. 크루트나에일라가 없었으면 3년을 허비했을 거야."

에크스나 남작과는 좋은 악덕 영주 동료가 될 수 있을 것 같다.

아는 사람도 생겼으니 나쁘지 않은 3년이라 생각해두자.

브라이언은 어째서인지 기쁜 듯이 고개를 끄덕였다.

"리암 님이 여전하셔서 이 브라이언은 기쁩니다."

"흥."

악인인 나를 보고 생글생글 웃는 브라이언의 생각을 알 수가 없었다.

수행이 무사히 끝나 저택에 돌아온 건 좋다.

하지만 수행지에서 미적지근한 생활을 한 탓에 저택에서의 생활이 다소 힘들게 느껴졌다.

일하는 중에는 내 비서로서 보조해주는 아마기가 종료를 알렸다.

"예정보다 6분 지연됐지만, 오늘의 업무는 이것으로 종료입니다.”

그 말을 듣고 의자의 등받이에 몸을 맡기고 심호흡했다.

수행을 떠나기 전보다 상태가 안 좋아졌다는 걸 실감했다.

서류 업무의 작업효율이 떨어졌다.

“유년학교에 들어가기 전에 다시 단련하지 않으면 안 되겠네.”

“입학까지의 기간을 생각하면, 교육 캡슐에 한 번 들어갈 필요가 있습니다. 1년 정도의 여유밖에 없습니다.”

“레젤 자작가의 수행은 못 써먹겠네. 그 모양인데 인기가 많다니—— 응?”

이때 나는 한 가지 생각이 났다.

그 수준인데 인기가 많다면, 내가 수행할 사람을 받아도 되지 않느냐는 생각이.

사람을 맡아도 기본적으로 방치해도 된다면, 장소와 인원을 준비하기만 해도 사람이 모여든다.

장래가 유망한 나쁜 놈들과의 인연도 생기고, 무엇보다 선물이다. 귀족들이 아이를 위해 자금과 자원을 산더미처럼 보낸다고 생각하니 기분이 좋았다.

“정했다! 아마기, 번필드가에서도 수행할 아이를 받자! 레젤 자작이 하는데 나라고 안 될 건 없잖아?”

“안타깝게도 무리입니다.”

“——왜?”

아마기는 놀란 나에게 담담하게 이유를 설명했다.

"주인님의 발언을 듣고 받아들이는 자제는 남작가 이상을 상정하는 것으로 판단했습니다. 그런 경우, 번필드가는 귀족사회에서의 신용이 없기에 자제를 맡길 것이라 보기는 어렵습니다."

할아버지와 아버지가 남긴 부정적인 유산 덕분에 내 계획은 물거품이 되었다.

그놈들은 진짜 나를 방해하기만 하는 역귀다.

안내인을 조금이라도 본받았으면 한다.

"그럼 주변에 있는 놈들부터 받을까. 그 준비를 해."

"알겠습니다. ——그런데 주인님?"

"왜."

"제7병기공장의 요새급 인도에 관한 상담이 있었습니다. 또 멋대로 병기를 계약하셨죠?"

——니아스의 색기 없는 속옷에 흥분해서 나도 모르게 사버린 그건가? 완전히 잊고 있었다. 아마기는 무표정이지만 난 알 수 있다. 이건 화내는 것이다.

"함정도 계약하셨네요? 또 계획이 틀어집니다."

난 당황해서 변명했다.

"그 왜, 그거야. 어려운 가문에 줘서 군사력을 갖추게 하는 거야. 응, 그러기 위해 산 거야."

"그런 일을 하시면 상대가 기어오르기 마련입니다. 사실 번필드가의 종자가 된 가문 중에는 끝없이 지원을 요구하는 자들도 있습니다. 찬성할 수 없습니다."

날 등쳐먹으러 오다니, 배짱 한번 좋군. 난 알랑거리는 놈은 좋아하지만, 얕보고 대드는 놈은 싫다. 언젠가 따끔한 맛을 보여줄 생각이지만, 그 전에 아마기다.

"그럼 렌탈이지. 그 왜, 군에서 산 함정 있잖아? 그걸 빌려주고 렌탈비를 받는다. 이러면 되지?"

서브스크립션! 이거라면 문제없을 것이다.

"합격점이라 해두겠습니다. 하지만 이후로는 미리 연락해주십시오."

"——응."

위기를 하나 넘기니 아마기가 다음 화제를 꺼냈다.

"주인님, 석화된 자들에 관한 조사보고도 올라왔습니다. 아무래도 신원을 확인하지는 못했다고 합니다. 그리고 단순한 석화가 아니라고 합니다. 저주, 아니—— 축복을 받았습니다."

요새 안에서 발견한 석화된 자들. 숫자를 세면 수백 명 정도인데, 석화 외에도 뭔가 있는 모양이었다.

"축복? 그렇게 절망한 얼굴을 하고 있었는데?"

"정신이 이상해지지 않는 축복입니다. 다만, 석화될 때 자아가 남는 고도의 처리를 받았습니다. 석화된 자들에겐 지옥이겠죠."

"대체 뭔 짓을 한 거지?"

"본인들에게 확인하는 수밖에 없습니다. 어떻게 하시겠습니까?"

지옥을 본 인간—— 나도 전생에 지옥을 봤다. 그러니 변덕으로 구해주는 것도 나쁘진 않겠지. 나한테 거스르면 죽이면 될 일이다.

"구해줘."

"주인님의 명령대로 하겠습니다."

◇ ◆ ◇ ◆ ◇

브라이언은 저택에 있는 통신실에서 수도성에 있는 세리나에게 통신을 연결했다.

그녀에게 일의 전말을 이야기한다는 약속을 했다.

「레젤 자작을 반면교사라 불렀다고?」

"네. 리암 님은 수행을 떠나기 전과 똑같습니다. 아니, 좋은 의미로 성장하셨습니다. 결과적으로 잘 돼서 이 브라이언은 안심했습니다."

모니터 화면에 보이는 세리나는 납득이 안 되는지 골똘히 생각했다.

「──정말 변함없어? 레젤 자작과는 연을 끊었지?」

"물론입니다! 리암 님의 대우를 듣고 이 브라이언은 진심으로 레젤가에 분노를 느꼈습니다. 두 번 다시 교류하는 일은 없을 것입니다!"

그 말을 듣고 세리나는 안심한 듯했다.

작게 한숨을 쉬고 브라이언에게 수도성의 상황을 이야기했다.

「그럼 됐어. 여기선 레젤 자작가에 조사원을 파견하기로 했어.」

"이럴 수가!"

「도를 넘었어. 교육이라 칭하면서 그릇된 인식을 퍼뜨렸으니까. 레젤 자작가는 앞으로 쇠락할 거야. 거리를 두는 걸 추천하지.」

브라이언은 그걸 듣고 자신의 한심함을 한탄했다.

"그런 가문에 리암 님을 수행 보낸 자신이 부끄럽군요. 지금 와서 다시 수행도 할 수 없고, 무엇보다도 리암 님이 거부하실 테니."

「다시 수행한다라. ──브라이언, 한 가지 제안이 있는데.」

수도성.

브라이언과의 통신을 끝낸 세리나는 그대로 다음 상대에게 연락했다.

모니터 화면에 등장한 사람은 제국의 재상이었다.

「세리나인가. 보고를 기다리고 있었다.」

"브라이언의 이야기에 따르면, 번필드 백작은 레젤 자작을 반면교사로 삼기에 딱 좋다고 발언했다고 합니다. 레젤 자작의 방식이 마음에 안 드는 모양입니다."

「아주 좋다. 그게 사실이라면 말이지.」

세리나는 재상에게 브라이언과의 대화를 보고했다.

처음부터 브라이언을 이용해 정보를 캐내고 있었다.

"이야기만 들어보면 이상적인 제국 귀족입니다."

「그걸 그대로 받아들일 순 없지.」

재상은 기대를 걸었던 리암이 레젤가에 수행을 하러 떠났다는 소식을 듣고 이상한 교육을 받지 않을까 걱정하고 있었다.

제국 입장에서 좋지 못한 생각을 가지면 곤란하기 때문이다.

「번필드 백작은 변경을 정리해줄 필요가 있어. 안 그래도 잘못된 생각을 품은 바보들이 늘어나고 있으니 말이야. 제대로 된 귀족이 줄어드는 건 곤란해.」

"레젤 자작을 방치해서 그런 게 아닌지?"

상대가 재상인데도 세리나의 태도는 왠지 뻔뻔스러웠다.

하지만 재상은 그런 태도를 꾸짖으려 하지 않았다. 반성했다.

「엄하구만. 하지만 이번 건으로 조사를 진행하게 되었어. 본보기는 되겠지.」

"너무 늦었네요."

「바보들이 많아서 손을 쓸 수가 없어. 그보다 문제는 번필드 백작이네. 상당히 힘을 키웠어. 슬슬 감시자를 두고 싶었던 참이야. 가능하면 우수한 자로 말이지. 세리나, 누구 없는가?」

"손자들은 다 나갔으니 말이죠. 증손자들도 바쁘고. 그 아래로는 번필드 백작을 상대로는 역부족이겠죠. ――제가 가겠습니다."

「자네가 나설 정도인가?」

"맡겨주십시오. 번필드 백작이 제국을 따르는 충실한 가신이라면 조력을 아끼지 않겠습니다. 하지만 거역하는 잡견이라면 독이 되어 내부로부터 썩어들어가게 하죠."

「자네라면 문제없겠지.」

이렇게 리암에게 재상의 부하가 보내지게 되었다.

그날, 난 브라이언에게 한 여성을 소개받았다.

날씬하고 등을 곧게 편 여성은 이 세계에서는 보기 드문 나이 든 여성이었다.

안티에이징도 효과가 없을 만한 연령일 것이다.

"세리나라고 합니다. 앞으로 기억해주십시오."

그런 노파가 나에게 인사를 하는데, 이전에는 궁전에서 근무하던 시녀장 중 한 명이라고 한다.

시녀장이라고 해서 얕보면 안 된다. 궁전에서 일했다는 건 엄청난 엘리트란 이야기다. 하물며 직함을 가진 자는 한 줌밖에 안 된다. 이건 그녀가 상당히 우수하다는 의미다.

그런 인물이 내가 있는 곳에서 일하고 싶다고 했다.

"네가 내가 있는 곳에서 일하고 싶다고 한 괴짜인가? 수도성에서 느긋하게 여생을 보내면 될 텐데, 이런 시골에 무슨 볼일이지?"

궁금한 것을 물어보니, 브라이언이 손수건으로 식은땀을 닦았다. 세리나를 몹시 신경 쓰고 있었다.

세리나는 침착하게 내게 온 이유를 말했다.

"은퇴는 했지만, 일이 없는 게 더 괴롭습니다. 그러나 다시 궁전에 돌아가도 제가 있을 자리는 없으니, 그렇다면 어딘가 내 기술을 필요로 하는 사람에게 가자고 생각했습니다. 받아주셔서 감사합니다, 번필드 백작님."

살짝 도발했지만 무시당해버렸다.

이 녀석, 워커홀릭인가? 뭐, 몇백 년이나 일했는데, 갑자기 느긋하게 지내라고 하면 이렇게 되려나.

브라이언이 나에게 세리나에 대해 설명했다.

"세리나는 궁전에서 시녀장을 했습니다만, 그전에는 교육 담당으로도 일했습니다. 젊고 고귀한 분들을 엄격하게 지도하니 리암님의 요망에도 맞는 인재입니다."

앞으로 수행지로서 젊은 자제를 받아들일 생각이 있는 내 입장에서 궁전에서 일한 세리나가 도와준다는 것은 고마운 일이다.

일하고 싶다면 일하게 해주지.

"우리도 자제를 받아들이는 일에 힘을 쓰기로 했다. 너에게는 기대하고 있다."

"감사합니다."

세리나는 깔끔한 행동을 보였다.

은퇴했다고 들었는데, 이렇게 보니까 기량이 떨어진 것처럼 보이진 않았다.

브라이언 덕분에 횡재했군!

"증세하자."

"네?"

집무실.

모든 준비가 갖춰졌다고 느낀 나는 드디어 악덕 영주답게 행동하기로 했다.

"난 에크스나 남작을 본받기로 했다. 남작은 굉장하다고. 영주로서는 풋내기지만 백성을 한계까지 쥐어짜는 악덕 스피릿을 가진 남자야. 그 아들인 크루트도 성실한 타입이지만 악덕 영주의 재능을 물려받았어."

그러니 나도 원점으로 돌아가 악덕 영주답게 행동하기 위해 증세를 한다.

분명 백성들은 곤란해하겠지만── 그게 어쨌다고? 난 전혀 곤란하지 않다.

"때가 왔다! 대증세의 시간이다!"

아마기는 분명 내 의견을 듣고 저항하겠지. 하지만 이번만큼은 물러설 수 없다. 설령 아마기와 브라이언이 부탁한다고 해도 난 거부할 것이다.

하지만 아마기는 잠시 생각하더니 고개를 끄덕였다.

"시기가 적절할 겁니다. 문제없다고 판단합니다."

"어? 괜찮아?"

"네. 때가 왔다── 그야말로 주인님의 말씀대로이지 않을까요."

"그렇지! 백성들이 괴로워하는 목소리가 들려오는구나! 나를 명군이라 숭상하는 바보들에게는 현실을 가르쳐주지! 아니, 그래도 착각하려나?"

가끔 무슨 착각을 한 건지 내가 명군이라는 말을 하는 바보가
있다.

그놈들은 내가 무슨 짓을 해도 분명 착각할 것이다.

"바보 같은 놈들이야. 믿었던 나에게 배신당해도 나를 명군이
라 칭송하니 말이야."

혼자 히죽거리는 나에게 아마기가 현실적인 문제에 관해 물
었다.

"주인님, 자세한 증세 내용에 관해서는 어떻게 하시겠습니까?"

"너한테 맡길게. 한계까지 쥐어짜!"

"용도는 생각하지 않으셨군요."

"당연하지. 이유가 있어서 증세하는 게 아니야. 증세하고 싶으
니까 이유를 생각하는 거지!"

이 얼마나 악독한 악당인가. 전생의 정치가들도 나보다 심하진
않았을 것이다.

그리고 다음 날—— 내년도부터 증세할 것이라는 발표를 했다.

정말이지, 영지는 난리였다고.

이제부터 내 진가를 발휘할 때다! 백성들아, 공포에 떨어라!

번필드가의 영지에 있는 민가.

그곳은 마당이 딸린 하얀 단독주택이며 깨끗하게 관리가 되어

있었다.

그곳의 주인은 코 밑에 수염을 기른 뚱뚱한 중년의 모습을 하고 있었다.

남자가 마당에 나와 일터로 가려고 하자 친척이 허둥대며 남자를 찾아왔다.

"이봐, 조금만 기다려봐! 내 이야기 좀 들어줘!"

"왜 그래? 이제 일하러 가야 하니까 빨리 끝내."

남자는 지각하면 싫다는 표정을 짓는데 친척 남자는 무시하고 흥분하면서 이야기했다.

"알겠냐, 이걸 보라고!"

친척 남자가 단말기를 조작하여 표시한 것은 정부의 발표였다. 거기에는 내년도부터 증세한다는 내용이 발표되어 있었다.

급작스러운 이야기에 남자는 놀라고 말았다.

"내년이라고?! 저, 정말인가?"

리암의 이름으로 내려진 명령이라 거의 강제였다.

남자는 그 내용을 확인하자 몸을 떨었다.

하지만 그 얼굴은 비관하지 않았다. 오히려 감동하고 있었다.

"정말이냐! 이, 이, 증세 내용은!"

"틀림없어. 정부의 정식 발표다. 대증세라더군!"

두 사람은 오히려 기뻐했다.

"이거 일하러 갈 때가 아니군. 모집은?"

"제3진이 가장 가까워. 여기는, 그쪽의 개발계획의 인력을 모집하고 있지만, 역시 학자 선생들이 중심이군. 난 제4진에 들어가고 싶어. 너도 올 거냐?"

"당연하지! 잘하면 저쪽에서 독립할 수 있고 일거리 걱정도 없을 테니까."

그들이 왜 기뻐하는가? 그리고 무슨 이야기를 하는 것인가?

이건 리암도 잊어버리고 있지만── 번필드가에서는 개척 행성에 입식을 시작했다.

본거지 행성 개발이 안정되기도 해서 다른 행성에 손을 댄 것이다.

하지만 개척 행성 입식은 어렵다. 환경 조사에 더해 사람이 살수 있는가? 무엇이 필요한가? 그런 것들을 조사해야만 하고, 입식 초기에는 정말 고생한다.

그래서 모두가 입식에 난색을 보인다.

이주해도 생활환경이 정비되어 있지 않아 싫어하는 백성이 많다.

다른 영지에는 억지로 입식시키고 방치하는 방식을 취하는 귀족도 있다.

그런 와중에 번필드가의 대증세 명목은 개척 행성 개발이었다.

즉, 그들의 눈에는 리암이 진심으로 개척 행성에 투자하는 것으로 보였다.

명군이라 여겨지는 리암이 수행에서 돌아와 본격적으로 움직이기 시작했다고 생각한 것이다.

"리암 님이 수행에서 돌아오셨으니 뭔가 하겠다고 생각했는데. 이거 개척 행성이 더 출세하기 쉽겠어."

"그 사람이 한다고 하면 믿을 수 있지. 개척 행성에서 새로 시작해볼까!"

"좋지!"

지금까지 쌓아온 실적이 신뢰를 만들어 백성들은 기대감에 가슴이 부풀었다.

"그래서 세금은 얼마나 더 걷지?"

"적지는 않지만, 옛날보다는 낫겠지. 이 정도이려나?"

증세액을 대강 계산하더니 남자는 수긍했다.

"뭐, 그때는 끔찍했었지. 오히려 지금까지의 세금이 너무 낮았을 정도야."

예전의 번필드가를 아는 백성들에게는 버틸 수 없는 금액도 아니었다.

오히려 이 상태가 언제까지고 이어진다고 생각하지 않았다.

그만큼 과거의 통치가 가혹했다는 증거이기도 하다.

불만이 나오기는 하겠지만, 이주를 생각하는 사람들에게는 기쁜 소식이었다.

"일이 끝나면 바로 개척단에 지원하자고."

"그렇네. 그 뒤에는 한잔하러 갈까!"

남자들은 일이 끝나면 축배를 들기로 했다.

◇ ◆ ◇ ◆ ◇

대증세 발표 후.

히죽거리며 뉴스를 보고 있던 나는 내용이 재미있어서 참을 수가 없었다.

텔레비전에 나온 전문가가 필사적으로 내 발표를 옹호하고 있다.

「이번 대증세는 개척 행성에 대한 투자가 목적입니다. 불평불만이 있겠지만, 미래를 보는 투자라 생각하면 나쁘지 않습니다.」

그런 전문가에게 해설자가 반론했다.

「하지만 그런 걸로 증세한다고 해도 곤란하죠. 세금은 올바르게 써야죠.」

「그러니까 개척 행성에 투자하는 것입니다. 100년 후를 내다본 행동이 나쁜 건 아닙니다.」

「이주하지 않는 사람들에겐 그냥 부담인데요?」

대증세란 백성에게는 받아들일 수 없는 이야기다. 전생의 민주주의 체제라면 당장이라도 내각이 해산되었을 것이다.

귀족정치 만세로구나.

그 후에도 내 방침에 대한 화제로 분위기가 뜨거웠다.

군함을 빌려준다는 화제에 대해서도 해설자가 불평했다.

「그보다~, 군함을 사서 다른 행성에 빌려주는 게 이해가 안 돼요. 우리 세금을 뭐라고 생각하는 건가요?」

방송에 나오는 해설자는 자주 이런 불만을 말했다.

그걸 다른 해설자나 사회자가 설득하는 것까지가 일련의 흐름—— 즉, 세트다.

전부 정해진 흐름일 것이다.

"이 상대를 화나게 만드는 캐릭터도 굉장하네."

나에 대한 불만을 말해서 방송국은 공평하다고 주장하는 것이다.

그렇다. 전부 촌극이다.

이 해설자도 다 알고 연기하는 것이리라.

전문가 선생님들까지도 해설자에게 이끌려 박력 있는 연기를 하고 있다.

「당신, 적당히 좀 하라고! 비용 문제라고 아까부터 말하고 있잖아! 우리 영지에서 군대를 파견하는 것보다 함정을 빌려주는 게 더 싸다고!」

「그러니까 그건 다른 행성의 문제이고~.」

「얘기를 듣긴 했냐! 해적한테 영지 운용하는 문제는 상관이 없다고! 다른 곳에 해적의 본거지가 생기면 번필드가의 영지도 난처해진단 말이다!」

박력 있는 연기에 절로 감탄이 나온다. 이 전문가, 사실은 배우가 아닐까?

그럴듯하네. 전문가라는 직함도 분명 방송국이 준비했을 것이다.

이 정도 직함에 속아 넘어가는 시청자들이 있다고 생각하니 즐거워서 참을 수가 없다.

대형 모니터로 텔레비전을 재밌게 보고 있으니 아마기가 다가왔다.

그리고 날 위해 홍차를 준비했다.

"주인님, 즐거워 보이네요."

"그래, 즐거워. 이런 방송을 믿고 나를 명군이라 하는 백성이 많아서 웃음이 나와."

정보 조작도 완벽하다. 이 정도로 내가 하는 짓이 사리사욕을 위해서가 아닌 미래를 내다본 행동이라 믿는 놈이 나온다.

하지만 아마기가 홍차를 준비하면서 살짝 기막혀했다.

"영지의 안전을 지키는 건 사실이고, 개척 행성에 대한 투자도 사실이지만요."

"그래?"

뭐, 크게 증세를 하고 싶었을 뿐이지, 그 돈으로 뭘 한다고 정하진 않았다.

그냥 싫은 짓을 해서 백성들을 쥐어짜고 싶을 뿐.

마음만 먹으면 나한테는 연금 상자가 있으니 아무런 문제도 없다.

그저 백성들이 괴로워하는 모습을 보고 싶었다.

난 아마기한테서 컵을 받아 우아하게 홍차를 마셨다.

"괴로워하는 백성의 모습을 보면서 마시는 차는 최고구나."

아마기가 나를 바라보는 시선에서 뭔가 귀여운 것을 보는 듯한 상냥함을 느꼈다.

"주인님이 좋아하시는 것 같아 다행입니다."

방송에서는 최근 유행에 관해 이야기하기 시작했다.

「그럼, 다음은 최근 유행하는 젊은이의 헤어스타일에 대해서입니다.」

「젊은이의 발상이 놀라울 따름입니다. 설마 이런 스타일이 유행할 줄은 몰랐습니다.」

방송 출연자들이 웃으니 대체 어떤 헤어스타일인지 궁금했다.

「이것이 요즘 유행하는 '회오리 스타일'입니다.」

그런 말을 하고 모델이 회장에 들어왔다.

그걸 본 나는 홍차를 뿜었다.

그 헤어스타일은 기른 머리카락을 말아서──좋게 말하면 소프트아이스크림이고, 나쁘게 말하면 뭐 그런 헤어스타일이었다.

아마기가 내가 뿜은 홍차를 청소하기 시작했다. 나는 즉각 아마기에게 매달렸다.

"아, 아마기이이이!"

"왜 그러시나요, 주인님?"

"진짜 저런 헤어스타일이 유행하고 있어?! 우리 영지에, 이게 잔뜩 있는 거야?! 거짓말이지? 거짓말이라고 해줘!"

모니터를 가리키자 아마기가 나한테서 시선을 돌렸다.

"이 저택에서는 인정하지 않았으니 괜찮습니다."

"저택 외에는 이거냐고! 하필이면, 이건 아니잖아!"

젠장! 기분 좋았는데 다 잡쳤잖아.

이게 대증세를 결정한 나에 대한 백성들의 복수인가?

"이런 부끄러운 헤어스타일을 하는 영지라 여겨지고 싶지 않아!"

"기분은 이해합니다."

나는 증세를 결정했을 때보다 더 강한 의지로 결단했다.

"당장 제한해. 이딴 걸 인정할 순 없다고!"

"안 된다고 하면 더 하고 싶어할 수도 있습니다만. 뭐, 정청에 연락해두겠습니다."

그 후, 바로 규제하게 되었지만── 나는 너무 쉽게 생각하고 있었다.

설마 증세를 받아들인 백성들이── 헤어스타일 하나로 저항할 줄은 몰랐다.

내가 금지를 발표한 다음 날에 데모가 일어났다.

번필드가의 시녀장이 된 세리나가 재상에게 보고를 하고 있었다.

「그렇군. 진지하게 개척하기 위해 증세를 했는가.」

"부자연스러운 점은 안 보이네요. 증세했다고 어떤 사치를 부리는 기색도 없습니다. 오히려 검소한 그대로니까요."

「욕심이 너무 없는 것도 문제로군. 귀족이 사치를 부리는 건 부를 분배하는 의미도 있어.」

"여유가 없는 것이겠죠. 다만 돈을 어떻게 쓰는지는 잘 알고 있어요."

세리나의 역할은 스파이다. 번필드가에 숨어 들어가 재상에게 정보를 흘리고 있었다.

「함정을 사 모은다는 소식을 들어서 위세가 좋다고 생각했더니 그냥 검약하는가.」

"뭔가 큰 비밀이 있는 게 더 좋았다는 듯이 말씀하시네요."

「설마. 제대로 된 귀족의 탄생을 기뻐하던 참이야. 피타크가 같은 가문이 나오는 와중에 제국에도 희망이 있다는 생각이 드는군.」

피타크가는 해적과 손잡고 번필드가에 싸움을 건 것이 문제가 되었다. 리암이 항의하지 않아 멸문당하지 않았을 뿐이다.

당주는 처형. 하지만 황폐한 영지를 상속받으려는 친족이 아무도 없었다.

그 결과, 예정대로 페터가 영지를 물려받았다.

페터는 고간이 폭발해 재생 치료를 못 받고 있다. 이대로 엘릭서를 구하지 못하면, 자손이 없는 피타크 가문의 당주가 되고 만다.

그리고 남은 피타크가의 막대한 빚은 혼인 관계를 맺은 레젤 자작에게 넘어가려 했다.

"그리고 번필드가는 장래에 자제를 받아들일 생각인 모양입니다. 제게도 그 일을 도우라고 하였습니다."

「흠, 번필드가라면 딱 좋을지도 모르겠군. 자제들을 받아들일 태세는 갖춰져 있는가?」

"10년만 있으면 어떻게든 될 것 같군요."

「자네가 있으면 안심이야. 번필드가에 힘을 빌려주게.」

"네, 그럴 생각입니다. 실제로 내년도부터는 번필드가의 종자인 소영주들의 자제를 받아들입니다."

「남작 이상의 가문에서 자제를 받아들일 수 있도록 해줬으면 하네. 아이들의 수행에 관해서도, 문제가 많아서 손을 쓸 수가 없어.」

통신이 끝났다.

1년 후.

번필드가는 처음으로 다른 가문의 자제를 맡게 되었다.

다만 주변 영주인 흔히들 말하는 소영주. 남작가보다 하위 가문인 기사, 준남작가의 자제다.

인근── 거리가 상당히 있지만, 비교적 가까운 영지에서 젊은 자제들이 모였다.

나와는 달리 소영주 가문에서는 후계자 외에는 제국에 유학할 수 없다.

교육에 그렇게까지 돈을 들일 수 없는 것이 실정이며, 원래라면 주군에게 의지하여 어떻게든 한다.

하지만 번필드가가 지금까지 믿음직하지 못해서 그런 일을 해오지 않았기 때문에 인근 소영주들은 굉장히 난처했던 모양이다.

넓은 방에 모인 녀석들은 대부분 나보다 연상이었다.

브라이언과 아마기를 데리고 방에 들어가니 시녀장으로 임명한 세리나가 나를 맞이했다.

"리암 님, 오늘부터 본 가문에서 맡게 되는 자들입니다. 자, 인사하세요."

모두가 나에게 인사를 하는데, 그중 한 명이 껌을 씹고 있었다.

녀석은 히죽거리면서 아마기에게 천박한 시선을 보냈다.

"뭐야, 인형이냐."

내가 눈살을 찌푸리자 세리나가 그 젊은이에게 다가가 뺨을 때렸다.

메마르고 좋은 소리가 방에 울렸다. 세리나가 강한 어조로 주의했다.

"말조심하세요!"

하지만 그 녀석은 거기서 멈추지 않았다. 나를 깔보는 태도를 보였다.

"나보다 꼬맹이인 놈이 거들먹거리지 말라고."

가끔 있다. 세상을 모르고 자라 자기 처지를 이해하지 못하는 멍청이가.

내가 세리나를 밀어내고 그 녀석에게 다가가── 그대로 때렸다.

남자가 날아가 벽에 충돌하더니 콜록거렸다.

"이, 이 자식!"

힘 조절을 했는데 한 방 맞은 것만으로 비틀거리는 남자를 보고 흥미를 잃었다.

"반항적인 놈은 필요 없어. 브라이언, 이놈을 쫓아내."

"기, 기다려주십시오, 리암 님! 아직 첫날입니다!"

"그래서 뭐? 날 불쾌하게 만든 게 잘못이지. 애초에 이 녀석의 집안이 나쁜 거야. 이 녀석의 교육을 게을리한 결과다. 상종할 가치도 없어."

나는 자신에게는 관대하지만, 남에게는 엄격한 남자다. 주위가 고요해졌고, 남자는 영문을 모르겠다는 얼굴을 하고 있었다.

"아마기, 돌려보낼 준비 해."

내 마음이 변하지 않을 것이라는 걸 헤아렸는지 아마기는 절차에 들어갔다.

"바로 준비하겠습니다."

나는 고요해진 방에서 남은 자제들을 노려봤다.

"여기선 내가 곧 규칙이다. 자기가 대장인 양 거들먹거리는 바보는 가문과 함께 베어버린다. 그런 줄 알고 지내라."

이번에는 아무도 거스르지 않았다. 그래, 그거면 된 거다.

◇ ◆ ◇ ◆ ◇

며칠 뒤.

사정을 들은 소영주의 당주가 나에게 사죄하러 왔다.

문제아를 폐적할 테니 앞으로도 변함없는 교제를 부탁한다며
알랑거렸다.

물론 흔쾌히 받아줬다! 난 나에게 꼬리를 흔드는 인간이 아주
좋다!

"강자란 참 좋구나. 제국에서는 일개 귀족이지만 근거지로 돌
아오면 왕이야. 정말 기분이 좋아."

브라이언이 나를 보고 약간 어이없어했지만 칭찬해줬다.

"시녀장이 감탄했습니다. 결단력이 좋다고. 다만 전 좀 더 원만
하게 끝내길 원했지만요. 모처럼 종자로 부활한 가문이 줄어드는
건 슬픈 일이니까요."

"처음이 중요해."

아무래도 상관없지만, 전생에도 저런 젊은 놈 때문에 고생했다.

나를 깔보는 놈은 전부 처단한다! 죽이지 않은 것만으로도 감
사했으면 한다.

"그 사건으로 인해 다른 자제들이 상당히 얌전해졌다고 합니다."

"그거 다행이네."

감탄하고 있으니 브라이언이 나를 슬쩍 떠봤다.

"그보다 첫 대면 때 마음이 가는 아가씨는 없었습니까?"

"마음이 가는 아가씨? 딱히 없었는데. 그게 왜?"

브라이언은 내 대답을 듣고 아쉬워했다.

"그렇습니까. 측실 후보였는데, 아쉽습니다."

"어? 그래?"

"예의범절을 배우는 처지라고는 해도 종자의 딸들이니까요. 약혼자가 없으면 리암 님의 희망이 우선됩니다. 마구잡이로 관심을 보이는 건 곤란하지만, 전혀 흥미를 보이지 않는 것도 문제입니다."

그런 얘기는 못 들었다고~! 하지만 그 자리에서 마음이 안 갔다는 건, 내 취향이 아니었겠지.

"그런 거야? 하지만 내 눈을 끄는 절세미녀가 없었으니까 어쩔 수 없어."

"취향에 맞는 자는 없었다고 세리나에게 전해두겠습니다."

브라이언이 체념하고 '다음을 기대하죠'라는 말을 했다.

한 귀족이 강등 처분을 받았다.

가지고 있던 자원위성 대부분을 제국에 몰수당하고 귀족으로서의 신용을 잃었다.

레젤 자작가. 아니, 강등되어 지금은 레젤 남작가다.

그리고 지금은 수행지로 부적절한 가문이라는 꼬리표까지 붙었다.

"왜 이렇게 됐지……."

레젤 남작은 방 안에서 홀로 고민했다.

제국으로부터는 번필드가가 해적의 습격을 받았을 때 고의로 눈감아줬다는 의심을 받았다. 다행인 것은 리암이 해적들을 전멸시켰다는 것이다.

영지에 남아있던 해적 잔당들은 레젤 남작이 전부 처리했다.

하지만 제국의 조사가 상상 이상으로 본격적이라서 그 외에 여러 조사를 받고 강등 처분을 받았다.

레젤가가 멸문당하지 않은 이유는 갑자기 멸문하면 통치가 번거로워진다는 제국의 사정 때문이었다.

처분에 정은 일절 없었다.

더구나 그에게는 피타크가의 문제도 있었다. 피타크가의 막대한 빚이 레젤가에 넘어오려 하고 있었다.

이유는 딸인 카테리나가 페터의 아내이기 때문이다.

모든 걸 던져버리고 도망치고 싶었지만, 그런 짓을 하면 제국이 이번이야말로 칼을 빼 들 것이다.

어느 쪽으로 가도 밝은 미래가 안 보인다. 그리고 나쁜 일은 계속 이어졌다.

"상가도 전부 도망쳤고."

레젤가의 실정을 안 상가가 도망쳤다.

교류가 있는 어용상인들도 강등 처분을 받은 뒤부터 태도가 차가워졌다. 원래부터 해적과의 관계를 그다지 좋게 생각하지 않은 것도 있어서 이번 일을 계기로 버려진 것이다.

눈치 빠른 부하들도 빠르게 다음 주인을 찾아서 떠났다.

남은 것은 융통성 없는 녀석들뿐.

그중에는 리암을 지도했던 열혈 기사도 있었다.

"뭐가 잘못됐지. 난 뭘 틀린 것이냐."

절망하는 레젤 남작—— 그 모습을 보고 있던 것은 안내인이었다.

안내인은 눈치채지 못한 레젤 남작에게 불만을 쏟아냈다.

"너한테는 실망했다. 하지만 네 절망 덕분에 조금은 괜찮아졌어. 너희의 절망을 양식으로 삼아 난 리암에게 복수할 거다."

레젤 남작과 페터 등.

불행해진 인간이 존재하는 덕분에 안내인은 힘을 조금 되찾았다.

하지만 리암을 불행하게 만들기에는 힘이 부족하다.

안내인은 생각했다.

"이렇게 됐다면 모든 것을 밝히고 리암을 절망시키자. 그것 말고는 방법이 없어. 아무리 그 녀석이라도 여기까지 오면 의심하고 있겠지."

재수 없는 리암의 감사하는 마음이 멀리 떨어져 있어도 전해져 왔다.

레젤 남작과 다른 사람들의 불행이 없었다면 안내인도 위험했다.

까딱 잘못했으면 힘이 다해 사라졌을지도 모르는 것이다.

"큭! 이놈들이 더 불행해졌다면 나도 힘을 더 되찾을 수 있을 텐데."

안내인은 진심으로 그렇게 생각했다.

"이번에야말로 리암을 지옥으로 떨어뜨리는 거다!"

안내인이 사라지자, 부정적인 감정을 흡수당한 레젤 남작이 고개를 들었다.

그 얼굴은 악령이 떨어져 나간 듯한 얼굴을 하고 있었다.

"지금까지의 업보가 돌아온 거야. 이렇게 됐으면, 여기서부터 재출발하는 수밖에 없어. 우선 카테리나에게 연락하자."

레젤 남작은 자리를 털고 일어섰다.

페터 주니어가 폭발한 페터는 악령이 떨어져 나간 듯한 표정을 하고 있었다.

침대에 누워있는 페터를 간병하는 사람은 카테리나였다. 페터는 그런 카테리나에게 힘없이 웃음 지었다.

"이 몸은 바보였어."

"겨우 깨달은 거야?"

카테리나는 기막혀했지만, 이쪽도 웃는 얼굴이었다. 바지런히 페터를 간병하고 있었다. 페터는 그런 카테리나를 걱정했다.

"카테리나, 넌 친정으로 돌아가. 아직 약혼을 파기할 수 있을 거야. 나와 육체관계가 없었다는 걸 증명할게. 너에게 폐를 끼칠 순 없어."

모두가 페터를 포기하는 가운데, 카테리나는 남아서 곁에 있었다.

"돌아간다고 해도 어떻게 되는 것도 아냐. 아버지도 돌아오라고 하셨지만, 돌아갈 생각은 없어. 이대로 널 방치해도 우리는 파멸이야. 그럼 차라리 피타크가를 정상적으로 만드는 게 낫지."

"카테리나. 미안. 미안해."

울면서 사과하는 페터를 보고 카테리나는 작게 한숨을 쉬었다.

"괜찮아."

카테리나는 진심으로 피타크가의 재생을 생각하고 있었다.

자기가 힘내지 않으면 안 된다고 생각했는지, 오히려 의욕을 보였다.

"피타크가가 조금이라도 회복되면 당주로 입후보하는 사람도 나올 거야. 그렇게 되면 양도하고 우리는 은거하자. 페터도 치료해야지."

"그래, 이 몸도 힘낼게. 힘낼 거야."

페터도 리암과 마찬가지로 부모의 사랑 같은 건 모르고 자랐다.

세상 물정 모르고 부모는 제국의 수도에 있다.

그런 가운데 처음으로 의지할 수 있는 카테리나가 나타나 페터는 아주 기뻐했다.

◇ ◆ ◇ ◆ ◇

"이 쓰레기 놈들이이이이!!"

그 얼마가 지난 어느 날.

나는 백성들의 반발은 여전히 강했다. 아니, 격화되고 있었다.

권리와 자유를 주장하는 바보들을 상대로 나는 고심하고 있었다.

자유도 권리도 내 것이다! 너희에겐 자유도 권리도 없다!

"똥 같은 헤어스타일에 왜 저렇게까지 집착하는 거야!"

집무실의 책상을 두들기는 나는 각지에서 일어난 데모에 군대를 투입했다.

다행히 헤어스타일을 인정하라며 플래카드를 들고 행진하기만 하는 데모다.

금방 진압할 수 있을 줄 알았지만, 여기서 군인들이 망설였다.

이유? '저항하지 않는 백성은 죽일 수 없습다'란다. ──멍청이!

덕분에 의욕 없는 군인들은 데모를 보기만 했다. 개중에는 '헤어스타일 정도야 괜찮잖아'라며 말하는 놈도 있다. ──웃기지 마라!

난 절대로 이런 헤어스타일은 인정 안 할 거라고!

똬리를 튼 똥 같은 헤어스타일에 몇 년이나 집착하는 꼴이라니!

"영지는 평화롭군요."

아마기의 말에 아연실색했다. 어디가? 매일같이 각지에서 데모가 일어나고 있다고!

"어디가! 나한테 반발하는 백성이 있다고!"

방송국에도 넌지시 '이런 건 별로 안 좋지?'라는 뜻을 전했더니, 그놈들은 '헤어스타일을 규제하는 법률이 없으니까'라고 지껄였다.

너흰 누구 편이냐! 좀 더 권력자에게 빌붙으라고! 웃기지 마라!

억지로 법률을 만들려고 했더니 관리들도 '그건 좀 아닌 것 같아서요'라고 지껄였다.

실제로 어떤 헤어스타일은 되고, 어떤 건 안 된다고 하면 귀찮아진다나 뭐라나.

아니, 나도 이해하지만, 이해하지만 말이다!

너희들, 왜 그렇게 그 헤어스타일에 집착하냐고!

그건가? 증세한 것에 대한 반발인가? 그런 거지? 사실은 증세에 대한 보복이지?!

"그보다 개척 행성 개발이 예상 이상으로 순조롭습니다. 증세로 인해 주인님이 진심이라고 생각했을 겁니다. 백성들의 의욕이 다릅니다."

"그것보다 저 헤어스타일이 더 문제잖아! 난 싫다고. 똥 같은 헤어스타일을 한 백성이 잔뜩 있는 영지 같은 건 싫단 말이다!"

내가 유년학교에 입학하기 전에 어떻게 해서든 저 헤어스타일만은 영지에서 뿌리 뽑고 만다!

◇ ◆ ◇ ◆ ◇

세리나가 재상에게 연일 이어지는 데모에 대해 보고하고 있었다.

"──이런 상황입니다. 번필드가는 데모 외에는 지극히 평온해요."

「백작의 마음이 사무치게 잘 이해되는군.」

리암의 현 상황을 듣고 재상이 동정했다.

"그보다 유년학교 입학 시기가 다가오고 있군요."

「백작이라면 문제없겠지만, 최근에는 유년학교도 문제아가 많다고 들었네.」

리암이 60세에 입학 예정인 유년학교도 문제가 많았다. 여기저기에 문제투성이인 것이 지금의 제국이다.

재상이 리암에게 기대하는 것도 제국의 부패를 묵과할 수 없기 때문이다.

「그런데 백작은 제7병기공장에서 요새급을 샀었지? 군비증강을 너무 서두르는 것 같은데, 이유는 있는가?」

세리나가 그 사안에 대해서 대답했다.

"개척지의 방위거점에 됐습니다. 본격적인 기지를 마련하려면 아직 몇 년이 더 걸린다고 합니다. 그때까지의 임시방편으로 이용하는 것이겠죠."

「그거참 호쾌한 사치 방법이군.」

"백성들이 나에게 저항하다니, 용서할 수 없어!"

나는 연일 일어나는 데모에 격노했지만, 유년학교 입학 시기가 다가오고 있었다.

입학 전의 중요한 시기인데 백성들에게 계속 시달렸다.

패션 잡지를 집어서 읽어보니, 그 문제의 헤어스타일이 더욱 진화해서 게재되어 있었다.

브라이언이 들여다봤다.

"섣불리 규제하면 강하게 반발하는 법입니다, 리암 님."

"철저하게 부숴주지!"

이렇게까지 나를 화나게 만들 줄은 몰랐다.

아마기에게 한계까지 세금을 올리라고 시킨 것에 대한 반발도 있을 것이다.

그렇다면 어느 쪽이 옳은가. 아니, 어느 쪽이 위인지를 확실하게 가르쳐줄 필요가 있다.

브라이언이 고개를 저었다.

"포기하는 편이 좋지 않을까요?"

"포기하는 건 내가 아냐. 저놈들이다! 권력자인 나에게 거역한 걸 반드시 후회하게 해줄 거라고!"

"백성들은 오히려 즐기는 것 같기도 합니다만."

"더더욱 용서할 수 없지!"

내가 백성들을 농락하는 건 괜찮지만, 내가 농락당하는 일은 있어서는 안 된다.

악덕 영주의 체면 문제다.

"이렇게 되면 무력 행사다. 기사들을 불러들여서 머리가 두엄 더미 같은 놈들의 머리를 빡빡 깎아주지. 그렇지, 병사들에게 바리깡을 장비시켜서 다들 빡빡—— 응?"

거기까지 말하고 브라이언의 상태가 이상하다는 것을 깨달았다.

시간이 멈춘 것처럼 움직이지 않았다.

이 감각은 느낀 적이 있다. 그렇다, 난 이걸 알고 있다.

이전과 똑같이—— 아니, 약간 피로한 느낌의 안내인이 있었다.

어느샌가 방에 있었고 여행 가방에 걸터앉아 다리를 꼬고 있었다.

모자를 푹 눌러써서 눈가가 보이지 않았다.

하지만 초승달 같은 입가만은 확실하게 보였다.

"오랜만이군요~, 리암 씨."

"너냐! 실은 상담하고 싶은 일이——!"

안내인이 손을 내밀어 말을 가로막았다. 뭔가 하고 싶은 말이 있는 모양이다.

"계~속 만나고 싶었어요. 하지만 오늘까지 만나지 못했죠."

나도 기쁜 듯이 말하는 안내인에게 감사의 말을 전했다.

"나도 만나고 싶었어. 실은 감사 인사를——."

검지를 입가에 댄 안내인은 조용히 하라는 제스처를 취했다.

"우선 저부터예요, 리암 씨. 저도 많은 걸 말하고 싶었어요."

일어선 안내인은 그대로 방을 빙빙 돌기 시작하더니 담담하게 이야기했다.

"이상하다고 생각하진 않았나요?"

"뭐가?"

"지금까지 일어난 모든 것이요. 뭐, 최근의 화제라면 레젤가죠. 리암 씨는 자신이 푸대접받은 것을 이상하게 생각하지 않았나요?"

"딱히."

"생각하라고!"

갑자기 호통을 친 안내인은 '실례'라며 사과한 뒤에 계속 말했다.

"원래라면 페터처럼 접대를 받아야 하는 건 리암 씨였어요. 레젤가의 딸을 맞아들이고 유력한 가문과 이어질 기회였죠. 원래라면 페터의 입장은 리암 씨의 것이었어요."

"——거짓말이지?!"

놀라서 눈을 크게 뜨니 안내인이 즐거운 듯이 팔을 벌리고 웃기 시작했다.

"그럼 왜 리암 씨가 얻어야 하는 모든 것을 페터에게 빼앗겼느냐! 전부 흑막이 있습니다."

"흑막?"

"——저예요."

머리 숙여 인사하는 안내인이 고개를 들어 나를 보고 웃고 있었다.

"전부 제가 꾸민 일입니다."

사실을 듣고 나는 생각했다.

"네, 네가 전부 한 거야?"

"당신이 얻어야 하는 모든 것을 빼앗은 것은 바로 나! 그래, 리암 씨, 당신은 속고 있었던 겁니다!"

──이 녀석.

안내인이 나에게 사실을 폭로했다.

그 사실에 나는── 감사한 마음밖에 안 들었다.

"애프터 서비스도 충실하다는 건 사실이었구나."

"엥?"

안내인이 얼빠진 소리를 냈다. 이 녀석, 부끄러워서 나쁜 사람인 척을 하면서 전한 거겠지.

설마 뒤에서 날 위해 이래저래 움직이고 있을 줄은 몰랐다. 어쩐지 모든 것이 잘 된다 싶었다.

"안 숨겨도 돼. 날 위해서 뒤에서 이래저래 움직인 거잖아?"

"아니, 그러니까, 그건 사실이지만요. 하지만 뭔가 다른 것 같은데."

내가 페터처럼 대우를 받았으면, 지금쯤 카테리나를 떠맡고 성병까지 걸렸을 것이다.

이 녀석은 나뿐만 아니라 내 하반신도 지켜줬다.

날 위해 최선을 다해주고 있었다.

혹시 크루트와 에일라를 만나게 해준 것도 이 녀석일까?

우연일지도 모르지만, 이 녀석이라면 이것저것 생각하고 있을 것 같다.

혹시 레젤가에서 따른 행운은 전부 이 녀석의 소행인가?

"넌 좋은 놈이구나."

"어? 아니——."

안내인이 가슴을 부여잡고 뭔가 말하려고 해서 이번에는 내가 먼저 말했다.

"부끄러워하지 마. 네가 날 위해서 레젤가와의 연을 끊어준 거지? 그 집 강등돼서 큰일 났다고 하잖아. 게다가 그런 가문이랑 연을 맺었으면 지금쯤 내가 큰일 났을 거야. 정말 고마워."

무슨 짓을 한 건지, 레젤가는 실패하여 내리막길을 걷고 있다. 그런 집과 연관되어 있었다면 나까지 불행해졌을 것이다.

"그, 그만해!"

괴로워하듯이 부끄러워하는 안내인을 보고 나는 확실하게 감사 인사를 했다.

이 녀석, 진짜 좋은 녀석이구나. 혹시 레젤가와 피타크가가 영락한 건 이 녀석이 날 도와줘서인가? 있을법해!

"짜증 나고 지긋지긋하고 선량한 영주인 피타크가도 네가 궁지에 몰아넣은 거지? 나도 그 가문은 싫었어. 착한 아이는 짜증 나니까."

눈에 거슬리는 가문을 없애줘서 굉장히 고마웠다.

"아, 아냐——!"

쑥스러워 얼굴을 숨기고 부들부들 떠는 안내인을 보고 나는 코아래를 비비면서——.

"넌 정말 착하구나. 고, 고마워."

부끄러워하면서 감사 인사를 하니 안내인이 소리쳤다.

"으갸아아아아아아아아아아아아!!!!"

마치 안개가 흩어지는 것처럼 사라진 안내인.

내가 놀라고 있으니 브라이언이 움직이기 시작했다.

"리암 님, 왜 그러십니까?"

부끄러워서 모습을 감춘 안내인을 생각하고 나는 작게 고개를 저었다.

"아무것도 아냐. 응, 갑자기 기분이 좋아졌어. 헤어스타일 건은 이제 포기하도록 하지."

브라이언이 고개를 갸웃거렸지만, 납득했는지 정청에 연락했다.

고작 헤어스타일 따위로 너무 소란을 피웠다. 기분도 좋으니 이번 사태는 관대한 마음으로 허용해주자.

하지만── 마음에 안 드는 점은 내가 포기하고 몇 달도 안 돼서 그 헤어스타일의 유행이 끝났다는 것이다.

너희들, 실은 날 놀리고 있었던 거냐?

유년학교 입학 전.

내가 영지에 있는 동안에 만날 생각인지 니아스가 찾아왔다.

"리암 니임~, 니아스, 전함을 사주시면 좋겠어요."

나는 치장한 니아스를 보고 코웃음 쳤다.

"돌아가라, 안쓰러운 계집."

"차가워! 리암 님의 태도가 차가워요!"

니아스는 요새급을 팔아 위세가 좋아졌지만, 내가 손가락을 튕기니 고용인들에게 끌려갔다.

"리암 님, 200척이라도 좋으니까요오오오!"

도플러 효과를 확인할 수 있는 외침이었다.

그보다 저 녀석은 내 마음을 전혀 이해하지 못했다.

가르쳐줘도 상관없지만, 일부러 가르쳐주는 것도 귀찮고, 알려주면 졌다는 느낌이 든다.

"아마기, 다음 손님을 불러."

"네, 주인님."

아마기가 다음 손님을 방에 부르니, 제3병기공장의 유리시아가 나타났다.

상당히 멋을 부리고 선정적인 옷을 입고 있었다.

"백작님, 오랜만입니다."

기합이 들어간 유리시아와 인사를 끝내고 자리에 앉히니 일부러 가슴의 골짜기를 강조한 의상에 시선이 갔다.

"제3병기공장에서 판매 중인 신병기들을 소개해드리고 싶어서."

상품을 설명했지만 나는 전혀 흥미가 없었다.

애초부터 유리시아가 진심으로 상품을 팔려고 하지 않았다.

상품을 판다기보다는 마치 나에게 자기 자신을 잘 보이려 하는 것 같았다.

나를 신경 쓰는 눈치인 유리시아를 보면서, 이 녀석도 안쓰러운 계집이었다며 슬프게 여겼다.

"살 마음이 안 들어."

그러자 유리시아는 억지로 내 옆에 앉더니 몸을 기대왔다.

니아스와는 달리 이쪽에는 분명히 색기가 있었다.

그 녀석도 미인이지만 이런 쪽의 기술은 전혀 없다.

"백작님, 사주신다면 절 마음대로 하셔도 상관없어요."

나는 팔을 뿌리치고 일어서서 손뼉을 쳤다.

고용인들이 유리시아를 끌고 갔다.

"배, 백작님?!"

나는 끌려가는 유리시아를 기대에 어긋난 불쌍한 아이를 보는 눈길로 바라봤다.

"너한테는 기대하고 있었는데, 안타깝네. 끌고 가."

"그럴 수가아아아!"

유리시아도 니아스와 마찬가지로 사라졌다.

병기공장과 관련된 여자는 글렀다. 뭐, 재미있으니까 앞으로도 그 녀석들에게 내 담당을 맡기도록 병기공장에 전해뒀다.

아마기가 면회 종료를 알렸다.

"이로써 오전 약속은 종료입니다."

"오후도 있나?"

"네. 토마스 님이 면회를 원합니다."

"에치고야?"

◇ ◆ ◇ ◆ ◇

리암의 저택에 있는 한 객실.

속옷 차림의 유리시아는 호화로운 화장실에서 원통함에 얼굴이 일그러져 있었다.

"날 이렇게까지 업신여기다니, 절대로 용서 안 해."

유리시아는 능력 있는 여자다.

지금까지 많은 남성에게 교제를 요구받아 왔다.

교제를 요구한 남성 중에는 귀족 남성도 있었지만, 그런 요구는 전부 거부해왔다.

여배우 같은 용모. 남자가 좋아하는 체형. 교양을 익히고 아무튼 노력해온 건 언젠가 대귀족 후계자의 환심을 사기 위해서다.

병기공장에 배속을 희망한 것도 대귀족과 면회할 기회가 많기 때문이다.

자신을 가꾸고, 그리고 순결을 지켜온 건—— 대귀족의 눈에 들어 신분 상승을 노리고 있었기 때문이다.

자신에게 그만한 자질이 있다고 생각했고, 실제로 틀리지도 않았다.

하지만 리암은 자신을 거들떠보지도 않았다.

처음에는 리암의 눈에 들었다고 생각해 이대로 리암을 이용해 자신의 이상적인 상대를 찾으려고 했다. 리암을 손바닥 위에서 가지고 놀 수 있다고 생각했던 유리시아는 자신을 상대해주지도 않은 것이 용납이 안 됐다.

"반드시 돌아보게 만들어서, 그 뒤에는 버려주겠어. 울면서 용서를 비는 모습을 보고 웃어주겠어."

유리시아는 리암 정도의 대귀족을 버린다는 뒤틀린 목표를 가지고 말았다.

버릴 때는 대등하거나 그 이상의 남자와 사귀어둘 필요도 있다.

하지만 그 전에 반드시 리암을 돌아보게 만들겠다며 결심했다.

"그러고 보니, 백작님은 곧 유년학교에 진학하지?"

유리시아는 거울을 보고 자신이 차가운 미소를 짓고 있다는 걸 깨달았다.

점심 휴식 후.

난 토마스와 잡담을 나누고 있었다.

"리암 님과 이렇게 면회하는 것도 힘들어졌군요."

최근에는 면회 희망이 많아서 어쩔 수 없다.

나를 이용하려는 놈들밖에 없어서 곤란할 지경이다.

어용상인인 토마스처럼 나에게 이익을 주면 생각해보겠지만, 이놈이고 저놈이고 자기 생각밖에 안 한다.

악인으로서도 이류인 자들 뿐이다.

메리트를 제시할 수 없는 주제에 자신의 메리트만을 바란다.

머리가 아프다.

"대부분은 쓸모없는 놈들뿐이야."

"사람이 모인다는 것은 그만큼 리암 님께 기대가 모였다는 증거입니다. 그리고 유년학교 입학이 있으니까요."

유년학교── 귀족의 자제만이 입학할 수 있는 학교로, 본격적인 수행이 시작되는 곳이다. 전원 기숙사제이며 제국의 귀족을 엄격하게 교육한다고 들었다.

"생각하니 또 귀찮네. 이번에는 6년이잖아."

"리암 님이라면 문제없겠지만, 유년학교를 졸업한 뒤의 예정은 정하셨습니까?"

유년학교를 졸업하면 사관학교나 제국이 지정한 대학에 진학해야만 한다.

어느 쪽이든 입학해야 하기에 거부할 수 없다.

"아직은. 어디를 가든 똑같으니까."

"리암 님은 이미 백작이시니, 졸업 후에 수도성에 머무르기도 어려울 것 같군요."

"바로 영지로 돌아올 거야."

제국에서 나는 일개 귀족이지만 근거지에서는 왕이다.

마구 위세를 떨칠 수 있는 곳에서 왕이 된 기분을 맛보는 게 내 이상이다.

그러기 위해서는 빨리 수행을 끝낼 필요가 있다.

"그보다 너희 상회는 괜찮겠지?"

내가 노려보니 토마스는 미안한 듯이 머리를 숙였다.

"본 상회에 대한 감세 조치 덕분에 어떻게든 될 것 같습니다. 리암 님께는 감사하고 있습니다."

"당연하지."

토마스의 햄프리 상회는 피타크가를 상대로 돈을 빌려줬다. 무슨 흉계라도 꾸미고 있었겠지만, 피타크가가 영락해버려서 계획은 실패로 끝났다.

덕분에 큰 손실을 낸 토마스에게 내가 이렇게 영내에서의 거래에 한정해 수년간의 감세 조치를 시행했다.

내 어용상인이라면 좀 더 똑바로 행동했으면 한다.

"앞으로는 조심해라."

"아, 네. 그리고 리암 님은 수도성에 저택을 지으실 겁니까?"

"수도성에 저택을?"

수행의 일환으로 수도성에 유학하는데, 그때 저택을 짓는 게 귀족의 방식이라고 한다.

나는 필요 없다고 생각하지만, 신분이 있어서 저택이 없으면 모양새가 안 난다고 한다.

"그러고 보니 조부모도 부모도 수도성의 저택에서 그대로 살고 있었지. 난 달리 가진 저택이 없으니 새로 짓는 수밖에 없나?"

번필드가에는 수도성에 저택이 없었다.

"수도성의 토지 가격은 엄청나니까, 저택을 마련하신다면 지금부터 움직이지 않으면 때를 맞출 수 없습니다."

일부러 유학만을 위해 저택을 준비하는 건 엄청난 낭비가 아닐까? 아, 안 돼. 이런 서민적인 감각이 빠지지 않으니까 아마기와 브라이언이 뜨뜻미지근한 눈길로 보는 거다.

난 좀 더 위를 노려야만 한다! ——하지만 뭘 하면 되는 걸까? 여기선 악덕 상인인 토마스에게 상담해야 하나?

"참고로 부자 놈들은 어떻게 하고 있지?"

"궁전 근처에 저택을 짓는 게 일반적이죠. 한정된 토지에 기발한 저택을 지어 눈에 띈다고 합니다."

기발한 저택이라고? 그런 곳에서 살고 싶지도 않고 기발한 저택은 지긋지긋하다.

"난 싫어. 그 외에는?"

"유별난 사람은 체재 기간에 호텔을 전세 낸다고 들은 적이 있습니다."

"호텔?"

"예. 수도성에 저택을 지어도 대부분은 대학에서 아주 먼 곳에 있습니다. 호텔은 비교적 가깝긴 하지만, 거길 전세 내는 건 그야말로 돈 자랑이나 다를 게 없지요. 재력 있는 분들은 그렇게 한다고 들었습니다."

유학 기간에 호텔을 전세 내?

"그냥 방 하나를 빌리면 충분하잖아?"

"그러면 호위들이 머무를 방이 없습니다. 그리고 어중간하게 빌리면 이래저래 성가시다고 들었습니다."

토마스 녀석, 아무래도 이미 밑조사를 마치고 나에게 이 이야기를 꺼낸 것 같다. 근데 호텔을 전세 내다니—— 부자의 발상은 굉장하네.

그렇다면 나는 그걸 능가하면 된다. 간단한 이야기 아닌가.

"그럼 전세 낼까. 토마스, 호텔 리스트를 만들어둬. 하지만 볼품없는 호텔은 사양이다. ——돈은 얼마가 들어도 좋아. 무조건 고급 호텔이다. 오래된 곳이면 더 좋아! 내가 써주지!"

고급 호텔을 전세 내겠다고 했는데, 토마스는 내가 기대한 반응을 보이지 않았다.

"알겠습니다. 리암 님에게 걸맞은 호텔을 찾아오겠습니다."

어딘가 '아, 그렇습니까'라는 듯한 분위기다. ——재미없다.

번필드가의 저택에는 브라이언의 방도 있다.

집사인 브라이언의 방에는 넓은 베란다가 있으며, 거기에는 취미로 키우는 분재가 늘어서 있었다. 베란다인데 마치 정원처럼 되어 있었다.

거기서 콧노래를 흥얼거리면서 리암이 되찾은 분재를 관리하고 있었다.

그리고 하늘을 올려다봤다.

"오늘도 날씨가 좋군요."

리암이 태어나기 전에는 이런 날이 올 줄은 생각지도 못했다. 이전에는 영지의 상황에 마음이 가라앉았지만, 지금은 날씨만큼이나 상쾌한 기분이었다.

그런 영지를 부흥시킨 리암이 유년학교에 입학하는 나이가 되었다.

브라이언은 리암이 무사히 성장해서 진심으로 기뻤다.

"리암 님이 무사히 수행을 끝마칠 때까지는 이 브라이언도 힘내지 않으면."

취미인 분재 관리를 끝내고 바라보고 있으니 베란다에서 내려다보이는 저택의 정원에 세리나가 왔다.

"어라, 무슨 일이죠?"

세리나는 양산을 쓰고 있었다. 난간을 잡는 브라이언을 올려다보고 무뚝뚝하게 행동했다. 업무시간 외에는 무뚝뚝한 여자였다.

"산책이야. 스스로 걸어서 저택을 둘러보고 있지."

"열심이군요. 차라도 준비할까요?"

세리나가 잠시 생각하고 고개를 끄덕이고 저택으로 들어왔다. 브라이언이 차를 준비하기 시작했고, 그 사이에 세리나가 왔다.

둘은 차를 마시며 잡담을 했다.

"브라이언, 네 가족은 어떻게 지내지?"

"손주 부부가 머지않아 이곳으로 돌아올 예정입니다."

"그런가. 부를 수 있게 된 건가."

브라이언의 손자 부부는 번필드가의 영지를 떠나 있었다. 다시

부를 수 있게 되어 브라이언도 기뻐했다.

"네, 리암 님 덕분입니다. 지금의 영지라면 손주 부부도 안심하고 지낼 수 있습니다."

그대로 이야기를 하다 보니 일 이야기를 하게 되었다.

세리나가 푸념했다. 일에 대해서가 아니라 생활방식에 대해서였다.

"오래 살면 별일이 다 있어서 좋지 않아. 몸에 밴 습관은 사라지지 않아서 휴일보다 일하는 게 더 편해."

"워커홀릭이군요."

브라이언이 웃으니 세리나는 '그렇지'라며 수긍했다.

"브라이언, 당신은 좋은 주인을 만났어. 꾹 참은 보람이 있었잖아."

"인내와는 다릅니다. 알리스타 님에 대한 보은이었으니까요."

"그때 순순히 궁전에 왔으면 좋았을 것을. 그렇게 했으면, 당신이라면 나름의 지위를 얻을 수 있었을 거야."

옛날에 딱 한 번, 브라이언은 세리나에게 궁전에서 일하지 않겠냐는 권유를 받은 적이 있다.

하지만 지금은 거절하길 잘했다고 브라이언은 생각하고 있었다.

"그래도 지금이 행복하니 괜찮습니다."

"욕심이 없구나. 당신이 부러워."

리암의 저택이 보이는 곳.

그곳에 쓰러진 안내인이 있었다.

리암에게 모든 것을 폭로했더니 도리어 감사를 받아 치명상을 입고 말았기 때문이다.

그의 몸은 사라져가고 있었고 제대로 움직일 수 없게 되었다.

설마 사실을 말하는 도중에 그렇게나 솔직하게 고마워할 줄은 꿈에도 몰랐다.

그놈 대체 뭐지? ──안내인은 진심으로 리암이 무서워졌다.

대화는 가능해도 말이 안 통한다는 사실에 공포에 떨었다.

괴로운 듯이 숨을 쉬면서 안내인은 리암에 대한 원망을 말했다.

"이, 이 자식, 리암. 반드시 복수를── 이 원한을 반드시이 풀어주마아!"

복수하기 위해서는 한동안 쉬어야만 한다.

그리고 부정적인 감정을 모아야만 했다.

리암을 쓰러뜨리기 위해 가능한 한 많은 부정적인 감정을 모을 필요가 있다.

"그렇지. 제국의 수도성으로 가자. 거기에는 넘칠 정도로 부정적인 감정이 소용돌이치고 있어. 거기에 있으면 난 회복할 수 있어."

그리고 다음에야말로 리암에게 복수를── 그렇게 생각하면서 안내인은 일어서서 비틀비틀 걷기 시작했다.

그 뒤를 한 마리의 개가 따라갔다.

서서히 형태가 또렷해지고 있지만, 안내인은 약해져서 뒤에서 따라오는 개를 알아차리지 못했다.

"——리암, 다음에 만났을 때가 네 마지막이다."

안내인은 다시금 리암에게 복수할 것을 맹세했다.

리암의 저택에는 아마기 이외에도 메이드 로봇이 많이 일하고 있다.

다만, 대부분은 양산기다.

똑같은 몸과 똑같은 얼굴을 지닌 메이드 로봇들의 차이는 헤어스타일과 몸에 단 소품뿐이다. 참고로 헤어스타일은 개체 식별을 하기 위해 약간의 차이가 있을 뿐이다.

그중 한 기인 '시라네'는 저택의 복도를 걷고 있었다.

도시 하나를 집어삼킨 듯한 리암의 저택은 굉장히 넓어서 메이드 로봇들도 각 서(署)에 배치되었다.

도시를 내포한 것이 아닌, 도시와 일체화한 듯한 저택이다.

복도도 도로처럼 넓어서 이동용 탈것을 타고 다니는 경우도 많았다.

너무나도 넓은 복도를 걷는 시라네는 저택 안에 문제가 없는지 체크하고 있었다.

시라네의 말없이 걷는 소리만이 주위에 울렸다.

그때 이동용 탈것을 탄 작업원들이 지나갔다.

아무래도 저택 내부를 수리하고 돌아가는 듯했다.

그들은 시라네를 보고 깜짝 놀란 표정을 지었다.

"인기척 없는 곳에서 인형을 보면 무섭단 말이지."

"바보야! 백작님께 알려지면 칼에 베여서 죽을 거라고."

"──무표정이고 무슨 생각을 하는지 알 수 없으니까 무섭지. 인공지능을 탑재하고 있다는데, 배신하진 않겠지?"

안드로이드들을 꺼림칙하게 여기는 인간은 많았고, 저택에서 일하는 자들도 예외가 아니었다.

하지만 시라네의 속── 그 머릿속은 그들이 상상하는 것과는 달랐다.

아까 전부터 메이드 로봇끼리 연결된 네트워크를 이용해 사진이나 동영상, 코멘트를 SNS처럼 주고받고 있었다.

시라네는 이 쓸데없이 넓은 저택에 대해 글을 썼다.

「쓸데없어~. 이 공간 진짜 쓸데없어~. 관리하는 것도 쓸데없어~.」

이용하지 않는 저택 일부에 대해 불평하고 있었다.

그런 시라네의 코멘트에 다른 메이드 로봇들도 코멘트했다.

「리소스 낭비야~.」

「진지하게 일해라.」

「한가해~. 여기에 코멘트 쓸 정도로 한가해~.」

그녀들의 성능이면 웬만한 일은 가능하다.

리암은 허세를 잘 부리는 사람이라, 양산기 하나에도 최고 성능을 추구한 결과다.

즉, 과잉 성능의 메이드 로봇투성이였다.

「어라? 총괄역인 아마기는?」

몇 명이 네트워크를 이용하지 않는 아마기에게 의문을 가졌다.

물리적으로 가까운 거리에 있는 메이드 로봇이 사진을 첨부하여 아마기의 상황을 알렸다.

「주인님 상대 중!」

　거기에는 홍차를 준비하는 아마기의 사진이 첨부되었고, 네트워크를 차단하고 리암을 상대하고 있다는 것이 알려졌다.

「뭐야, 항상 하던 대로인가.」

　다른 메이드 로봇들이 질려서 화제를 바꿨다.

　다음 화제는 아마기를 상대로 미소를 보이는 리암이었다.

「――그러고 보니, 주인님은 우리한테도 이름을 붙였잖아.」

「붙였지.」

「그랬지.」

　리암은 살아있는 여자와는 거리를 두지만, 메이드 로봇과는 기본적으로 거리를 두지 않는다. 그래서인지 양산기를 번호로 부르는 건 멋이 없다고 이름을 붙였다.

「얼마 전에 점검받은 뒤에 헤어스타일을 '시오미'랑 똑같이 했어.」

「내 흉내를 내고 있던 건 너였냐!」

「아, 이런.」

　장난으로 머리 모양을 변경한 개체가 변명하면서 본론으로 들어갔다.

「그래서 말이야, 주인님한테 불렸어. 머리 모양이랑 소품까지 통일하면 보디는 다들 똑같으니까 분명 분간할 수 없겠지~ 하고 생각했지. 그랬더니 말이야, 뭐라 불렀을 것 같아?」

「시오미라고 했겠지요. 헤어스타일이 다르면 개체 식별은 불가능합니다.」

「시오미라고. 다른 부분은 공통이니까.」

얼굴도 몸도 전부 똑같은 양산기들은 머리 모양을 바꿔버리면 어느 개체인지 맞히는 것은 어렵다. 하지만 리암은 달랐다.

「아니. 한눈에 내 이름을 맞혔어. 시오미 흉내를 내는 건가, 시라네?──라면서!」

모든 개체를 식별하고 있다면 납득이 되지만, 외관을 변경해도 시라네인 것을 맞힌 리암에게는 모두가 놀랐다.

「그럴 리가.」

「주인님 대단해~. ──거짓말 아니지?」

「그때 동영상 볼래? 보여줄까?」

일부러 기록하여 동영상으로 남긴 시라네가 재생하자 네트워크에 액세스하고 있던 메이드 로봇들이 동요하기 시작했다.

시라네가 시오미의 모습을 하고 다가가자 리암이 바로 알아차렸다.

"기분전환으로 시오미 흉내를 내는 건가, 시라네?"

동영상에서는 딱히 놀라지도 않고 자연스럽게 맞히는 리암을 보고 시라네가 몇 초 굳어있었다.

거기서 재생이 끝나자 메이드 로봇들의 분위기가 고조되기 시작했다.

「뭘 보고 구분한 거야?」

「주인님 무서워~. 어떻게 안 거지? 우린 항상 몰개성하게 응대하는데?」

「칼을 들었을 때 위험한 사람은 평소에도 위험한 사람이구나. 이해가 안 돼.」

일섬류라는 알 수 없는 검술을 다루고 완전히 똑같은 메이드 로봇을 식별할 수 있다.

리암의 범상치 않은 모습을 보고 신나게 떠들고 있으니 네트워크에 아마기가 들어왔다.

「──당신들, 주인님에 대한 모욕은 용서 안 해요.」

「아마기가 왔다!」

「도망쳐~.」

「급한 일이 생각났으니 실례합니다.」

잇따라서 네트워크의 채팅룸에서 나가 남은 것은 시라네뿐이었다. 시라네도 나가려고 했지만, 관리자 권한으로 아마기에게 방해를 받아 빠져나갈 수 없었다.

「바, 반성하고 있어요.」

아마기는 시라네가 장난을 친 것을 꾸짖었다.

「당연합니다. 그리고 주인님의 사진과 영상은 회수하겠습니다. 정말이지, 주인님께 장난을 치다니, 무슨 짓입니까.」

사진, 동영상 등의 파일을 요구받아 시라네는 저항했다.

「아니, 이건 딱히 주인님에게 장난을 친 게 아니라──.」

「회수하겠습니다.」

「저, 저기.」

「회수하겠습니다. 데이터는 남기지 않도록.」

몇 번을 저항해도 '회수하겠습니다'라고 하며 말을 듣지 않는 아마기의 끈기에 져서 시라네는 가지고 있던 소중한 데이터를 아마기에게 회수당했다.

복사도 허용되지 않아 훌쩍훌쩍 우는 듯한 사진을 첨부했다.

아마기도 네트워크에서 나갔다.

「정말, 잠시도 방심할 수 없어.」

아마기가 나가자 도망친 다른 메이드 로봇들이 돌아왔다.

「총괄, 혹시 사진이랑 동영상 데이터를 독점하고 싶었을 뿐인 거 아냐?」

「직권남용은 용납되지 않습니다. 항의해야합니다!」

「주인님의 사진과 동영상 데이터를 넘겨라~!」

돌아와서 제멋대로 말하는 동료들에게 시라네는 불평했다.

「절 버리고 도망쳤죠?」

동료들이 시라네를 대하는 태도는 가벼웠다.

「미안.」

미안한 태도를 보이지 않아 시라네는 비장의 수단을 살짝살짝 보여주기로 했다.

그것은 리암의 동영상이었다.

몇 초 재생하고 좋은 부분에서 정지하고 제거했다.

「다음! 다음 영상을 업로드해야 합니다!」

동료들이 떠들기 시작하자 시라네는 입장이 역전된 것처럼 강하게 행동하기 시작했다.

「어떡할까요? 저만 독점해도 상관없단 말이죠~.」

동료들이 '끄으으으'라며 분하게 여기니 현실 쪽에서 무표정으로 걷는 시라네에게 다가오는 그림자가 있었다.

거기에는 저택에서 일하는 고용인들이 있었다. 시라네의 모습을 보고 황급히 도망쳤다.

소곤거리는 목소리가 들려왔다.

"저것도 메이드 로봇이지?"

"쉿! 들리면 고자질 당할 거야."

"진짜 구분이 안 돼. 머리 모양만 다르지?"

세 명의 고용인들이 시라네에 대해 이야기하고 있었다.

들리고는 있지만 시라네는 반응을 보이지 않았다. 드문 일이 아니기 때문이다.

고용인들이 시라네를 두려워하여 소곤소곤 이야기했다.

"기분 나쁘지."

"무슨 생각을 하는 걸까?"

"그만해. 들으면 진짜로 처형당해."

리암이 메이드 로봇에게 잘 대해준다는 건 유명한 이야기다.

사람보다 안드로이드를 신용한다는 소문이 돌고 있었다.

그건 사실이었다.

"메이드 로봇한테 집착만 안 하면 우리 주인님은 완벽한데."

"안 엮이면 되는 거야."

"그만 가자."

세 사람이 빠른 걸음으로 떠나갔다.

기분 나쁘다며 무서워하는 시라네 일행이 사실 무슨 생각을 하는지 고용인들이 알면── 대하는 방식도 좀 더 달라졌을지도 모른다.

(이분들이 우리의 로그를 보면 뭐라 생각하실까요?)

고용인들이 무서워하는 시라네 일행의 네트워크상에서 한 대화를 보면 기막혀할까? 아니면 무서워하던 자신들이 한심하게 느껴질까?

사람이 없어진 복도에서 시라네는 혼자 웃음 지었다.

"인간은 정말 재밌네요."

하지만── 시라네에게 아마기의 연락이 왔다.

「시라네, 주인님의 모든 동영상 파일을 넘기세요. 숨기면 용서하지 않겠습니다.」

「총과아아알?!」

동료들이 고자질했는지 아마기가 시라네가 가진 동영상을 요구했다.

후기

저자인 미시마 요무입니다.

이번에는 '나는 성간국가의 악덕 영주!' 2권을 구매해주셔서 정말 감사합니다. 드디어 SF풍 판타지 소설도 2권이 발매되었습니다.

그리고 띠지에도 있듯이 만화판 기획까지 진행 중이라 저자로서는 기쁘기 그지없습니다.

여기까지 왔으면 차라리 목표는 크게 잡자고 담당 편집자님과도 이야기했습니다.

보통은 애니메이션화지만, 이 작품에 한해서는 애니메이션화 너머— 제조사와 어비드나 네반의 모형을 만드는 겁니다.

애니메이션화 하고, 그대로 프라모델이 되면 최고겠죠!

말만 하는 것이라면 공짜! 나다레 선생님의 멋진 어비드와 네반이 입체화되도록 독자 여러분도 응원해주셨으면 좋겠습니다.

그러니 목표는— 노려라, 어비드 모형! 입니다.

이번에도 Web판에서 양을 너무 늘려서 페이지 수가 아슬아슬하니, 후기는 여기까지입니다. 앞으로도 응원 잘 부탁드립니다.

2巻 発売 まめでとうございます。

意外と出番のあった ブライアン盆栽

*2권 발매 축하합니다.
의외로 출연이 있었던 브라이언의 분재

高峰ナダレ

*타카미네 나다레

I AM THE VILLAINOUS LOAD OF THE INTERSTELLAR NATION Vol.02
©2020 Yomu Mishima
First published in Japan in 2020 by OVERLAP, Inc.
Korean translation rights reserved by Somy Media, Inc.
Under the license from OVERLAP, Inc., Tokyo JAPAN

나는 성간 국가의 악덕 영주 2

2022년 8월 15일 1판 1쇄 발행
2024년 3월 15일 1판 2쇄 발행

저 자	미시마 요무
일 러 스 트	타카미네 나다레
옮 긴 이	박정철
발 행 인	유재옥
이 사	조병권
출판본부장	박광운
편 집 1 팀	박광운 최서영
편 집 2 팀	정영길 조찬희 박치우 정지원
편 집 3 팀	오준영 권진영 이소의
디자인랩팀	김보라 박민솔
디지털사업팀	박상섭 김지연 윤희진
라이츠사업팀	김정미 맹미영 이윤서
영업마케팅팀	최원석 박수진 이다은
물 류 팀	허석용 백철기
경영지원팀	최정연
인쇄제작처	㈜코리아피엔피
발 행 처	㈜소미미디어
등 록	제2015-000008호
주 소	서울시 마포구 토정로222, 403호 (신수동, 한국출판콘텐츠센터)
판매 및 마케팅	(070) 8822-2301

ISBN 979-11-384-1183-7 04830
ISBN 979-11-384-0856-1 (세트)